妖怪旅館營業中 一

用料理收服鬼神的胃

友麻碧

輕文學
Light Literature

目錄

撫養我長大的祖父——津場木史郎過世了。

為此感到悲傷的，似乎只有我一人。

我還清楚記得舉行喪禮當時宛若一場祭典，在場所有人無不喜極而泣。

祖父生前雖然是讓人驚為天人的瀟灑美男，不過很可惜，在這注重人品端正的日本社會中，被歸類為「渣男」。

原因在於他無法安居於一處，也沒有固定職業，是個遊蕩全國的自由人。再者，他還跟遍布各地的「地方情人」生了好幾個小孩，數量多到令人頭昏眼花。

然而他卻沒有結婚及負責的打算，總是以飄忽不定、令人難以捉摸的行動逃脫社會的束縛。與祖父牽扯上關係的人，老被他耍得團團轉。

出席喪禮的人士，大多是過往曾受祖父牽連，而惹了一身腥的人吧。在大家左一句右一句的抱怨聲之中，現場氣氛也逐漸升溫，成了一場宴會。

看到他們遇見同病相憐的對象而欣慰不已的模樣，我也徹底了解祖父生前造了多大的孽。

即使如此，我依然認為祖父在某方面來說算是一位偉人。

來參加喪禮的人數，顯示出祖父的影響力。

弔祭他的隊伍長得看不見盡頭——那畫面彷彿在繪卷上看過的百鬼夜行。

○

電車從敞開的窗外呼嘯而過，行進聲響嚇得我回神。

春日的一陣淺眠，讓我鮮明回憶起約莫在一個月前替祖父舉行的喪禮。

「不行，得快點整理完。」

剛才，我正在整理自祖父死後，就幾乎擱置沒動過的房間。

從壁櫥內找到了一只貌似寶箱的盒子，我將它一股腦翻倒之後，坐在榻榻米上逐一看著盒內掉落而出的東西。褪黃的文庫本、畫有奇異圖樣的神祕符咒、老電影的票根、還有大量的照片。

其中夾雜了一張黑白照片，特別令人在意。

我拿起那張顏色幾乎褪去的老照片，疑惑地歪著頭。

「天神屋？」

看起來應該是某間旅館的門口。照片中的旅館掛著大大的招牌，上頭寫著「天神屋」三個字。雖然光憑照片無法看出全貌，不過一定是間不錯的老字號旅館。

「當時的爺爺還真年輕呢！年紀大概跟現在的我差不多吧。」

我一眼就認出站在照片正中央的人就是祖父。看起來桀驁不遜，不過一張臉蛋長得俊俏有型。果然他從年輕時就是個帥哥啊。

他身旁還站著許多人，看來應該是跟旅館的員工們一起拍的合照。旅館人員一致穿著和服，打扮十分得體；但臉上掛著的笑容總覺得哪裡不太自然，看起來沒有一絲生氣，臉皮彷彿只是貼上去的假面具。

其中，站在祖父身旁的黑髮青年更讓人好奇。他身穿黑色的長版外褂，身型高佻，眼尾細長的雙眸澄透而有神，是位帥哥。

與祖父嬌小的個頭及輕浮的氣質完全相反，那青年給人面貌端正而穩重的印象。外表雖然年輕，卻散發出穩若泰山的威嚴感。

只是，包含那黑髮男子在內，這張黑白照片上所有人都環繞著一股詭異的氣息，我感到難以言喻的不對勁，泛起了一絲不安。

覺得他們彷彿不像血肉之軀，或許事實上真的不是人類……

屏息一陣，我將照片翻到背面一看，上頭寫有一段潦草的字跡，一看就很詭異。

至隱世旅館一宿

你我尚有重要約定未果

不可遺忘

「這是什麼？」

讀完的瞬間我感到不明的寒氣，一道冷汗滑過臉頰。

隱世？這是哪裡的地名嗎？

不知怎麼搞的，我總覺得當作沒看過這張照片方為上策。生性吊兒郎當的祖父所留下的約定，肯定不會是什麼好事。

而且搞不好、有可能，事情也許跟那些非人類的「他們」有關……

決定把照片收起來的我，做了深呼吸以稍微平復情緒。

然後我再一次將目光聚焦在那張照片上。

即使上頭是祖父年少時期的身影，還是讓我覺得莫名懷念。我悄悄地伸手，撫摸照片中他的臉龐。

祖父過世差不多是一個月前的事了。

直到現在我還沒有深刻感受到他已經離開。

雖然他的確留下諸多惡名而辭世，但我過去打從心底深愛並尊敬著這個人。因為對於我，津場木葵來說，世上只有祖父津場木史郎一人算是我真正的家人。

由於母親那邊有許多狀況，我從小就在育幼院生活。

而我絕對不會忘記，祖父前來迎接我的那一天。

祖父在那之前似乎隨心所欲地過日子，不過從哪得知我的存在後，便來到育幼院收養我，並且拚死拚活地將我撫養長大。

過去一人隻身走天下，生活自由不羈的祖父，收養了孫女後開始定居，努力工作。當時每個人都認為這傢伙總算變穩重多了。

而在領養我之後失去諸多自由的他，最大的樂趣就是享受美食了。

也是多虧祖父，讓我了解到品嘗食物是多麼喜悅的一件事。對那時的我來說，「吃東西」比任何事都更有意義。

也因為祖父的料理手藝一絕，讓我享用了許多他的拿手好菜，而且從頭開始教我做菜。如果有長假，他還會帶我去旅行，大啖各地的美味佳餚。

多虧祖父，我才懂得何謂愉快地享受美食、飽食的幸福感、以及動手做料理的樂趣。

而漸漸地，做好料給祖父吃也成了我的生存意義。研究能讓祖父吃得開心的料理，就是我的首要任務。

『人生的最後一餐，我想吃葵親手做的菜。』

祖父每次小酌時，都會感慨萬千地說這句話。

然而他還是離我而去了，死亡的來臨總讓人措手不及。

雖然他老被人挖苦是個「怎麼殺也不會死的男人」，卻因為跌下樓梯，頭部受到猛烈撞擊而去世了。

祖父享用的最後一頓飯，是醫院病房的伙食。

第一話 路邊的妖怪別亂餵

我橫越過魚町商店街走著。

魚町商店街從以前開始就緊密林立著各式各樣的店鋪，這是一條氣氛閑靜、適合老年人的商店街。

寂寥的商店街內悄無人煙，一方面也是因為現在還是大清早。我抬頭望向上方年久失修的拱廊，春天的強風每吹過一陣，便會響起令人心煩的吱吱嘎嘎聲。

然而，在支撐拱廊的骨架上，有個黑色的身影正在蠢蠢欲動；當我仔細確認四周後，才發現小巷的縫隙間，也有某些東西在蠕動著。

雖說現在沒人，但「他們」果然還是在啊……

即使查覺到他們的存在，我依然只管朝著前方，踏著叩叩作響的高跟鞋加快腳步走過。

他們老早就注意到我了。令人背脊發涼的視線與氣息，確實朝我襲來，不過我從剛剛開始就選擇無視。

今天開始我升上大學二年級了。

要利用祖父留下的學費好好讀書，好好找份工作，當個認真的人才行。對於「他們」可不能給予過度的關心。

快速穿越商店街後，在對街可以看見老舊神社的鳥居。

那是山丘上某間神社的入口，穿過鳥居，後方的漫長石階兩旁種滿櫻花樹，現在正是盛開時期。是因為這樣嗎？總覺得石階上方的紅色鳥居，顏色好像比往常來得鮮豔。

然而，當我發現紅色鳥居下坐著一個人影時，心頭震了一下。

那是一個身穿黑色和服的可疑人物，臉上戴著鬼面具。

「……」

在這麼一大清早、神清氣爽的時段。緊繃的氣氛令我不禁屏息。

相會的瞬間，伴隨著以不規則方向飄零而下的櫻花花瓣，一股不可思議的感覺向我襲來。那個人雖然乍看是人，但外表可說是十分可疑。

——啊啊，是妖怪呢。

查覺到這點並沒有花上我太多時間，我反射動作地皺起雙眉，面露不悅之色。

所謂的妖怪，正如其名，就是非人類的存在。一般來說也稱為鬼怪。

對於普通人來說，雖然連「他們」的形體也看不見，但他們卻擾亂著世間，經常引起怪象、無法解決的事件、甚至犯下惡行。

然而，並不是所有妖怪都非善類。他們的性格善變且陰晴不定，實在很難搞；不過大多數都被逼到人類社會的邊緣地帶，過著勉強餬口的生活。他們總是小心翼翼過日子，盡量避免跟人類扯上關係。

只是對他們而言，現代的日本似乎是一個難以生存的世界。畢竟妖怪因為三餐不繼而無法填飽肚子，最後只好襲擊人類為食的事件也時有所聞。雖然也有蓄意殺人的壞胚子，不過大多數都是為求生存，逼不得已才這麼做的。

而容易成為他們獵捕目標的，就是「看得見他們」的人類。

「肚子好餓啊……啊啊，餓死了。」

臉上戴著面具的妖怪待在紅色鳥居下，眼神盯著我不放，大剌剌地嘟噥著。

他的這句話讓我眉頭抖了一下。對方看起來沒有打算靠近或出手的意思，只是肚子餓了沒東西吃，一副有氣無力的懶樣子。

「……肚子好餓啊……」

又在念了。雖然心裡在意得不得了，但對至今沒見過面也沒說過話，而且光看外表就可疑的妖怪，我沒打算回應。

——可不能被發現我看得見他們。

再這樣呆站不走可不妙，我心想。便急忙轉過頭，打算從現場逃跑。

但逃到一半我又打消念頭停下腳步。一個人低喃自語，歪頭深思；歷經一番內心糾結後，我決定折返回去。

登上那座神社的石階，我來到那位身穿黑色和服、臉上戴著鬼面具的妖怪面前，正大光明地站著。而眼前這個妖怪卻好像旁若無人般，懶洋洋地躺著。

雖然還是有點遲疑，不過我重整表情，把造型樸實，形狀扁平的不鏽鋼便當盒遞給戴著面具的妖怪。

「欸，你要吃這個嗎？雖然原本應該是我的午餐。」

妖怪緩緩起身，仰望著我。

「你不是很餓嗎？直嚷著好餓、好餓的，真的很吵耶。而且要是你餓到攻擊人類也是很傷腦筋……」

我的眼神隨便盯著妖怪面具的某一處。

妖怪將視線再次緩緩轉移到便當盒上，伸出了長長的和服衣袖接過便當盒。手的大小跟一般男性沒什麼兩樣，不過指甲稍長，拿過便當盒的同時手背被他微微刮過，有點痛。

妖怪打開便當盒的蓋子，櫻花花瓣飄落在占便當一半的白飯上，增添了粉紅色彩。

便當裡的菜色簡樸到不行。主菜是梅子風味的薑燒豬里肌肉。

旁邊擺著金平炒蓮藕、燙小松菜、柴魚片炒鴻喜菇與舞茸菇、還有蔥花雞蛋卷。白飯旁邊放了兩片醃蘿蔔。

「……」

妖怪盯著便當好一會兒，最後把臉上的面具稍微挪開一點點，露出了嘴巴。面具下意外地是一張年輕男性的臉龐。

雖然說對於妖怪而言，外表跟年齡也沒什麼關係就是了。

拿起擺在眼前的筷子，妖怪以不像妖怪該有的樣子，客氣有禮地說了一聲「我開動了」後，先夾起金平炒蓮藕絲入口。

我傻愣愣地看著眼前的妖怪享用自己做的料理，對沒救的自己深深嘆了一口氣。

啊啊，我真的是個傻子呢。再怎麼說還是對餓肚子的妖怪太心軟了……

「那就這樣，我還要去大學上課。吃完的便當盒就在這附近隨便找個地方擱著，我放學後會來拿走的。」

戴著面具的妖怪不吭一聲地只顧狼吞虎嚥著。而在我轉身離去之際，他用沉穩的聲音低喃了一句。

「非常美味喔，葵。」

對方的一句話讓我感到些許驚訝，不自覺停住了腳步。

誇我做的菜好吃，坦白說是很高興。

然而對於素昧平生的妖怪，我可不想卸下防備，於是擺出了強硬的態度，只冷淡地回一句「那就不要剩下來」，便頭也不回地踩著石階而下，再次朝著車站方向邁開大步前進。

不過、等等。

「……他為什麼會知道我的名字？」

水藍色的洋裝裙襬在半路上翩翩一舞，我轉過了身，臉上原本狐疑的表情變得扭曲，凝視著遠方山上包圍著神社的樹林。原本飄落在肩上的小巧櫻花花瓣，也因為我的回首而飄落地面。

真是碰到怪東西了。

雖然心裡如此想，不過與他們的相遇總是說來就來，無法迴避。

像我這種「看得見他們」的人類，就算不情願，他們的一舉一動也會自動進入視線範圍內。畢竟在這個現代社會中，妖怪都偷偷藏匿於人類身旁。

「嘿咻、嘿咻！」

車站旁的小河河堤上，也住著某種妖怪——就是現在正拚命朝著我的方向爬上河堤的一群小河童。

他們的大小差不多跟手鞠球（註1）一樣，外表就像圓滾滾的可愛吉祥物，因此祖父稱他們為「手鞠河童」。他們採群居生活，是最具代表性的弱小無害型妖怪，會利用他們可愛的樣貌過來跟我討些食物什麼的。

「葵小姐～～請給我們小黃瓜。」

看吧，果然。我回答「等一下」讓他們在原地待命後，朝四處張望了一下，確認周遭沒有人。挑一大清早出門上學，就是為了這些小傢伙。

從包包裡取出塑膠盒，裡頭裝了滿滿的小飯糰，是用糙米飯加入切碎的黃瓜與味噌雞肉鬆所捏成的。

河童的最愛果然還是小黃瓜。

一將飯糰遞出去，就像在鯉魚池灑下飼料一樣，激烈的食物爭奪戰便展開了。

「一直以來很感謝您~在這個冷漠的現世，河童要混口飯吃實在困難。」

「河童們已經被葵小姐馴養了。」

一邊使出壓倒性的蓄意賣萌，手鞠河童們將各自的飯糰緊緊揣在懷裡，用臉頰貼著我的腳踝邊直磨蹭。

可愛是可愛，但有時也令人感到火大。投資在這些小傢伙身上如果能獲得什麼實際好處，那也就罷了。

我一邊將盒子收回包包，一邊揮手把滿地亂爬的手鞠河童趕走。

「好了好了，不要老是巴結人類，快點回到河裡去。要是被別人看到我在跟你們講話，我可要被當成可疑分子了。畢竟一般人才看不見河童什麼的。」

緊貼在腳踝邊的手鞠河童轉了轉彈珠般的圓眼，將手掩上嘴邊，歪了歪頭。

「還吃不夠。」「您最近有點偷工減料呢~」

得寸進尺的河童們發起牢騷。我一邊抑止著沸騰而上的怒氣，瞇起雙眼俯視他們。

「什麼啊，你們知道我沒什麼耐性吧？再有什麼不滿，我就把你們裹上麵衣，油炸得酥酥脆

註1：以多色棉線纏成球狀的日本傳統玩具，大小介於壘球與手球之間。

脆，通通炸成天婦羅吃掉。」

「河童肉不能吃的啦，很難吃的。」

「騙人。爺爺曾說過，吃起來就跟炸墨西哥鈍口螈的味道差不多。」

「啊、啊哇哇哇哇哇哇哇！」

聽見我實際舉例描述滋味後，手鞠河童們的臉色一陣慘白，嘎吱嘎吱地顫抖著嘴喙，連滾帶爬地逃回河邊。

「……真受不了。那群低級的河童就是這樣容易得意忘形。」

我撥著髮絲，口中叨念著不滿。

不過，每次經過這裡，我還是會帶飯給河童們。甚至希望這裡能立個看板寫「禁止餵食河童」呢。

「葵小姐～」

「嗯？奇怪，你怎麼啦？」

一隻個頭特別嬌小的手鞠河童還是賴在我的腳邊不肯走。看來在那群手鞠河童中他還算是小朋友。

小不點河童一屁股坐了下來，一雙圓滾滾的眼睛看著我，吐出一句悲傷的事實：「這個世界就是弱肉強食。」恐怕他剛剛沒吃到任何東西吧。

「真是拿你沒辦法。」

我又嘆了一口氣，從包包裡拿出為自己準備的飯糰送給他。

小不點河童依然坐著，雀躍不已地拍動手腳。

「非常謝謝您～」

「這原本可是我的份啊，你可要記著這點好好吃完。」

小不點用裝可愛的口氣回了一聲「好滴～」，便開始大快朵頤。我蹲著身子看他享用，一邊伸出食指戳了戳他鼓起的臉頰。

「好吃嗎？」

被我一問，小不點便輕輕點了頭。他抬起那雙惹人憐的溼潤圓眼望向我。

「葵小姐真是個怪人呢。會賞飯給妖怪吃的，也只有您一個了。」

「因為能看見妖怪的人不多啊。」

「就算看得見，也只想把我們消滅吧。」

「如果我有那種力量，大概也這麼做了吧。」

我隨便丟出的敷衍回應，卻讓小不點一邊吃一邊歪了頭。

「葵小姐才不會做這種事，我很清楚的。」

「……」

我對河童的這番話嗤之以鼻，站起身拍了拍膝蓋。

可不能跟河童們走得太近。再說這一帶也開始有人出來活動了。

對著空無一人的地方說話，應該會害大家瞬間發毛吧。

我從小就看得見那些非人類的存在，也就是所謂的妖怪。

因為這種特殊體質，讓我被母親厭惡，周遭的人也對我退避三舍。

而將我從這樣的孤獨之中解救出來的，正是我的祖父津場木史郎。祖父也是一個看得見妖怪，活在常理範圍外的人。

祖父的名聲早已傳遍妖怪圈。而且他不只惹人討厭，連妖怪們也討厭他，實在沒救。

我也因為祖父的關係，好幾次被捲入跟妖怪有所牽連的麻煩事件中。

遇到這種情形，我的作法就是賞飯給妖怪吃。

因為他們常常餓肚子，忍到受不了時就會跑去吃人，而他們率先鎖定的目標就是「看得見妖怪」，靈力比較強的人類，也就是包括我在內。

簡單來說，我很容易被妖怪盯上。不過若能先做飯給他們吃，某種程度就能避免被飢餓的妖怪襲擊。

不過理由也不盡然是這樣，看見餓肚子的妖怪就無法坐視不管，一部分也出自我個人因素。

在被祖父收養之前，我曾經被某個奇異的妖怪救了一命。

我在年幼時體會過三餐不繼的痛苦，當時一位素未謀面的妖怪把食物分給我。

餓肚子是很難受的。不論是人是妖，只要看到他們挨餓了，我都無法置之不理。

大概是因為這樣，所以我才沒辦法無視那些餓著肚子的妖怪，總會做點什麼給他們吃。

時間來到今天的放學路上。

從離家最近的車站出來後，我朝著手鞠河童們棲息的河岸前進，繞去位於魚町商店街旁的那座神社。為的是把今天早上送給鬼面具妖怪吃的便當盒拿回來。

那個戴著面具的妖怪不知道有沒有好好吃完。

雖然沒見到他的身影，不過登上石階看了看紅鳥居的下方，放在那的並不是我今早給他的東西，而是用一條奇妙花紋的手巾包起來的便當盒。

那東西似乎已擱置在原地一段時間了，上頭積滿飄落的櫻花花瓣。我發現手巾的打結處上還插著一隻漂亮的髮簪。

「咦……這手巾跟髮簪，是要送我的意思嗎？」

我不假思索地坐在石階上，從打結的手巾上拔起髮簪，拿往空中一看。

款式並不華麗，但感覺非常有質感。髮簪上有一朵與這個時節不相襯的小巧山茶花。是玻璃材質嗎？還是什麼石頭？透亮的一抹紅奪走我的目光。

「好美……」

神社境內十分寂靜，沒有一絲人煙。

我在樹梢間傾洩而下的陽光之中轉動著髮簪，凝視著那閃閃發光的色彩。

一陣強風吹過，搖晃的樹木沙沙作響，櫻花花瓣大量飄落而下，為山茶花髮簪染上了不可思議的色調。

「啊，那個戴面具的，不知道有沒有把便當吃完。」

解開了包著便當的手巾，確認便當盒裡頭，發現已經洗得乾乾淨淨了，我不禁佩服起來。

「也許意外地是個正經的妖怪呢……」

接著，我把手巾也攤開來看看。從樹葉間流洩下來的午後陽光，穿過棉布，將圖案映照得更鮮明了。這宛若蚯蚓爬行的花紋到底代表什麼意思，我毫無頭緒。

然而，我瞬間查覺到事情不對勁。長長的手巾像是有生命般開始自己動了起來，飄浮於空中，在我眼前扭動舞蹈著。

隨後它像是四角被拉開一般，攤平成一張長方形。接著，宛若一張大大的符咒，就這樣擺在我眼前。

「啥……咦？」

連對妖怪司空見慣的我都忍不住瞪大雙眼，發出了疑惑的聲音。

當我緊盯著那條手巾不放時，蚯蚓圖樣在棉布上緩緩蠕動著，聚集於一點，畫出一個塗黑的巨大圓形。就在此時，那個黑色圓圈突然「砰」地一聲彈跳而起，從棉布上飛了出來，彷彿潑了一桶墨汁似地，將我的視線塗上一片滿滿的漆黑。

現在時間應該是午後，天色還亮才對。這片黑暗是怎麼回事？

在我意識到視野化為漆黑後，一陣像是踩空般的墜落感隨即向我襲來。

身體感受到一股衝擊，簡直像是被無聲推落至黑暗的暖流之中。包圍在身上的氣泡令人覺得癢癢的。

面對現在的狀況我無能為力，只能放任自己在這漆黑的暖流中越陷越深。我開始無法呼吸，在水中拚命地掙扎。就在此刻，我看見遠方有一道光芒，便竭盡全力地伸出手，結果手腕被莫名的力量抓住，強而有力地將我往上拉起。

——歡迎來到隱世，我的新娘大人。

耳邊傳來不知何人的耳語。

我還有印象，這是那個鬼面具妖怪的低沉聲音。

『葵，不可以對妖怪掉以輕心。妳跟一般人不同，特別容易被那些傢伙們拐走。』

『我容易被拐走？』

『是呀。看得見妖怪的人特別容易成為他們的目標。容易被他們抓去吃掉或被利用；容易被他們喜歡或討厭；容易被他們愛慕或憎恨。簡單來說就是會讓他們好奇到不行的對象。』

祖父過去曾一本正經地握住我的手，給了我這番忠告。

不過對於當時還年幼的我來說，他的話中之意我一點也沒聽懂。

『人家不想被吃掉啦。吃東西我是很喜歡沒錯。而且人家不想離開爺爺啦。』

『也對呢，爺爺也不想跟葵分離呀，我可不願意看見葵被他們帶走喔……葵，妳要特別提防鬼才行喔。』

『鬼？那種東西我看都沒看過呢。』

『他們長得跟人類幾乎一個樣，所以妳可能很難分辨吧。』

『他們是人嗎？』

『不，他們不是人。跟人類是勢不兩立的存在。』

祖父大力搖頭，否定了我的問題。

『他們罪大惡極，冷酷無情。為了野心慾望而不擇手段，所有事情非得稱心如意才肯罷手。所以，葵……只有鬼，是妳絕不可掉以輕心的對象。』

祖父過去老是告誡我要小心鬼。

小心那些……

〇

「咚」地一聲，我感覺到自己摔落地面。

「好痛！」

腰部受到猛烈的撞擊，我發出微弱的悲鳴，摔成一副慘樣。

睜開雙眼，映入眼簾的是陌生的天花板。天花板上畫著輝煌華麗到令人不快的群魔亂舞像，讓我內心一震。

總而言之，一回過神來，我已身處在這個從未見過的大廳之內。

怎麼回事？我覺得冷到不行。接下來才發現自己已全身溼透。

「葵。」

低沉而穩重，卻又嘹亮得令人討厭的嗓音呼喚了我的名字。

一個戴著駭人鬼面具的妖怪，突然湊近凝視著我的臉龐——就是在神社相遇，且收下便當的那個妖怪。

「你、你是今天早上的面具男！這一切、究竟是……」

我驚訝地大喊，按著腰部站起身。

我悄悄移動視線掃視周遭確認狀況。這裡是鋪有榻榻米的大廳，燈光微暗，飄蕩著詭譎的氣息。能確定的只有這地方的裝潢十分華麗眩目。

讓我感到驚訝的是，像擺飾品一樣靜靜坐在屋內一旁的異形物體，全都是妖怪。

他們清一色身穿和服，各自戴著不同的面具。雖然無法一窺底下的表情，但我知道自己正在被他們觀察著。因為從剛剛開始，肌膚表面就直接感受到一陣陣類似帶有敵意的殺氣，讓我全身發麻。

彷彿像是一些與我對立的分子，終於抓到了我這個「獵物」。一股不祥的厭惡感靜悄悄地纏上身。

我現在正被一群妖怪包圍。

我知道自己一定臉色鐵青。即使平常對妖怪已經算是見怪不怪了，但這種危急的狀況我還是第一次遇到。

在這個完全陌生的地方，我孤立無援。一股令人發涼的恐懼緩緩襲來，實在可怕。

重振精神後，我再次將臉轉向眼前這個戴著鬼面具的妖怪。我想在場看起來能溝通的，也只有這一位了。

「……咦！」

然而他卻突然在我面前蹲下，徐徐地摘下了面具。

我的雙眼不禁瞪大——這傢伙的真面目，就是祖父留下的黑白照片裡的那個男人。毫無血色到不像人類的青白面孔、眼尾細長而明亮有神的雙瞳、令人屏息般的冷冽美貌。毫無疑問地就是那個黑髮男子。

他瞇起細長的雙眼，臉上綻開優雅的微笑。仔細一瞧，這男人的頭上長著尖銳似角的東西，眼珠是紅色的。想當然絕非人類。

我馬上就查覺到了，這傢伙……這傢伙，是鬼。

「心情如何呢？新娘大人。」

「呃？什麼？」

鬼的一番話讓我東張西望確認身旁，看起來並沒有他所指的人。

「我是在問妳心情如何唷，新娘大人。」

「你這意思是，在對我說話？」

「是啊。葵，我是在問妳。妳就是我的新娘。」

「……老實說，我搞不懂你在說啥，而且我心情一點也不好。」

我一本正經地回答。眼前的鬼不為所動，臉上依然浮現那張像是合成上去的笑容，只是點了點頭。

新娘？這隻鬼到底在說什麼啊……

雖然外貌俊美，但對方是祖父囑咐過要多加防備的鬼。這實在太詭異了。

身體好冷。對了，這麼說起來，我全身溼淋淋的。

身上的洋裝完全溼透，絲襪也破了，髮絲貼在臉上，想必妝容也全毀，成了一副慘樣吧。

一般情況來說，這身模樣會讓人覺得糗到不行，但現在的我似乎沒有閒情逸致管這些。

眼前狀況令人一頭霧水，所以羞恥心什麼的也蕩然無存。大概是因為現在我體認到自己正面臨能否撿回一條命，平安回家的緊要關頭吧……

「大老闆，請恕我冒昧直言，娶人類小姑娘為妻這事，是否還是作罷比較好呢？」

一位戴著歪嘴火男面具的妖怪對黑髮鬼男說道。他的聲音聽起來像是對我極度反感。從歪嘴火男面具的邊緣露出的紅豆色頭髮，怎麼看都不像人類該有的。

「這種低賤的小姑娘，實在配不上大老闆您。」

聽到這句話後，那些原先像擺飾般的妖怪開始交頭接耳起來。

他們一邊以摺扇或衣袖掩口，一邊擅自評論著：「這話實在說得一點都沒錯」、「像那種人類小姑娘實在是……」、「醜陋」、「毫無用處」、「一臉窮酸樣」——諸如此類的評語全都進了我的耳裡。

說得還真過分啊……

不過這些根本無所謂，現在我腦袋裡最優先的考量，是想辦法從這裡逃出去。

這地方是妖怪的巢穴。目前我內心的焦慮程度，跟平常在路上遇到妖怪時相比根本天差地遠。聚集在此的妖怪們，不是平常那種低等小嘍囉，這一點連我都看得出來。在場全是高等妖怪，只要我一有鬆懈，就會馬上被吃掉。

要逃出去才行，要逃出去才行。

從紙拉門的縫隙間我看見緣廊，我心想「就是現在！」然後抓準時機像隻脫兔般衝往門外，企圖展開逃亡。

「啊！那個小姑娘！」——妖怪們一齊站起身大吼。而我用眼角餘光瞥見那個鬼男舉起手制止了妖怪們。

就在同時，只有我一個人毫不猶豫地從拉門縫隙跑了出去，來到緣廊上。

這裡的緣廊沒有木板窗遮蔽，一般來說可以直接通往外頭。我原本也是這麼想的。

然而事實馬上違背了我的預測。踏上緣廊後，眼前所展開的一片詭異光景，讓我大大吃了一驚。我瞪大眼珠，急忙停下腳步。

「……咦？」

眼前是一片我從未見過的世界。

我所站立的緣廊就像位於高空之上。看來這裡是高樓建築的最頂層，地面在遙遠的下方。

雖然能確認前方是一片籠罩在燈籠燭火之中的連綿屋簷，但那片光景很明顯並不是我所熟悉的現代日本。

眼前的寬敞大道十分熱鬧，而我也能清楚看見，路上來來往往的全是妖怪。到處都掛著寫滿「鬼門」、「鬼門」、還有「鬼門」，多到令人煩躁的旗子，以及大紅燈籠。

這裡的建築物並非高樓大廈或公寓，看來像是由古代日本的藏造式（註2）建築所構成的街景，產生一種類似京都的古街風情。而聳立於右方的朱紅色建築物則讓人聯想到古代中國。再遠一點還能看見好幾間大型寺院，以及像是把多座五重塔層層疊起的高聳建築物。

然而，這些建築物全都「看似某一種風格」，卻又讓人覺得與現實世界有哪裡不太一樣。看起來缺乏安定性、形狀奇異，果然是我從未見過的東西。

建築物以複雜的形狀座落各處，就像一座迷宮。這裡確實存在著一股我未曾體驗過的氣息。

我能確定的只是，眼前的世界的確非常熱鬧喧囂。

「……」

連眼睛都不敢一眨，我環顧四周，發現一艘飄浮於半空中的古代日式木造船通過上空，不過在剛經歷完各種衝擊的現在，我也不怎麼驚訝了。

完全搞不懂，這個世界讓我毫無頭緒。

腦海深處浮現而出的正是「異世界」這三個字。

冷風呼呼地吹上來，捲起我的髮絲，讓我不禁一陣踉蹌而跌坐在地上。

「這裡、究竟是哪裡……？」

「這裡是隱世喔，葵。」

黑髮的鬼男像是回應我的問題一般，從我身後如此低語，並拉起了我的手。

「隱、世……」

我念出這兩個字，似乎曾在哪聽過。

「外面很危險，進來吧。」

「隱世是哪裡啊？」

我目不轉睛地注視著這片未知世界的黑夜，以僵硬的表情問他。

莫名其妙，為什麼我會在這裡啊？

與陷入混亂的我相反，黑髮鬼男以沉穩的口吻回答。

「隱世就是妖怪所居住的世界。人類所居住的世界稱為現世沒錯吧，隱世與現世是一體兩面，許多部分都互有關連。有相似之處，也有截然不同的地方……這裡就是位於隱世，提供妖怪住宿服務的『天神屋』。」

「天神屋。」

我終於開竅了。這名字我在整理祖父遺物時，從那張黑白照片上看過。

祖父原來就是在這旅館前跟妖怪們一同合照的。

註2：流行於江戶時代的日本傳統建築，以磚瓦建造加上粉刷灰泥，以達防火與防盜目的。

我緩緩回過頭，仰望著眼前的黑髮男人。

果然，頭上長了角沒錯。怎麼看也不像人類，而且只要盯著那雙令人感到冰冷的紅色眼睛瞧，就讓我從體內深處發寒，感到一陣毛骨悚然。

「你究竟是誰？」

「我是這間天神屋的老闆。被大家稱為鬼神、或是大老闆。」

「……你果然是鬼？」

「說得更準確一點，我是即將成為你丈夫的鬼。」

眼前這個鬼男似乎很愉快地欣賞著我逐漸扭曲的表情。

我試圖想否定些什麼，輕輕搖了好幾次頭。

「丈夫是什麼意思啊，鬼怎麼能當人類的丈夫啊。」

「我是鬼沒錯，不過我跟史郎已經約定如此了，這也沒辦法。」

史郎……祖父的名字迸了出來，讓我整個人僵住。

啊、完了——這是我當下的反應。我開始覺得，只要跟祖父有所牽連，任何沒道理的荒唐事都是有可能發生的了。

「我就說明給妳聽吧。葵，妳的祖父是史郎沒錯吧？」

「很可惜地，正是這樣沒錯。」

聽見我的回答，在場的妖怪們又開始騷動起來。

鬼也再度露出淡淡的笑容，瞇起雙眼。

「我呢，也跟史郎認識很久了，我們有很深的因緣。」

「因緣……？」

「沒錯。史郎他以前總是擅自往來於這個隱世與現世，可說是個稀奇的人類。他身為人類而擁有強大靈力，總歸一句就是喜歡找樂子、自由不羈的男人。史郎他曾恣意現身於我這間『天神屋』旅館，盡情大吃大喝三天三夜，享盡所有奢華服務。也因此欠下無法還清的高額債務，最後下定決心當成吃霸王餐，打算逃之夭夭。」

「……」

這事聽起來並非不可能，我馬上就接受了。而我的臉色也變得更慘白。

爺爺，你怎麼會對妖怪做出這麼愚蠢的事……

「不過畢竟我們也是做生意的，抓到史郎之後，便問他要乖乖付錢，還是一生在這裡工作還債，或是選擇被我吃掉。結果他搖搖頭，對我說了一番話。妳猜他說了什麼？」

鬼男抓住我的手腕，將我一把拉到他面前。我搖搖頭。

我實在不太想去思考這個問題。

「『我熱愛自由，想過著四處漂泊的生活。而我也不想被吃掉，身上又沒有錢。啊啊，對了，假使我到死依然沒辦法還清這筆債，那就把我的孫女，許配給鬼神你當妻子吧。』……他是這麼說的。很意外吧？不過史郎就是個毫無道理的男人呢。真的是個讓妖怪也傻眼的混帳。」

「……」

「啊，總歸一句，葵，妳就是這筆債務的擔保品。」

鬼男無情地如此宣判。我開始感到有點頭暈目眩。

不過我還是努力保持平常心，思考了一會兒之後再次向他確認。

「你確定那真的是指我？沒有搞錯人？爺爺膝下的孫女數量可有點驚人喔。」

「是呀，當然是妳。因為史郎血脈之中能看見妖怪的孫女，只有妳一個。畢竟看不見妖怪之輩，打從一開始就無法踏入隱世這地方。」

鬼男以理所當然的口氣告訴我。不過這段話確實莫名地說服了我。

「若要我再清楚說明一次，就是葵，妳與我之間已有婚姻之約。現在正是實現此約定的時候，妳必須嫁入我家。」

「……嫁入……這……」

鬼男從站在一旁待命，看起來像小姓（註3）般的小鬼手中，接過一只外觀講究的箱子，從中取出一張紙給我看。

「這就是契約書，只要有此證據，妳就必須履行約定。」

氣派又正式的紙張上這麼寫著。

本人津場木史郎，向天神屋的大老闆借了錢。老實說我沒錢還，

所以將我家靈力最高的孫女獻上給大老闆作為妻子，謹在此立

誓。——津場木史郎

文筆實在非常率直又不要臉，確實是出自祖父手筆沒錯。

在最後還押了指印，很清楚了然地就是一張契約書。我總算頓悟到有了這張東西，我就無處可逃。

首先我開始思考的是，婚姻究竟為何物。

與異性結為連理，交換夫婦誓約，成為家人。簡單來說就是當老公跟老婆。

不可能，太扯了。跟這種第一次見面的對象結婚？

不，在計較是第幾次見面前，重點是這個對象根本不是人，是妖怪啊。

而且還是爺爺說過最需要提防的「鬼」。

頭好痛。顫抖的身子無法平靜下來。

不，身體一直發抖也許是因為淋溼了所以很冷啦，我搞不清楚了。也或許是身體率先對爺爺表達怒氣。

爺爺……爺爺，你到底幹了什麼好事……

最喜歡的祖父竟然如此輕易把自己當成債務的擔保品，對於這件事我深深感到無以言表的驚訝與絕望。胡亂空轉的思緒與感情不受控制，在我的腦海中交錯著。

註3：武士職位之一，負責在武將身邊侍奉的男童或青年。

鬼男看見我顫抖的苦悶表情，以衣袖掩住嘴忍著笑意。
不愧是鬼。殘忍無情。不是人。我這副慘樣一定讓他感到很愉悅。
鬼男再一次拉起我的手，讓我站起身。
隨後他將我帶回眾多妖怪聚集的室內，手腕被他的指甲微微戳到，我感到一陣刺痛。不知怎麼地令人背脊發涼。
「那麼就來準備成親儀式吧。這身打扮可不行，妳去沐浴淨身，換套衣服。」
「不、不要。」
我拒絕了他。周遭的妖怪們又開始議論紛紛起來。
可是，這不拒絕還得了。
「叫我當鬼的新娘，我死也不答應。」
「……死也？」
「死──也不答應！」
「……」
我拒絕得斬釘截鐵，完完全全表達我的不甘願。
也許是我的錯覺，鬼男他低頭不語。我無情地繼續說下去。
「就算是債務的擔保品，我也無法認同這種事！好了，快點讓我回去原本的世界。」
「這可不行。」

鬼直直抬起頭，壓低聲音果斷地拒絕我。

「這裡是隱世，要打開通往現世的入口，就得支付一定的過路費。背著祖父債務的妳，又怎麼能付得出錢呢？」

「別胡扯了，把我帶來這裡的元凶就是你吧，既然如此，就負起責任把過路費付一付，讓我回去原本的世界啊。不然我要告你綁架喔！」

甩開被他抓住的手臂，我粗魯地伸出手指著他。

說出來了。我終於狠狠說出口啦。

只不過我知道此舉也讓背後的妖怪紛紛怒罵「真是不懂分寸」，並氣得打顫。

「愚昧之輩！妳這種低賤的人類小姑娘，原本就不夠抵那筆龐大的債務，妳卻不要臉濫用大老闆的好意！光是身為史郎的孫女這點，妳就無法被饒恕了！」

那位戴著火男面具，一頭紅豆色頭髮的男性，從剛剛開始就針鋒相對，現在一口氣站起身子怒吼「我要連妳的骨髓都啃得一乾二淨」，並朝我猛衝過來。

「大掌櫃！」「靠您了！」——各種怒罵聲在空中交錯。

不知何時，我被白線般的絲狀物包圍住。白線像是鞭子般纏上我的腳，我發出了「呃啊」的難堪慘叫聲，狠狠摔了一跤。再次因為狠狠撞到腰而一屁股跌坐在地。

不，現在不是說這些悠哉話的時候，那妖怪是隻蜘蛛，要是落入蜘蛛的網中，我真的會連骨髓都被啃得乾乾淨淨。

然而鬼男一聲：「等等，土蜘蛛。」制止了戴著火男面具的男人。

「別這麼氣呼呼的。你還需要磨一下性子，沉住氣啊。」

「大老闆您太縱容她了！這種小姑娘，一定要讓她吃點苦頭才會學乖。」

鬼男附和著氣呼呼的火男，不知為何還點頭說：「好了好了。」哪裡好了？鬼男露出詭譎又殘酷的笑容，果然就是個鬼。

「無臉三姊妹在嗎？」

鬼男「啪」地一聲彈了手指，一旁的拉門便打開來。現身的是三位個頭整齊排列成大、中、小尺寸的無臉女性服務員正在待命。鬼男對她們下了指示。

「我想讓新娘大人稍微懂一些分寸。去幫我準備地獄嚴刑套裝方案。」

「咦？」

「好，可以把她帶過去了。就算她不配合也不可停手喔。要讓她好好學乖才行啊。」

就在我目瞪口呆的瞬間，無臉的女服務員們將我扛在肩上，不顧我的反抗，不慌不忙地將我從房裡帶了出去。

咦咦咦咦！我沒想過會落到被處以嚴刑的田地。

嚴刑指的應該就是那個吧，體罰對吧？會讓我很痛的拷打對吧？

不、不會吧……如果要被折磨，那還不如把我吞了，一瞬間結束痛苦應該比較好吧。

「現在要進行沸湯地獄之刑。」

最嬌小的無臉女穿著寫有「松」字的圍裙，沒有嘴巴卻用高雅的聲音說話。我還來不及開口，就在不知不覺間被扒光了衣服，泡進溫度微溫，閃閃發亮的紅色溫泉中。

老實說，舒服得不得了。能暖暖剛才冷透的身子。

「接下來是剝皮地獄之刑。」

穿著寫有「竹」字圍裙的無臉女，開始刷洗我的身體。

我什麼事也不用做。最後她還幫我全身擦上聞起來香香的神祕液體。在我放空的時間裡，肌膚已變得充滿光澤與彈性。

「接下來是緊縛地獄之刑。」

最高大的無臉女穿著寫有「梅」字的圍裙，幫我穿上了材質輕薄的深藍色浴衣，繫上黃色的腰帶。龍膽花的花樣很可愛，但在腰帶被她束緊時我發出了「唔」的一聲悶哼。

「接著是最後的極刑。」

松竹梅三位無臉女開始各自為我打理門面。

「松」幫忙吹乾頭髮，我細軟的黑髮變得輕柔滑順。她還順便為我搥了搥發硬的肩膀。

「竹」則幫我上了淡妝。在我的臉蛋拍上蜜粉，塗上紅唇。

「梅」則幫我修指甲，為我時常做料理而乾燥的雙手塗上護手霜。

「地獄嚴刑套裝方案，到此已完成。」

「不，這不是嚴刑吧，根本是溫泉旅館的豪華套裝方案吧。」

「這是嚴刑沒錯啊。」「對啊。」「就是啊。」

就算我開口吐嘈，三個無臉女依然裝死。

連表情也沒有的她們，讓我完全無法讀出到底在想啥。

「大老闆正在等候您駕到。」

隨後她們再次扛起被打理完的我，又將我帶往未知的某處。

「大老闆，還是請您作罷吧，別娶那種人類小姑娘為妻。要是讓人類來當老闆娘，底下的員工是不會服氣的，也可能在天神屋裡埋下事端。我們旅館建於鬼門之上，據八葉之一角，天神屋若有紛爭，未來將演變成整個隱世的戰爭。」

「讓她嫁進來，也不代表馬上就要讓她當老闆娘。」

「那她就更加一無是處了！」

被無臉女帶過來的我，聽見拉門另一端傳來的這番對話。

正在抱怨的那股聲音，聽起來就是視我為敵的那隻土蜘蛛沒錯。

「我這麼一無是處還真是抱歉喔。」

我大力地拉開拉門。位於門內深處的是三個妖怪。

一個是鬼男大老闆，一個是戴著火男面具的土蜘蛛。還有一位戴著白色的狐狸面具，是剛才根本不在場的妖怪。

「哼，什麼嚴刑啊，根本只是讓我泡溫泉而已啊。身子暖多了，還真謝謝喔。」

身體暖和了，剛剛的時間也讓心情得以獲得些許平復，現在的我膽子也大了起來。

重整了表情後，我嘴裡嘟噥著朝鬼男走去。

「哎呀哎呀，這是葵嗎？我的新娘大人穿起我們旅館的浴衣可真適合，差點認不出來了。」

「還真是托你的福喔。這間旅館看起來很不錯，服務也很完美喔。」

「有稍微懂得分寸了嗎？」

「你是要我就這樣乖乖當你的新娘？」

「成為我的妻子，就能隨時盡情享受旅館的各種服務喔。」

「我可不會中你的計。快點讓我回家。」

我沒好氣地回答，結果土蜘蛛再次怒氣沖沖地大罵：「我安靜不插嘴，妳就說這種厚顏無恥的話！」

你要安靜不說話是你家的事！我這樣想著，狠狠瞪了土蜘蛛一眼後，繼續說道：

「這是理所當然的好嗎？我才二十歲耶，大學生耶。壓根沒想過要嫁給誰這種事。再說對象竟然是妖怪，我絕對不要！」

「好好好，妳冷靜點。關於這點，妳只能打消念頭了。」

「什……！」

就像在安撫小孩子一樣，我馬上被鬼男曉以大義。剛剛還發燙的身體，現在徹底冷卻了。

不愧是妖怪。真是消暑解熱的好東西。

「在這裡談不太方便，我們去內廳吧。」

我苦悶的表情似乎讓鬼男看不下去，他按下鑲嵌在大廳深處牆面上的梅花形按鈕，通往密室的門隨之打開。

「需要為您準備些什麼嗎？」

戴著白色狐狸面具的男人甩了下他毛茸茸的尾巴，開口詢問。

這傢伙看起來大概是妖狐吧。看起來啦。

「那麼幫我在『大椿』房內鋪好床褥，新娘大人也累了。」

「遵命。」

狐狸面具的妖怪馬上離開現場。

戴著火男面具的土蜘蛛看起來欲言又止，以嚴厲的表情瞪著這裡。

我窺探著深處的密室，裡面是個小巧的內廳，正中間的地爐上放著一只泡茶用的燒水壺。鬼男在一旁坐下，對呆站在門邊的我招了招手。

「來，找個喜歡的地方坐下來就好了，我的新娘大人。」

我懷抱著滿滿的戒心，終究還是踏入內廳坐了下來。就在此時，內廳的拉門應聲闔上，從外面傳來土蜘蛛「啊啊啊」的大喊聲，聽起來似乎很不甘心。

「要喝杯茶嗎？新娘大人。」鬼男用竹勺攪拌著燒水壺裡，然後將其注入茶杯中，再將泡好的茶遞給我。

我沒多管是什麼茶、是怎麼泡的，便直接喝了。這茶雖濃，入喉卻清爽順口，餘韻也很棒。

「那麼，妳也已經冷靜點了，應該有很多問題想問吧？我想如果有其他員工在場，可能會讓妳很害怕。」

我將茶杯放在膝上緊握著，直截了當地問了。

「所以……爺爺他欠的債大概有多少？」

鬼男咕噥了一會兒，撫著下巴回答我。

「以現世的日幣來說，大概差不多一億圓吧。」

「一、億……唉……」

我感到一陣頭暈目眩，無力地垂下頭。

祖父為我攢下的學費也完全不夠拿來抵債。

他是認真把我當成債務的擔保品，打算把我嫁入鬼家嗎？

那為什麼還要存學費啊。疑點實在太多了。這樣不是很矛盾嗎？

雖然想抓爺爺來質問個清楚，但他本人已不在了。

「錯不在妳，但妳必須負責為妳的祖父善後。這件事與我是人是妖沒關係吧？就算在人類所處的世界，欠債還錢也是天經地義。賣了女兒或孫女還債也是常有的事，不是嗎？」

「……總覺得這番話越聽越火大呢！」

「我想也是。」

鬼男露出令人牙癢癢的微笑，他拎起衣袖、垂下視線，攪拌著眼前燒水壺內的熱水。

而我還是對某些部分感到憤怒不已。

我是在氣祖父隨隨便便就把我當成借錢的擔保品，讓我嫁入鬼家呢？還是氣我竟然喜歡這樣的祖父呢？

又或者是在氣這個難以捉摸，讀不出內心的鬼男呢？

「妳就這麼不願意當我的妻子嗎？」

「願意跟初次碰面的鬼結婚的人才奇怪吧！」

「……」

這位大老闆因為我的一句話，眼神微微一轉，稍微抬起臉看向我。

「這樣啊……」

然後他有點落寞似地，將視線再度移回壺內熱水上，淡然地攪拌著。

太奇怪了。這麼大牌的鬼，要娶我為妻的理由究竟是什麼？

「你有這麼想要我做你的妻子嗎？」

「當然。」

被我這麼一問，這鬼男明明是個年紀老大不小的美形青年，卻率真地點了點頭。

「為什麼？這太奇怪了吧，畢竟你明明貴為這間氣派旅館的老闆不是嗎？結婚對象應該任你選吧。剛剛也是，妖怪們不都怒氣沖天嗎？人類在這裡明明超不受歡迎的。」

「不，其實對妖怪而言，能娶到人類為妻是有助於提升地位的。在古代的奇聞軼事中，不也常常出現妖怪強擄民女為妻的傳說嗎？」

「是這樣嗎？」

「正是如此。不過現在的隱世與現世追求和平共存，所以妖怪強擄人類為妻這種事，不僅不合法，同時也可能造成爭端。因此，不簽訂婚約是無法直接成親的。」

聽到這裡，我驚訝地開始提問。讓人在意的事實在太多了。

「妖怪間也有法律嗎？」

「當然有。我們妖怪都生活在隱世的規範下。」

鬼男從袖口拿出菸管，以鬼火點燃後吐了一口氣，然後注視著我。

「再說妳是史郎的孫女，雖然隱世裡知道此事的妖怪不多，不過老實說，光憑這點妳的身價就夠高了。畢竟史郎在隱世這地方可算是名人。」

「你說我有什麼身價？」

「以後妳自然會明瞭。」

鬼再度露出笑容後，補充說明道。

「況且靈力高強的人類小姑娘對妖怪來說是美味極品。因為美味所以愛不釋手，因為愛不釋手所以不忍心吃掉。結果因此由愛生恨，最後還是恨不得一口吃掉。不過呢，終究還是吃不下去——內心就像這樣糾結不已，宛如身處地獄。不過，也有妖怪認為這才是無上的愉悅。正因如此，所以妖怪與人類戀愛才會被限制。」

「這什麼啊，聽起來完全莫名其妙又有夠危險的，最重要的是自相矛盾。」

「不，這可沒有任何矛盾之處。總歸一句，對於三分鐘熱度的妖怪來說，人類小姑娘是難得能引起他們高度興趣的對象。」

鬼男這麼一說，讓我回想起爺爺也曾說過類似的話。

隨後，他像是突然想起什麼似地說：「對了，要吃點心嗎？」便開始翻找起後方的櫃子，拿出了一些東西。那是櫻花形狀的美麗糖果。

肚子正餓的我毫不客氣地拿起來享用。雖然不足以填飽肚子，不過這糖果有著高雅的櫻花風味，恰到好處的甜度甜進了我紊亂的心頭。

我一語不發，喀滋喀滋地咬著糖果。

今後該怎麼辦呢……

事到如今，對祖父的失望感又強烈湧上心頭。

心情如此焦躁的原因我都明白，因為不得不對過去最喜歡的祖父感到失望，這件事讓我非常懊悔。

但是，我又該怎麼做才對呢？

經過短暫的沉默，我抬起頭凝視著鬼男。雖然很害怕，但還是直盯著他的紅色眼眸。

「欸，如果我代替爺爺還清債務，不行嗎？」

「……這是什麼意思？」

「就是我還錢，然後結婚這事就一筆勾銷。」

幾經思考後的答案便是如此。但就在我這麼提議的瞬間，清楚感受到現場的氣氛為之一變。

鬼男的表情立刻變得嚴肅，並以冷冽的視線看著我。

「如此龐大的金額，妳打算怎麼償還？」

「我當然會去工作賺錢啊。現在的狀況是就算我嫁給你，員工們也不會服氣不是嗎？既然如此，不如多給我一些時間比較好吧。」

「……」

「如果我惹惱妖怪而被吃掉，對你對我都沒好處吧。」

我緊張地吞了口口水。鬼男的神情有別於剛才的柔和，露出冰冷至極的紅色雙眸。又陷入短暫的沉默。

我很清楚自己剛剛那番話有欠斟酌，而且蠢到不行。

但是我沒有其他選擇了。

「……原來如此，原來如此啊。妳打算跟我討價還價是嗎？這個『小姑娘』。」

「叩」地一聲，他將菸管上的菸蒂敲落到地爐裡。

第一次以「小姑娘」稱呼我的鬼男立起膝蓋，露出些許不安好心又沒好氣的表情。帶著殺意的緊繃氣氛，清楚傳達到我這裡來了。

「好吧，也不是不行。雖然我想應該很難達成。不過反正橫豎都必須讓妳得到我家員工的認可。只不過，妳要工作就得待在天神屋。既然不當我的妻子而是單純的員工，那就別想受到我的庇護。我也會把妳當成只是一名員工來對待，要是被抓去吃掉了也不許有任何怨言喔。」

「……露出本性了呢，這個惡鬼。」

「是妳逼我這麼做的，那也沒辦法。」

鬼男用冷酷的口吻棄我於不顧。

「工作妳就自己找吧。至於能不能在這間旅館裡找到一份差事我可就不知道了。雖然工作真的很忙，不過因為過去史郎幹下的好事，大家都變得十分厭惡人類呢。」

「……」

「嗯，妳就好好加油囉。」

鬼一度垂下視線，隨後站起身，整理了一下身上的外衣。

「今晚的寢房已經幫妳準備好了，是高級客房。但僅限於今天。從明天開始，就請妳去睡位階最低的員工宿舍……不過，前提是妳在旅館裡能找到一份差事，如果找不到工作，那就去外面露宿吧。」

「我知道啦。」

「知道就好。要是逃跑，那不用多說就只有被吃掉的份吧。不過要是妳回心轉意願意嫁給我，我也很樂意迎娶妳。」

鬼男臉上綻放出諷刺的笑容，離開了內廳。

簡直就像在說：「妳要還清債務，說到底只是天方夜譚。」那表情看起來確信我會馬上服輸，並改口要當他的妻子。

雖然心中充滿不甘，但占優勢的最終還是鬼男，這一點從頭到尾都沒變。

「……好累。」

在鬼男離去後，真心話從口中傾吐而出。隨後我也離開內廳。

無臉女三人組正等著我，將我帶往房間。

名為「大椿」的客房，實在是個豪華到不行的房間。

位於高樓層的這間客房，室內點著舒適焚香，被褥已經鋪妥，不知為何還準備了兩個枕頭，我把其中一個踢得遠遠的，隨後鑽進棉被裡。躲進被裡的瞬間淚水終於決堤。我緊緊咬住下唇。

即使我再怎麼試圖平心靜氣，遇上這種事還是讓我困惑不已，而且想放聲大哭。現在的我，心裡只有對未來的不安，以及不知該相信誰才好的悲傷與孤寂。

比起這些，最強烈的心情還是我對自己視作唯一親人的祖父，產生了極度的不信任感。到頭來爺爺只是為了有擔保品能借錢才收養我，好送給妖怪為妻嗎？無親無故，又看得見妖怪的我，只是一個方便的道具嗎……

也許祖父從頭到尾都沒有愛過我。但即便如此，我也無法憎恨他。

我只是覺得非常孤單。

我倒在棉被裡哭了一陣子。

任憑淚珠一顆顆滑落，結果越哭肚子越餓，根本無法入眠。好悽慘。

我無力地站起身，從牆上開的大圓窗眺望外頭。

遠方高塔上的紅色亮光在漆黑的夜色之中忽明忽滅，看起來簡直跟現世的航空障礙警示燈一模一樣。

現在的我彷彿正在欣賞都市夜景。

飄浮於高空的船隻數量比剛剛又更多了。看起來也不像是飛船，反倒像是七福神乘坐的日式古船，浮在半空中緩緩來去。

時間明明是大半夜，卻是一片燈火輝煌的喧囂呢……

正當我愣愣地想著這些時，客房入口的拉門傳來一陣腳步聲。

我心想著「又有什麼事」，邊繃緊表情拉開門。

敞開的拉門外站著一位看起來約莫十歲的少年，他「哇」地大叫一聲，似乎被我嚇到而當場跌坐在地。

少年身旁還伴隨一盞鬼火，所以昏暗之中也能清楚看見他的白色耳朵與尾巴。

「哎呀，還真是出乎我意料之外。」

本來還以為是妖怪們要來吃我了，結果可真掃興。

少年抬頭望向我，他拿著擺有餐盤的托盤。盤子上放著三貫稻荷壽司，看得我的肚子不禁叫了起來。

「我想說您應該肚子餓了，所以送宵夜過來。不過我沒跟大老闆報備就是了……啊，裡頭並沒有下毒，請安心享用喔。」

也許因為是偷偷跑來的關係，少年壓低音量輕聲說道。不過他的臉上露出可愛的微笑，還甩動著好幾條尾巴。

那模樣讓我感到安心不少。

「謝謝。你叫什麼名字？」

「我是九尾狐，名叫『銀次』。在天神屋擔任『小老闆』的職務。」

自稱銀次的少年重整坐姿後，深深向我低頭示意。

「……你是小老闆？那不是超重要的職位嗎？該不會、你是那個鬼男的兒子？」

「不，絕無這回事。再說大老闆他也沒有子嗣。」

看我一臉目瞪口呆，少年繼續說明。

「天神屋並不採世襲制，職務名稱清楚分明，適任的員工都有機會被拔擢，視狀況調動職務。我的外表雖如此，其實年紀跟大老闆不相上下唷。」

「怎麼可能！」

「此話可不假。」

這麼一說，狐妖的穩重態度的確不像少年，說起話來也如大人般成熟。

我回想起剛才與鬼男共處一室時，除了土蜘蛛以外，還有另一位妖怪在場——是戴著狐狸面具的妖怪。

「該不會……那個，銀次先生，剛剛待在鬼男房裡的是你嗎？」

「是的。您觀察得可真仔細。不愧是史郎殿下的子孫。」

銀次先生的臉上綻開明朗的表情。

他拎起和服的衣袖，端詳著自己的樣貌。

「我能使用變身術，平常以九種不同樣貌生活。日常主要是以剛才的成年男性樣貌現身，不過有時也會使用到孩童的造型。」

「為什麼現在選擇變成小孩子？」

「這造型比較可愛不是嗎？我想說太粗獷的樣子會讓葵小姐更害怕。」

銀次先生眨了眨眼睛後，突然想到什麼而「啊」了一聲。

「還是姑娘的造型比較好呢？那麼就……」

銀次先生高聲鳴叫後，在煙霧中消失身影。不一會兒，從煙霧中重新現身的是一位身穿白色和服，一頭銀色秀髮的女性。肌膚白皙，身材凹凸有致，充滿女人味的外型簡直比我還更像女的。而且還長有耳朵跟尾巴，更可恨了。

「噢噢噢，好厲害！」

我不禁發出讚嘆，輕輕拍著他的耳朵與尾巴，四處摸了摸。

「討厭，請您別到處亂摸。」

「我很佩服耶，真的完完全全就是個女兒身。」

羞赧起來的銀次先生莫名地有趣。

我東張西望環顧四周之後，把銀次先生拉進房裡。

「我有很多事情想問你，不知道方便嗎？陪我吃完宵夜就好了。」

「是，當然好。我想應該有很多事讓您感到不安。」

銀次先生接著搖身變為銀白色的小狐狸，踏著小小的步伐進入房內。

我胸口感到一陣揪痛。這實在可愛得太犯規了。

「好、好可愛。」

「您要摸摸看嗎？非常毛茸茸喔。」

小狐狸靠過來，把前腳輕輕放在我的膝上。

我搔了搔他的下巴，撫摸他的後背與尾巴。果然外表印象具有強大的影響力啊。即使他跟鬼男與土蜘蛛一樣同為妖怪，光是擁有可愛的小狐狸外貌，而且又以真面目示人，就足以令我放下戒心。

我用另一手拿起一貫稻荷壽司，一口咬下。

調味不會過甜的醋飯搭配香甜的油豆皮，就是稻荷壽司沒錯。雖然我也喜歡加入各種配料的五目稻荷壽司，不過更愛純米飯的簡樸口味。

讓空腹的我完全停不下嘴的滋味。

「欸，為什麼在鬼的世界裡，大家都戴著面具啊？看起來實在有夠詭異的。」

我邊享用著壽司邊提出在意許久的疑問。銀次先生「嗯——」地沉吟了一會兒。「其實也不是隨時都戴著面具，只是在剛剛那種社內的幹部會議，或是接見外賓進行交易時，不以真面目示人這一點可說是種企業文化吧。」

「剛剛那的確算是社內會議兼與外賓作交易呢。」

被他這麼一說我也覺得沒錯。

「另外，光是戴上面具藏住表情，就能增添高深莫測的感覺。不被別人看穿內心情緒，各方面來說都比較方便做事。畢竟對妖怪而言，看起來詭譎是必備的要素。」

「妖怪也會注重工作效率喔？」

我又拿起另一貫稻荷壽司開始吃。

實在沒想過我會一邊撫摸小狐狸一邊享用稻荷壽司。

「欸，那個鬼男……大老闆，是個怎樣的人？」

怎樣的人，應該問怎樣的鬼才對？我還無法忘懷剛剛那雙冰冷的赤瞳。

「大老闆他是非常出色的鬼喔。是冷酷殘忍，而且心胸又寬大的一位大人。」

「怎麼覺得有點矛盾……」

冷酷殘忍，跟心胸寬大到底哪裡有關了？

我望著遠方思考。小狐狸不知為何慌張了起來。

「不不不，大老闆真的是一位鬼才喔，可說是鬼中之鬼的鬼神。不但受到旅館內員工們的景仰，在這隱世之中也據八葉之一角。」

「八葉？」

「八葉是隱世八塊大地的統稱，同時也是管理這八地的妖怪所擁有的職位名稱。隱世正中央是妖王大人坐鎮的神殿，而以此為中心延伸而出的八個方位，各有一塊重要的領地分別與各異界相連繫。其中一塊就是位於東北方的這片大地，也就是『天神屋』。而負責統管此地的大老闆正是擁有八葉頭銜的大妖怪之一。簡單來說，大老闆在整個隱世裡也算是個大人物！」

「哦——」

我心想，妖怪的世界裡原來也有這麼多體制啊！

我平淡的反應似乎對銀次先生帶來打擊。

「東北方，也就是說這裡是『鬼門』(註4)的方位對吧。」

「啊，沒錯沒錯。天神屋處於隱世內的東北角，許多妖怪出入異界時都會來此投宿，所以生意十分興隆。」

我心想，座落在鬼門方位還能生意興隆，這種事也只有在妖怪的世界才會發生吧。

我拿起最後一貫稻荷壽司咬下，再次向銀次先生發問。

「天神屋是間怎樣的旅館啊？這裡還有些什麼樣的妖怪？」

「若把鬼神大人比喻作『大老闆』，那我九尾狐銀次便是『小老闆』。我主要擔任輔佐大老闆的角色，主掌旅館的企劃工作。」

「哦——」

「另外還有『大掌櫃』土蜘蛛，也是幹部之一呢，掌管櫃檯接待。」

「啊啊，那個脾氣特別暴躁的……戴火男面具的傢伙。」

我隨意瞥向一旁，回想起不愉快的回憶。

我被那位「大掌櫃」不分青紅皂白地罵了一頓，最後還被他用蜘蛛絲纏住而摔得四腳朝天。

明明是蜘蛛，戴什麼火男面具啊！

「實在非常抱歉，土蜘蛛大掌櫃很能幹，只不過年紀尚輕，個性有點容易激動。畢竟他特別仰慕大老闆……可能因為對象是人類，而且是史郎殿下的孫女，所以無法接受這樁婚事。」

「爺爺他果然不受這裡的妖怪歡迎嗎？」

看見土蜘蛛那副態度，我心裡多少有底，不過還是問問看。

「嗯～史郎殿下是擁有強大力量的人類，但再怎麼說還是太喜歡找樂子，有些部分過於放縱了。像那次的債務糾紛，要說為什麼債款金額會高得那麼誇張，原因就是史郎殿下喝過頭而失了分寸，大鬧一場後把旅館砸得半毀。」

「把這間旅館毀了一半，爺爺他到底怎麼捅出這大簍子的……」

「特別是櫃檯區的災情最為嚴重。可說是隱世文化遺產的寶壺成了碎片，土蜘蛛對這件事應該還極度懷恨在心呢。我們旅館裡頭八成的員工都討厭史郎殿下，其餘兩成則是非常崇拜他。」

「這還真有爺爺的風格呢。」

被多數世人所討厭，卻又是少部分人心中仰慕的英雄。

我雖然不清楚祖父過往年少輕狂時代的事蹟，不過從各方聽來的轉述，知道他天生就喜歡找樂子，所以不難想像。畢竟他有陰陽眼，會跟妖怪結下諸多梁子也沒什麼好意外的。

銀次先生繼續說了下去。

「我想想，接下來的幹部還有……擔任『女掌櫃』的獨眼，以及『女二掌櫃』雪女。其實還有『女老闆』這麼一個職位，不過一直都是從缺狀態。另外還有『會計長』白澤、『料理長』達摩。除此之外，還有『門童』狸妖、『庭園師』鐮鼬、『溫泉師』河童與濡女等等。」

註4：指東北方位。日本陰陽道將其視為鬼出入的方位，一般普遍認為東北方位不吉，諸事不宜。

「啊啊啊，果然全是妖怪。」

「是這樣沒錯，畢竟這裡是給妖怪投宿的旅館嘛。女接待員可多得是喔，像是無臉女三姊妹也是女服務員。雜役也有很多，例如小鬼什麼的。」

雖然沒辦法一一想像從他口中一連串迸出來的眾多妖怪長什麼樣子，不過一想到那鬼男麾下竟然聚集了這麼大批的勢力，我不禁心想，在這個魑魅魍魎蠢蠢欲動之世，身為區區一名人類的自己到底有多麼渺小。

稻荷壽司全吃完了，我嘆了一口氣。

「在這種地方，真的有我能勝任的工作嗎？」

「我們旅館各部門的人手都不足，有地方能收容您的話，我想是不愁沒工作的。只不過，避開服務接待部應該比較好。」

「咦，那是我的第一志願耶！」

想當然，要以女生身分在旅館裡工作，絕對是接待員感覺最適合啊！

但他卻要我別去服務接待部應徵。

「接待部是女性的天下。她們之中大多數都仰慕大老闆，所以我想身為準新娘的您會受到嫉妒及敵視的。恐怕女二掌櫃也不會願意任用妳吧。」

「怎、怎麼這樣！」

我不禁臉色發青。

雖然是自己拒絕了結婚一事才讓事態演變至此，但這也太不講道理了。

「那、那不然，廚房內場？別看我這樣，我對自己的廚藝可是很有自信的喔！雖然還有進步空間啦，不過把我當成下人來使喚也不至於不夠格……」

「要進廚房更難了，再怎麼說，那裡是禁止女性踏入的地方。」

「喔，這樣喔。」

一開始就被淘汰了。

的確，曾耳聞在傳統體制的料亭之類的高級餐廳，女人是不許踏入廚房裡的。妖怪的旅館有這種風俗也不奇怪。

不，我不可以喪氣。就算進不了廚房，還有其他工作可做啊。

「要是我這邊有工作可以介紹給您就好了。可惜我現在正忙著處理某項事業的退場。」

「……事業退場？」

銀次先生含糊地說：「對呀，差不多是那樣……」垂下了頭。雖然不太清楚事情原委，不過身為小老闆的銀次先生應該各方面也很辛苦。

一陣祭典般的音樂演奏聲，不知從何處傳了過來。

我抬起頭，望向剛剛沒關上的圓形鑲嵌玻璃窗，看見飛船飄浮而過。

「明明是大半夜，隱世卻很熱鬧呢。」

「因為夜晚才是我們主要的活動時間呀。妖怪跟人類的生活作息可能不太一樣，基本上都是黎明入睡，中午過後起床準備晚上的生意唷。」

「哇，還真是夜貓子呢。」

「那麼我也差不多該告退了。」

銀次先生開始慌張了起來，從小狐狸變回銀髮少年之姿。

少年雖然有著可愛惹人憐的外貌，腰桿卻挺得筆直，站姿端正高雅。

「若有什麼事請來找我商量，我會協助您的。」

「謝謝……原來也有像你這般親切的妖怪呢。」

我道謝後，銀次先生露出為難的笑容向我低頭致意：「實在不敢當。」隨後，他端著盤子，無聲無息地踏出房間。

「……」

而我又變成一個人，獨自坐在房內的榻榻米上。

陷入一陣沉默，我只是發著呆。

不絕於耳的是遠方熱鬧的慶典伴奏，就像一場妖怪的宴會。

玻璃窗外橫越而過的，是飄浮於空中的飛船上所掛著的，華麗大紅燈籠。

反觀房內，這裡有的僅是一片漆黑的寂靜。

第三話 小老闆九尾狐

據九尾狐銀次先生所言，這間位於隱世的旅館「天神屋」裡頭，擁有「幹部」職位的妖怪們分別負責掌管不同的工作。

「大老闆」鬼神
「小老闆」九尾狐
「大掌櫃」土蜘蛛
「女掌櫃」獨眼
「女二掌櫃」雪女
「會計長」白澤
「料理長」達摩
「溫泉師」老河童（男性澡堂）、濡女（女性澡堂）
「庭園師」鐮鼬
「門童」狸妖

除此之外似乎還有其他職稱，不過我打聽到的僅止於此。

我現在就得去跟他們進行交涉，弄到一份工作。

「才不要。誰要僱用妳這種人類小姑娘在這工作啊！」

留著一頭水藍色鮑伯短髮的雪女狠狠拒絕了我。

她就是擔任女二掌櫃的「阿涼」。

阿涼是個身材曼妙動人的豔麗美女，雖然胸前衣襟讓人覺得有點開過頭了，不過再怎麼說，她也是掌管接待部的女二掌櫃。我是今天早上苦求無臉三姊妹，她們才帶我過來的。

阿涼正在休息室的大鏡子前化妝。她猛盯著鏡中的我瞧，隨後突然迸出一句。

「不過話說回來，像妳這種窮酸又乳臭未乾的小姑娘，竟然是大老闆的準新娘啊？我怎麼看都不覺得妳這身材能讓那位大人滿意啊。」

「……什麼？」

她的口氣還真讓人一肚子火。那個鬼男滿不滿意跟我無關好嗎！

阿涼一邊在臉頰拍上白粉邊說著。

「話先說在前頭，大老闆並不是想得到妳的人，只是基於妳是史郎先生的孫女。否則那位大人壓根才不會想娶妳這種醜女為妻咧。而妳卻自作多情，擺出一副狂妄自大的態度讓大老闆蒙羞，糟蹋了他的好意，我是不會原諒妳的。」

「什麼……是他自己硬把我拉來這地方的耶！」

這完全就是誘拐綁票，我如此控訴。然而阿涼卻一副不以為然的樣子。

「那也沒辦法啊，畢竟史郎先生確實在我們這欠了一大筆債嘛。親屬欠的債當然由親屬負責想辦法，不是這樣的道理嗎？」

「唔……這、這個嘛……」

「不過為什麼史郎先生會生下妳這種其貌不揚的醜東西呢？史郎先生可是位完美的男人。哎呀，討厭，我這算是紅杏出牆嗎？人家心裡明明只有大老闆一人的啊。」

雙頰泛起紅暈的阿涼在化妝台前扭扭捏捏，進入了少女模式。

然而，看見映在鏡中的我後，她藍色的眼眸瞬間發出光芒。

「聽好了，接待員呢，是很講究門面的。讓妳這樣的醜女來接待客人，我們旅館是會被客訴的。接到客訴的話就得由我出面賠罪。我可不想幫妳這種人類小姑娘擦屁股善後。還不快點離開我的視線範圍內！」

被這樣狠狠羞辱一頓後，我身子正顫個不停，便馬上被阿涼身旁的馬屁精們轟出房外了。外面的走廊上站了許多妖怪，全都直盯著我瞧，並紛紛說起我的閒話。

大概不會是什麼好聽話吧，這些人絕對都視我為敵。令人厭惡的視線全刺在我身上。

這些視線就好像過去周遭的人看到有陰陽眼的我時所露出的眼神一樣——充滿恐懼與厭惡。

不管去哪裡，我永遠是異類。

然而，只有無臉三姊妹很擔心地問我「妳沒事吧？」

「欸，我長得有那麼醜嗎？」

我沸騰的怒氣溢於言表，頂著一張連無臉女都害怕的表情問道。

「怎、怎麼會呢。葵小姐是個美人，真不愧是史郎先生的孫女。」

個頭最嬌小的阿松慌慌張張地安慰我。

「沒錯。正是因為這樣，阿涼小姐才會如此地針鋒相對。畢竟她可是大老闆的『情人』……啊！」

「好了、阿梅！」

阿竹用手指戳了一下阿梅的頭。

「哦——那個人是大老闆的情人啊，第一次聽說。」

「不、不是的，葵小姐。是阿涼小姐擅自這樣說的，請您別放在心上。」

「不，我一點都不在意耶。」

我的表情認真到不行，但是三姊妹仍然恐慌不已。

身為長女的阿松清了清喉嚨，重整心情後說道。

「不過，葵小姐您雖然面貌秀麗，但身上的打扮是所謂的現世風格，所以在這隱世中確實有些突兀。」

「現世風格？」

我捏起身上穿的輕薄水藍色洋裝。昨天雖然完全溼透了，不過今早已經被弄乾後擺在房內的角落，我就順手拿來穿了。

是沒錯啦，打扮成這樣被視為異類也在所難免。不過這洋裝可是今年春天的流行款耶。

為了不在大學中被當成怪胎，所以特地跟隨時下流行來打扮，結果來到這妖怪的世界卻成了異類，根本白費心思了。所謂的流行到底是誰定義的啊！

接下來，我嘗試挑戰澡堂。

位於隱世東北角的這間天神屋，由於是建在有名的溫泉勝地「鬼門溫泉」之上，所以澡堂內有豪華的源泉溫泉（註5），分為室內池與室外池。

據說這裡的溫泉有護膚與幫助傷口癒合等療效。

另外，男性澡堂由老河童管理，女性澡堂則由年輕濡女負責。

由於男性澡堂禁止女性出入，所以我決定前去拜託名為靜奈的溫泉師濡女，請她讓我在這裡工作。

有著一頭烏黑長髮的靜奈綁著低馬尾，用束袖帶挽起和服衣袖，纖細的身影默默地刷洗著浴

註5：保持引水狀態的溫泉池，池內用過的溫泉水放流後不再循環利用。

池內部，整個人看起來溼答答的，彷彿淋過一場雨。

她溼透的長髮黏在臉上，令人看不見表情。不過從髮絲間露出的眼眸，看起來圓滾滾的非常可愛。

看到我走近，她原本就慘白的肌膚又更加發青了，她「咿」地大叫一聲整個人跳了起來，全身顫抖著直冒冷汗。

「請問，這裡有缺人……」

「不、不好意思～～我、呃……被女掌櫃吩咐，那個，不許僱用葵小姐，所以……」

「咦？」

「非、非常抱歉～～對不起～～」

話還沒說完，她便怯懦地拒絕了我，直向我道歉。

她手裡拿著的抹布也跟著抖個不停。那副樣子實在讓我覺得於心不忍，向她點頭致意後便離開了。

穿過澡堂的門簾，我在走廊上再次停下腳步。

「這是怎麼回事？」

我問等著我的三姊妹。她們一副早就知道似地回答：

「溫泉師靜奈工作態度認真，又是個溫柔婉約的姑娘，不過就是個性有點膽小……」

「沒錯，因為澡堂屬於女掌櫃管轄範圍，所以女掌櫃的命令是絕對的。」

「據聞女掌櫃對大老闆的準新娘也頗有戒心，恐怕是認為自己的地位有動搖之虞吧。」

分別聽完松竹梅的說明，我長嘆了一口氣。女二掌櫃都那麼難搞了，在此又得知女掌櫃更不好惹，實在是雪上加霜。

雖然知道遲早有碰頭的一天，但我實在不太想面對。

接著我走向庭院。

在天神屋寬敞到不行的本館外圍，又環繞著寬敞到不行的庭院。

春天果然來了，整片櫻花樹填滿庭院，而落花花瓣也在散步小徑上鋪成一道櫻花地毯，庭院之中還有其他各色花朵爭相綻放。

池中錦鯉優雅地游著，而流經橋下的小河則有許多水黽輕飄飄地滑行其上。

霎時一陣強風刮起，我用手壓住洋裝裙襬。

當我睜開閉起的眼睛時，發現剛剛還鋪滿櫻花的小徑頓時被打掃得乾乾淨淨，連一片花瓣也沒留下。

「……怎麼回事？」

「庭園是鐮鼬的管轄範圍，他們幾乎不會現身露面的。白天他們巧妙地操控風向來清掃庭園。」

「夜晚的工作則是巡邏旅館四周環境。庭園師的工作內容就是這樣。」

無臉女們馬上為我進行一番說明。我心想這簡直就像是忍者。

「所以沒辦法跟他們交談嗎？」

「現在他們不在葵小姐面前現身，也許就代表沒得談吧。」

「唉，果然～～」

我環顧四周，嘗試尋找不見身影的鐮鼬。不過只看到一片寂靜的庭園，找不到他們本人。連談都沒得談，這點讓我很沮喪。

不過依照無臉女們的說明看來，這份工作似乎需要相當的戰鬥技能。先不問旅館員工為何需要具備戰力，總之我體認到這工作難度本來就不是我能勝任的。

心情有夠鬱卒。還能找工作的地方大概也只剩櫃檯了。

但掌管櫃檯的是「大掌櫃」土蜘蛛。

光回想起那看起來呆頭呆腦的火男面具就令人火大。土蜘蛛那麼討厭我，打從一開始就針對我了，當然不可能讓我在櫃檯工作吧。

「廚房內場果然還是沒辦法嗎？」

「廚房是不可能的。畢竟禁止女性出入，再說達摩料理長個性可頑固的。他的資歷在這間天神屋裡算是老前輩，要是有客人對他的料理挑三揀四，以後也無法再來住宿了。」

「哇，是那種堅守傳統原味的人？」

跟著爺爺遊歷各地旅館的我，也看過很多在料理上一路堅持原味的固執店家，這並非壞事。

不過阿松面帶憂鬱地說道。

「天神屋的料理在過去確實是一大賣點沒錯，但數百年來始終如一的滋味，對個性有些善變的妖怪來說似乎頗為乏味。」

「沒錯沒錯。現世料理紛紛傳入的這個時代，周遭的批評聲浪也越來越多了，說已經對天神屋所堅持的味道感到膩了……啊！」

「好了，阿梅！明明沒長嘴，卻這麼大嘴巴！」

不該說的話總是脫口而出的阿梅，又被阿竹用手指戳了腦袋。

雖然這三姊妹的表情讓人摸不透，不過我漸漸能區分出她們的性格了。

「不過我連一次都還沒吃過，真想嘗嘗這裡的料理呢！」

這間天神屋的料理，讓對美食沒有抵抗力的我非常感興趣。

「如果您成為大老闆的新娘，要吃什麼都沒問題喔！」

阿松一派自然地勸我嫁作鬼妻。話說回來，這三姊妹原本便是隸屬於大老闆底下的接待員。

「哼，恕我斷然拒絕。」

我聳起肩膀爽快地回絕。三姊妹異口同聲地發出「咦——」似乎很不滿。

「可是，這樣子就只剩下櫃檯這條路了呢……」

掌管櫃檯的「大掌櫃」土蜘蛛名字據說叫「曉」。三姊妹一聽我要去櫃檯，便全力阻止我。

「曉大人絕對不會認可葵小姐您的。」

「這一點我心裡大概也有底啦。不過，我也只能豁出去硬碰硬了。」

「葵小姐您實在太逞強了。」

可能因為我們在櫃檯一旁拉扯許久——

「喂！」

一陣暴怒的吼聲傳了過來。我肩膀一顫，轉過身一瞧。

一位個子高大的男人進入我的視野，他威風凜凜地披著外褂，外褂上頭印的「天」字外圍了圓圈紋路，一頭紅豆色的頭髮格外醒目，看起來正帶著猛烈的氣勢朝這裡走來。他的眼神兇惡，表情也很難看，我馬上就確信這張臉是藏在火男面具底下的真面目——土蜘蛛。

「妳在這裡幹什麼，死人類。貴客馬上就要蒞臨了，別在這礙事！」

「……那個，曉……」

「不許直呼我的名諱！不許跟我搭話！」

在喊住他之前，我就先被打斷了。

櫃檯附近站著許多妖怪，門童與女接待員已準備好恭候客人光臨，並冷冷地注視著被土蜘蛛臭罵的我。

而女二掌櫃也身居其中，朝我吐出舌頭。

雖然很生氣，但我光要應付眼前的土蜘蛛就已經分身乏術了。

「聽說妳不顧大老闆的一番好意，揚言要自己工作賺錢還清史郎的債啊？真是愚蠢至極的人類小姑娘。像妳這種無能的小姑娘，沒有能力在天神屋工作！」

「這、這種事不試試看怎麼知道！」

雖然被土蜘蛛的氣勢所懾服，我依然開口反駁，結果又被罵得更慘了。

「說這什麼話。這裡分明沒有妳的容身之處！妳會來我這，就是最大的鐵證！趕快打消念頭滾出這間旅館！一看到妳的臉就讓我想到史郎，那副狂妄自大的樣子，實在讓人氣憤至極。萬分可恨……」

「臉、臉是天生的，你這樣說我也沒辦法啊。」

「啊啊少囉嗦了，蠢才！妳要是不消失在我眼前，我就連妳的骨髓都啃得一乾二淨。骯髒的史郎孫女！」

一連串謾罵與威脅已經快把我擊倒，但我還是勉強挺住。剛才說要豁出去硬碰硬的人是我，但恐怕剛剛才一交手，我便已碎成粉塵隨風飄逝而去，無法再拼湊回原本的形狀了。

「啊啊，曉大人，還請您就到此為止吧。」

「葵小姐再怎麼說也是大老闆的準新娘。」

「沒錯，說要吃掉她，這實在有點……」

松竹梅三人輪番為我求情，卻仍然擋不住土蜘蛛的攻勢。

「啊啊，無臉女們，沒有嘴就別插嘴！」

充滿怒氣的罵聲似乎傳遍了整間旅館，各處的員工都聚集過來看熱鬧。

隨後土蜘蛛的理智斷線，怒吼一聲「忍不下去了！」散發出一股不祥的氣場，他的身後冒出蜘蛛的影子。無數的長腳嘎吱作響地圍住我，令我不禁全身僵硬。

冷汗從我全身上下狂冒而出。

「歡迎光臨～」

然而，在這樣的氣氛下，排排站在櫃檯的妖怪們充滿朝氣地一齊大喊。

土蜘蛛也因而立刻收回剛才的殺氣，挺直了背，把我擱下不管後便急忙回到櫃檯。

「感謝兩位今日蒞臨本館，在下是擔任大掌櫃的土蜘蛛，名叫曉。有任何需要請不用客氣，儘管吩咐。那麼麻煩在這邊登記大名。」

那傢伙彷彿變了個人似地，表情瞬間換上親切和藹的笑容，接待今天第一組上門的顧客。

客人是一對用兩腳直立走路的貓又（註6）老夫婦，我想他們恐怕無法想像土蜘蛛的真面目是什麼樣子吧。

我遠遠望著那個脫胎換骨般的土蜘蛛工作的身影。

「他是誰啊……」

「身為大掌櫃，曉大人是非常優秀的。不但得到大老闆深厚的信賴，而且他比誰都愛著這間天神屋。不過呢……」

「很可惜地，他對史郎先生的憎恨、以及對人類的不信任感也非常強烈……」

「而且個性上也有一些血氣方剛。」

三姊妹單手托著臉頰，發出「唉——」的嘆息聲。

我漫不經心地看著性情大變、卑躬屈膝的土蜘蛛，想著開始營業的這間旅館裡，已沒有自己的容身之處了。

「喂，人類。」

一個身高差不多到我腰部的小鬼，不知何時走近我身邊，手裡拿著我的包包。

他把我昨晚留在房內的私人物品拿了過來。三姊妹告訴我，那間房原本是高級客房，恐怕現在已另有房客入住，不再屬於我了。

而三姊妹似乎也差不多該上工了，她們有禮地鞠躬致意後便從我身旁離去。

想當然，旅館已經開門接客了，妖怪員工們也各自展開忙碌的一天。

連份工作都沒有的閒人如我，在這間妖怪旅館之中，究竟該何去何從呢？

我朝著深處走去，往本館人煙稀少的方向前進。

註6：日本傳說中的妖怪，形象為擁有兩條尾巴的妖貓。

因為我發現櫃檯旁有一條筆直的長長暗道。

以逃跑般的腳步踏了進去，發現這裡似乎是一條通道，通往天神屋目前未使用的多間房間。

詭異的是，整條路的兩邊牆上，貼著滿滿的白色箭頭圖案。

我不知道這些箭頭究竟指往什麼地方，然而，我就在一邊思考的同時一邊無意識地循著箭頭前進。

不過還真是難堪。從沒想過自己會被討厭到這般地步，被視為無用之物。

先不提能力上的問題，明明有心想努力奮發卻連工作的機會都不給我，這一點實在很難過。

鬼男那令人厭惡的勝利笑容又浮上腦海。我回想起那個說著「妳要還清債務，說到底還是天方夜譚」的鬼男，還有他那雙眼眸。

再這樣下去，結局就如同鬼男所說，只剩下成為債務的擔保品而嫁給鬼男一途了。不，現在想想，只要嫁給鬼男就能讓債務一筆勾銷，這條件也許原本就夠便宜我了。

我開始產生這些喪志的想法，鬱鬱寡歡地走在黑暗的長廊上。此時在長廊的盡頭處發現一道破爛的拉門，白色箭頭全都聚集於此。

拉門的縫隙之間射出光芒，流洩在微暗的走廊上。

我不費力氣地推開拉門。

這時，拉門的另一端輕輕地飄來一陣甜美的花香。

「哇，這裡會不會是中庭呢……」

這裡就像一座幽靜的中庭。一條搭有屋頂的木造走廊，穿過庭院往前延伸而去。

我一時興起而踏上走廊。不一會兒便走到盡頭，向前接續的是零星串成小路的鋪路石。走在其上的我，得以眺望中庭的全貌。

松樹、青楓、庭岩、碎石的巧妙配置，造就了裝飾庭園的一幅美景，讓中庭散發帶著和風的雅致。

雖然這裡太過安靜了，卻意外地不讓人感到害怕。

「……柳樹？」

走著走著，我發現一棵巨大的垂柳，寂然佇立於前方開闊的空間裡。

看著柳枝隨風搖曳，我感受到一股深深的寂靜，彷彿時間在此刻停止一般。柳枝的晃影似乎容易讓人聯想到幽靈，不過也許跟位於隱世的旅館正搭吧。

在垂柳旁有間搭建茅草屋頂的房屋，看似傳統民宅。

房子小歸小，不過是間氣派的別館。雖然與豪華的本館天差地別，走純樸路線，但帶著侘寂之美（註7）的氛圍，讓我感到一股莫名的懷念。

我想這會不會是什麼店家，但看門口並沒有掛門簾。

然而窗戶卻是敞開的。

註7：是日本美學的一種。一般指的是樸素而安靜的氣氛。

往內窺探並沒有發現人影，也沒有在營業。原本以為這裡可能是置物用的倉庫，但好像又並非如此，裡頭還有吧檯跟榻榻米客席，看起來似乎曾經是間酒館之類的。

「好吧，反正旅館裡淨是妖怪，大家都討厭我，而且現在開門營業了，我又變得更礙事了……不如就暫時待在這吧。」

把行李放在後方的榻榻米客席，我坐上吧檯的位子，突然感到一陣飢餓。

昨天也只吃了當宵夜的稻荷壽司，今天還什麼都沒吃。

要是這裡有開間小餐館什麼的就好了……

雖然如此想，但我在隱世身無分文，到頭來還是沒東西可吃。

肚子餓了。深刻意識到這一點後，我便全身打顫。

餓肚子這件事對我來說，是無法言喻的恐懼。

「哎呀，葵小姐。您跑來這裡了？」

突然一股聲音傳來，讓我內心抖了一下。吧檯裡冒出一個身影。

出現的是一位面貌清秀爽朗的銀髮青年，他身穿外褂，綁著和服束袖帶，看起來正在這裡賣力工作。

「你、是誰？」

我不禁退後問道。

「是誰……喔喔，那個、是我唷，銀次。」

「咦？喔、喔喔，原來！」

銀次先生，就是昨晚送宵夜來我房裡的九尾狐妖。

定睛一瞧，才看見狐狸耳朵跟尾巴。溫柔的眼神、笑容與清閒的姿態，正是銀次先生沒錯，我「啪」一聲拍掌。

「這麼說起來，你昨晚曾說少年與小狐狸的外貌都是變來的對吧。」

「是的，現在才是我平常的樣貌。」

銀次先生似乎覺得我受驚的樣子很有趣而輕聲笑了起來。

「什麼嘛～害我嚇一大跳。」

「那是我的臺詞才對，虧您能找到這麼偏僻的地方呢。」

「……因為我沒其他地方可去啦。」

將手肘撐在吧檯上，我面露不悅。

銀次先生動了動耳朵與尾巴，很快就了解是怎麼一回事，發出「啊啊……」的聲音。

「這裡是什麼地方？」

「這裡嗎？哈哈，可以說是鬼門中的鬼門吧。」

「鬼門中的鬼門？」

回以奇妙答案的銀次先生，面有難色地苦笑著說：

「這地方最初是間茶館。開業當時受到喜愛甜食的妖怪們熱烈好評，鞏固了一定的客源，不過管理的員工離開旅館後，茶館也就關門大吉了。」

「是哦，這裡原來曾經是茶館啊。」

「沒錯，不過茶館關掉之後這裡便一落千丈，無論什麼生意都做不起來。這裡曾開過土產店、遊樂場什麼的，不過都以失敗作結。即使現在換我來接管此處，經營仍不見絲毫起色。我至今可是被稱為企劃包準成功的招財狐呢。如您所見，現在門可羅雀。」

「招財狐，這名字取得還真好。」

「由於地段偏僻所以打不起知名度，來客稀少不在話下，連員工也相繼傳出事故……這裡正是所謂的問題店面呢。」

銀次先生帶著憂鬱的神情，把抱在懷裡的籃子放在廚房檯面上。

「這個月才重新開業，在兩天以前都還是間小餐館。但從外頭招攬來的廚師馬上弄傷了手……現在正在物色新廚師來頂替，不過內部意見強烈地認為這地方不行了，決定下個月拆掉店面。」

「這樣啊，總覺得很可惜呢。」

「是呀。食材都還在冰箱裡頭，我剛剛就是在收這些東西。」

「隱世也有冰箱嗎？」

「您要看看嗎？」

銀次先生向我招了招手。我踏入吧檯裡頭，看見一個貌似冰箱的木製大箱子。外型看起來像是從現世傳入，再改造成適合隱世的風格吧。

打開冰箱一看，裡頭是結著薄冰的空間。

「這些冰是我們從鎮上冰柱女經營的老字號冰店定期採買而來的喔。」

「妖怪們的力量還真方便。」

「多數妖怪會利用各自擁有的力量來經商謀生。冰柱女所產的冰與一般冰塊不同，有調節溫度的功能又不易融化，品質非常優良。」

「咦——那還真有趣耶。」

冰箱內清楚劃分成冷藏與冷凍室，溫度也各有不同，薄冰的表面光滑地就像塑膠一樣。這冰箱可說具備了完善的機能。

了解冰箱構造後，我開始對裡頭存放的食材感到好奇。其中放著沒用完的白菜、白蘿蔔、牛蒡、雞蛋、還有一些菇類。冷凍室內也放著兩塊肉。

「這是什麼肉？乍看有點像雞肉或豬肉。」

「正是雞肉跟豬肉沒錯唷。在隱世也是以這兩種肉為主。因為也沒機會端出來給客人了，丟掉又嫌浪費，所以我先冷凍起來，打算當作我的午餐也好。」

「哈哈哈，原來是這樣喔。不，這的確很重要呢。」

我也順便看看銀次先生擺在桌上的籃子裡放了些什麼東西。

還沒用的馬鈴薯、茄子、紅蘿蔔、洋蔥等，一顆顆躺在裡面。

「這些你打算怎麼處理？」

「我想說就帶去本館的廚房好了。不過那兒的料理長對食材有一定堅持，還很講究產地，也許會被丟掉就是了。」

「嗯，那才真的是浪費呢。」

「是呀。話雖如此，要我自己全吃完也是挺折騰的……應該說我對料理並不拿手。唯一會做的就只有稻荷壽司了。」

看著籃內蔬菜的我，發出「咦」地一聲，轉頭望向銀次先生。

「昨天的稻荷壽司，該不會是銀次先生親手做的？」

「是這樣沒錯，味道可能有些欠佳。」

「才沒有呢！非常好吃。我最喜歡的就是簡單純樸的稻荷壽司了。甜度也有壓低，清爽而不膩。對於餓扁的我來說，簡直是停不下來的感動好滋味！」

我揮舞著拳頭，充滿熱情地訴說昨晚的稻荷壽司有多美味。銀次先生被我激動的說詞嚇到，也許心裡有點恐慌也說不定。

我若無其事地轉換了話題。

「隱、隱世的飲食跟現世挺像的呢，像稻荷壽司也是。」

「此話不錯，兩地的文化在不知不覺中交流，像現世的料理有些也是傳自隱世唷，例如這個稻荷壽司。」

「咦。這我還真是第一次知道。」

我至今為止以稀鬆平常的心情所品嘗的料理之中，有些也是從隱世流傳而來的吧。相反地，現世的料理有些也會傳到這隱世來嗎？

「啊，對了，銀次先生吃過午飯沒？」

「不，還沒有……」

「那如果方便的話，我可以借用這間廚房嗎？當然，我會好好收拾善後的。就讓我做點東西，做為昨天稻荷壽司的回禮吧。」

「咦？當然沒問題，不過那只是我自作主張……您真的方便嗎？葵小姐的身子不疲憊嗎？」

「才沒這種事呢！做菜難不倒我的。疲勞什麼的早就煙消雲散了……啊，還有，做好之後我可以稍微試一下味道嗎？」

肚子此時發出了「咕嚕——」的叫聲替我補充說明。銀次先生慌慌張張地答應「當然沒問題！」

「銀次先生，你有什麼想吃的料理嗎？」

「想吃的料理嗎……」

「任你點菜沒問題唷。只要是現有的調味料與食材能做出來的都行，現世的料理也沒問題。」

我將廚房翻了一遍，這裡有醬油、味醂、鹽、糖、酒等，看來基本的調味料都不缺。還有白米跟味噌，啊，連昆布跟小魚乾都有。
「啊，那麼我……想嘗嘗看名叫『蛋包飯』的料理。」
「……蛋包飯？」
意外的菜單讓我睜大了雙眼。成熟穩重又有紳士風範的銀次先生，想吃的竟是蛋包飯。
「我曾聽說過，現世有一種名為蛋包飯的料理，跟稻荷壽司很相似！」
「……」
我除了皺起眉頭，實在不知該擺出何種表情。
蛋包飯跟稻荷壽司有很像嗎？不過的確啦，把調味過的飯用食材包起來這一點，要說像也是挺像的。
「蛋包飯比較偏小孩子愛吃的料理唷，可以嗎？」
「啊，那我就變成小孩吧。」
銀次先生非常配合地升起裊裊煙霧，搖身一變為少年姿態。
眼前是一位年約十歲的銀髮美少年，臉上浮現可愛的笑容，對於從未見過的蛋包飯露出滿懷期待的眼神。他那豎起雙耳擺著尾巴的樣子，實在很裝可愛。我對這招最沒抵抗力了。
「我、我知道啦。反正也有白米，要做是沒問題啦。啊，不過煮飯也許得花上一點時間……而且肉也得先解凍。」
「啊，我們這裡的飯鍋是靈力鍋，煮飯五分鐘就可以了。」

「靈力鍋？」

「以現世來說就是類似壓力鍋的東西。」

「咦咦！這方面的科技還真先進呢！」

連我家都沒有的高級壓力鍋……

本來是這麼想像的，不過這裡的靈力鍋看起來已有一定年資了，說起來還應該比較像大型的土鍋。

只看過現世電子壓力鍋的我感到非常錯愕。

「這是用靈力來加熱的鍋子，雖然跟現世的壓力鍋稍有不同，但烹調效果很類似。這種鍋子從古早開始就在隱世普遍使用了，其他還有許多工具也是隱世特有的。」

銀次先生接著伸手，指著排在廚房內的眾多烹調器具之中的一個圓盤狀工具。

「請把冷凍肉類放在這圓盤上。」

「這裡？」

冷凍存放的雞肉與豬肉塊，簡直硬得像塊冰冷的岩石，將這些肉塊放上圓盤後，銀次先生念了一聲「解凍」。

隨後，冷凍肉塊被紫色的火焰包圍，沒過幾秒就解凍完成。

「哇！一瞬間就解凍完畢了耶，就像微波爐一樣。」

「冷凍食品除了自然解凍以外，也可以用這個妖火圓盤來解凍。這器具裡關著擁有眾多性能的妖火，利用『解凍』、『加熱』等言靈（註8）來下達指令，妖火就會照辦。」

「哦——隱世這地方果然有很多不同於現世的風格呢。」

我對於這些隱世限定的烹調器具與廚房大小事感到佩服。看來他們已確立一套獨有的技術，出乎我的意料。

我猛然回神，是時候該開始洗手做料理了。

「銀次先生，這裡有圍裙嗎？」

「有的，以前員工使用的圍裙清洗後還放在這裡。有需要的話，這裡也有員工用的和服。」

「不知道方不方便借穿呢？」

「當然沒問題。反正這些本來也打算報廢了。」

少年姿態的銀次先生輕巧地跳下吧檯，踩著小小的步伐往深處的房間走去。不一會兒傳來「葵小姐，請您過來」的呼喚。

走向深處的房間，這裡似乎是做為員工休息室使用，目前稍嫌凌亂。銀次先生從衣櫥裡拿出抹茶色的樸素和服以及白色的圍裙。

「這些可以嗎？」

「嗯嗯，謝謝你。這身洋裝打扮在這裡怎麼看都覺得突兀。女二掌櫃也把我念到臭頭呢。」

「哈哈哈。阿涼小姐她啊，確實如此呢……」

銀次先生用曖昧的語氣說著。而在我開口之前，他便慌慌張張地離開了。

我在這裡換上銀次先生剛遞上的和服。和服的穿法我知道，畢竟祖父教過好幾次。

祖父是否從一開始就知道，我會落得如此田地呢……

如此回想著，心頭湧上些許悲傷。只不過在換上和服後，先想到的是做菜時頭髮會很礙事。要是有條繩子，就能把頭髮綁起來了。

說到這我便想起，大學的書包裡頭有放黑色髮圈，於是我便以一身和服造型急急忙忙地跑了出去。

「哇——葵小姐，您果然很適合和服裝扮呢。」

「謝謝你。不過頭髮有點礙事，我想綁起來。我記得我上課的包包裡頭有放才對……」

我翻著放在榻榻米上的包包。東翻西找之時，有個東西從包包裡掉了出來。

「啊……髮簪。」

那是一支有山茶花苞裝飾的髮簪。在我尚未得知那個戴著鬼面具的男人就是大老闆之前，把便當送給他吃，結果他在便當盒上插了這麼一支髮簪，就好像做為謝禮一般。

「哦，這不是紅水晶髮簪嗎？」

「紅水晶？」

「這是一種會變換姿態，十分稀有的水晶，價值可不斐呢。不如，我就用這個幫您把頭髮盤

註8：古代日本相信言語中依附著一種超自然的力量，話一說出口，就有實際實現的能力。

起來吧。」

「銀次先生會盤髮？」

「畢竟我也能變男變女呀，女性的儀態與舉止我都下過功夫的。」

銀次先生說完，從少年的外貌變身為女性，踏上榻榻米地板。

他繞過我的身後，從自己的和服腰帶中拿出梳子，為我梳髮、盤髮。溫柔的手勢散發充滿女人味的香氣。

銀次先生真的讓人摸不著頭緒啊。剛剛還像個少年，滿心期盼著要品嘗蛋包飯，現在又很女人地替我盤髮。

「好囉，完成了。這髮簪很適合您呢。」

「……是嗎？」

透過隨身攜帶的手拿鏡端詳自己的樣貌，銀次先生為我綁了一個偏低的丸子頭，一朵山茶花苞悄悄點綴在旁。我不太知道這到底適不適合自己。

接下來一邊與銀次先生確認隱世與現世諸多習慣上的差異，我一邊將水與米倒入靈力鍋中，蓋上鍋蓋後開火。用妖火加熱的爐子又讓我佩服起隱世科技，使用起來的手感跟瓦斯爐很像。

先把剩餘的食材確認過一遍後，我又再一次清點了調味料。

「接下來……不過少了番茄醬呢。要是有新鮮番茄就好了。」

日式調味料一應俱全，不過果然沒有番茄醬。

總之先確認一下醬油的風味，結果如同我的想像，口味偏甜。比起關東，恐怕比較接近九州地方加了砂糖跟甘草的醬油味道。

「啊啊，對了。那不然就做和風口味的蛋包飯吧。醬油既然偏甜那就沒問題了，蛋包飯也沒規定飯一定要用番茄醬炒過，用雞蛋包起來的都叫蛋包飯呀。」

我拍了拍雙手，做出這番隨便的結論，連自己都懷疑自己真的喜歡做料理嗎？

我在食材面前嘟噥著。我開始覺得對自己來說，現在最重要的應該是如何物盡其用，把現有的食材利用完畢。

「欸，銀次先生，在做蛋包飯的空檔，我同時也做做其他料理可以嗎？」

「咦，您要費這麼多工嗎？如果是這樣，我當然是心存感激啦。」

「材料還剩這麼多也可惜，做成配菜的話還可以多保存幾天……啊啊，馬鈴薯燉雞肉如何？我現在突然超想吃這道。搭配這裡的醬油感覺很美味。」

「哦，這不錯呢，我也很喜歡。」

坐在吧檯的銀次先生擺了一下尾巴。

「還有豬五花肉呢，那就和白蘿蔔一起燉好了。啊，還有茄子跟味噌，那能再做道味噌炒茄子。」

「哇——真是太棒了。」

我只是把自己喜歡跟想吃的東西列出來而已。這一類配菜我平常都會自己做來吃。

「啊，這麼說起來，大老闆他很喜歡味噌炒茄子這道菜呢。」

銀次先生像是突然想起來一般，開啟了關於大老闆的話題。

「咦，是喔？口味意外地偏平民嘛。」

「畢竟天神屋只專精高級料理，大老闆似乎偶爾也想換個口味嘗嘗一般家常菜，而我們館內的料理長不做這類料理的，所以大老闆也曾偷偷喬裝成平民，去外面食堂吃飯喔。」

「……這可真意外。我以為他是個花天酒地的鬼。」

「絕無此事，大老闆個性十分認真又質樸喔。只不過他最喜歡的一道菜是什麼，連我都沒聽過呢。」

「哦……」

鬼男最愛吃的菜嗎？算了，又干我什麼事。

我繼續做料理。就在我切著菇類與長蔥時，飯已經煮好了。我熄了火，暫時燜一會兒。把洋蔥、馬鈴薯、還有紅蘿蔔等蔬菜全都削掉外皮後切成滾刀塊，做為馬鈴薯燉肉的材料，雞肉也切成一口大小。

「葵小姐討厭大老闆嗎？」

待在吧檯裡的銀次先生突然迸出這個問題。他的眼神看起來很擔心。

我噘起嘴，繼續手邊的工作。

「反正那傢伙、還不是、只是勉強娶我為妻。他不是說娶人類小姑娘為妻，可以提升地位什麼的嗎……再說，竟然利用別人好心做的便當，把我拐到隱世……」

一想起鬼男的事，我就莫名感到一陣惱火。

『非常美味喔，葵。』

回想起那時他稍微挪開面具，以一副餓壞肚子的乖巧模樣嘗了一口便當，然後說了這句話。現在覺得當時還為此而有點開心的自己真是可笑。

我搖搖頭想撇除這些雜念，抓準時機掀開靈力鍋的鍋蓋。白飯煮好的香氣立刻飄散而出。

「唔哇——」

多悶了一會的米飯煮得粒粒分明，閃耀著光澤，我不禁發出讚嘆。這白飯感覺單吃就夠美味了，我不禁嚥下一口口水。

不過現在要開始做蛋包飯了。

拿著飯勺將白飯上下翻勻，然後取出所需的份量盛裝到碗裡。

接下來，我拿起類似平底鍋的淺底平鐵鍋，倒油熱鍋，再放入切塊的雞肉、菇類、蔥白，用胡椒與鹽調味後快炒了一下。接著把碗裡的白飯下鍋，將飯炒鬆後，再次加入胡椒、鹽與偏甜的醬油來調味，料理的香氣一瞬間從鍋內散發而出。等炒得差不多了，便將鍋中的炒飯先取出裝在盤子裡。

接著，在打好的蛋液中加入高湯調味，倒入已熱好鍋的平底鍋內。在煎的同時一邊攪拌，再將剛才炒過的飯用蛋包裹住，塑型成蛋包狀。

銀次先生從吧檯探出身子，發出「哦哦哦」的感嘆聲，帶著猶如少年般閃閃發亮的期待眼神看著我的動作。不對，他現在的確是個少年。

「其實啊，原本還要加上一種叫『番茄醬』的番茄醬汁後再享用的，不過這裡似乎沒有這東西。我做的這道是清爽版本的和風蛋包飯。」

一口氣倒在盤子上，鬆軟的金黃蛋包飯完成。認真一看，確實越看越像稻荷壽司。

參考了和風漢堡排的方式，我在蛋包飯上頭擺了白蘿蔔泥與切碎的紫蘇葉。結果樣子也變得有點像高湯雞蛋捲。雖然以蛋包飯來說絕非正統，不過軟綿綿的雞蛋光看上去就覺得美味，金黃的色澤賣相極佳。

用胡椒與醬油炒過的飯，搭配鬆軟蛋包的香氣，同時也挑逗著我的胃。

我將蛋包飯放在銀次先生面前，他的眼睛立刻瞪得老大。

「哇——我要開動了。我可以享用了沒錯吧？」

「請用。我還有別道菜要忙。」

雖然如此說，我又再次偷偷斜眼觀察銀次先生看蛋包飯看得入迷的模樣。小孩子與蛋包飯，這畫面還真是完美得像幅畫。

銀次先生照我的吩咐，在白蘿蔔泥上淋了少許裝在小瓶內的柑橘醋，把白蘿蔔泥和開，再用筷子吃蛋包飯。

軟綿綿的口感似乎讓他十分驚喜，銀次先生一開始慢條斯理地享受著口感，不一會兒便開始大口大口地吃著。

因為他現在是少年的模樣，看他帶著笑容搖著尾巴吃我做的菜，總覺得心裡有些高興。

我想料理應該還算合他口味，而鬆了一口氣。

「非常美味，我真的嚇了一跳。調味實在太棒了！」

「似乎很合你胃口，太好啦。我想到爺爺也很喜歡這道和風蛋包飯呢……最重要的是，賣相也很漂亮對吧？」

「沒錯，看起來也美味，成本又低，感覺可以直接在店裡推出……」

「咦？」

「沒事沒事，我在自言自語。」

銀次先生又繼續不發一語地吃了起來。而我的飢餓也已經忍耐到極限，所以開始準備將剛剛偷偷在煮的超快速馬鈴薯燉肉起鍋。

這次是使用雞肉，我一般習慣的調味是只加砂糖、醬油與酒。

雞肉下鍋炒過後，加入醬汁繼續炒一下，接著，放入切好的蔥、紅蘿蔔與馬鈴薯，稍微燉煮一會兒。

材料跟調味都走簡單路線，雖然是省時版本，但這是我最偏愛的做法。

「啊啊，已經可以準備上桌了呢。」

看著馬鈴薯染上美味的醬油色，我不禁綻開笑容。

確認食材熟透之後我便進行盛盤。這裡不愧是餐館，餐具齊全又是高檔貨。光是用好的餐具裝盤，就能為任何料理增添兩成的視覺美味度。

我將還算剛起鍋的白飯填滿飯碗後，與盛好盤的馬鈴薯燉肉一同擺上方形高腳餐盤，順手把剩下的白蘿蔔泥也裝在小盤子中，當作配菜。

「那我也該來吃飯囉。」

我興沖沖地坐在銀次先生的旁邊。銀次先生拿起一旁的茶壺為我斟茶。

「我開動了。」

「真不錯耶～我也想嘗嘗看呢。」

「蛋包飯不知道跟馬鈴薯燉肉搭不搭……啊，我幫你弄一點吧。」

「不了，葵小姐就請慢慢享用，我會自己拿來吃的。」

「真的？」

「您肚子很餓吧？請開動吧。」

順著銀次先生的好意，我馬上品嘗了期待已久的白米飯。

一入口便感受到充滿彈性與甘甜的口感。跟一般電鍋煮出來的味道完全不同，香氣逼人。就像把白米飯的美味從深處帶了出來，令人感動的一股好滋味。

「好棒……」

拿著裝滿熱騰騰白米飯的飯碗，我眼裡閃著光芒。

單吃就已經夠美味了——我不禁如此想。不過誘人的馬鈴薯燉肉我也要一併享用。結果我完全停不下筷子。

這真的只是單純的馬鈴薯燉肉跟白飯而已耶。一口大小的雞肉與鬆軟的馬鈴薯，用鹹中帶甜的醬油燉煮過後的滋味，總之非常下飯。不時再配上淋了清爽柑橘醋的白蘿蔔泥來換個口味，又能繼續再吃下去。

啊啊，這實在太美味了。

無關自己的廚藝好壞，在肚子餓壞時能用美味的白飯與馬鈴薯燉肉填滿胃袋，光是這樣就能讓人感受到小小的幸福。

銀次先生也拿餐盤去裝了一些馬鈴薯燉肉回到位子上。他搭配著蛋包飯吃，結果蛋包飯先吃完了，他又再追加了白飯。

不愧是高等大妖怪。明明外表是個少年，食量卻很大。這一點不知為何令我感到開心。

「葵小姐明明是人類，調味手法卻非常合妖怪的口味呢。偏甜又稍微清淡。」

「嗯……我也是後來才知道，爺爺的口味跟妖怪很像喔。不知道是不是因為他常往返兩地。」

妖怪喜歡的口味就如同銀次先生所說，偏甜而略清淡，順帶一提還有清爽的風味。當然也是有個人的喜好差異，不過大致上是這樣。

而祖父偏愛的口味也是如此，所以過去為祖父做料理的我，從結果來看，也受到影響而做出妖怪喜愛的菜，大概是這麼一回事吧。

此時，突然想起剛剛嘗過的醬油。

「話說回來，隱世的醬油果然也偏甜呢，就好像九州那裡的醬油。我也曾為了爺爺而特地訂購九州的醬油喔。」

「沒錯，隱世的醬油釀造廠，也是以現世九州的醬油來做為參考的。」

「哇，果然是這樣呢。」

「位於長崎的出島在過去曾是砂糖貿易興盛之地，九州這地方取得砂糖很方便，因此各種偏甜的料理也很多。聽說在當時，隱世的商人也會幻化為人類，赴九州大量採買砂糖。畢竟對喜愛甜食的妖怪而言，砂糖是眾所渴求的調味料呢！也因為九州有隱世商人經常出沒，偏甜的醬油也就因此流傳到隱世來了。」

「咦——原來是這樣啊，這還真有趣。」

「畢竟在那個時代，現世與隱世還能自由通行往來。我那時也常常到長崎，去看看傳聞中的南蠻人（註9）。」

「……咦？」

奇怪，銀次先生到底從什麼年代就活在世上了……

妖怪都長生不老這點我是知道，但出島還有進行通商貿易的時代，已經是好幾百年前的事了吧。果然，銀次先生雖然外貌年輕，也是個高等老妖怪吧。

「呼，肚子填飽了。不過好像有點想喝碗味噌湯。以定食來說，還是缺東缺西的呢。不過畢竟剛剛餓壞了。」

肚皮填滿後有了力氣，便開始在意起剛才的菜色實在不夠營養均衡，而對銀次先生產生愧疚感，自我反省著這可不是在家隨便弄弄自己吃的場合。

「不會的，您做的菜真的非常美味，謝謝您。曾聽大老闆提過葵小姐擅長料理，現在我心服口服了。」

「……」

「如果您方便，請再多露一手吧。廚房與食材隨您使用，如果還有需要的東西，我可以去廚房摸一點過來喔。不過要是被抓到，會被料理長揍個半死就是了。」

銀次先生以調皮的語氣半開玩笑地說著。

「呵呵，這樣不行啦。我就用現成材料多多嘗試變化菜色吧。」

「也拿去給大老闆享用如何？」

「才不要，誰要給他。我要全部吃光光。」

「您又來了～我想大老闆一定會很開心的。」

註9：十六世紀初至十六世紀中日本開放與葡萄牙、東南亞諸國貿易時，對以上國家人的所使用的稱呼。

銀次先生以話中有話的口吻回答後，啜飲著茶。我斜眼瞧向他。

「銀次先生不管說什麼都要扯到『大老闆』呢。」

「這理所當然，因為他是我們的大老闆呀。」

我也喝起茶。對於這裡的妖怪們來說，大老闆究竟是怎麼樣的存在呢？

啊，這茶好好喝。不愧是高級旅館的茶，選用了品質優良的茶葉。

「那接下來該做些什麼好呢？」

我回想著剩餘的食材，在腦內思考有哪些配菜做好後能放比較久。這種事我可是很拿手的。

不過此時，我終於想到了根本上的問題。

「對了，就算我在這裡想哪些小菜可以久放，若是沒有棲身之處還不是白搭。我明明連份工作都還沒找到。」

我慌張了起來，身子開始發抖。如果工作遲遲沒有著落，我接下來會怎麼樣？鬼男大老闆說如果我想逃跑就要把我吃掉；但沒有工作的我，反而會被他趕出去不是嗎？

「啊啊，既然如此，要不要使用這裡頭的房間呢？以前的員工在開店前曾住在這，所以留有一套床被唷。」

「這真的、可以嗎？」

「嗯嗯，當然沒問題喔。」

銀次先生的微笑在我眼裡顯得神聖高貴無比。

但我心中也存在著一絲不解。

「欸，銀次先生，為什麼你要對我這麼好？這裡的妖怪都很討厭我耶。你這等地位，何必對我這麼友善？」

從昨晚到現在，就只有他如此溫柔地對我。深夜偷偷送了稻荷壽司過來給我，現在又借我使用廚房，送我食材……還對我的料理讚譽有加。

我的問題讓銀次先生稍感驚訝而擺了一下尾巴。

「這個呢……」

隨後他變回青年的外型。

「因為我從葵小姐還小的時候，就認識您了。」

「……咦？」

我跟銀次先生在哪裡見過面嗎？毫無印象。

「該不會，你跟爺爺碰過面，所以聽過我的事情？」

「咦？喔喔……呵呵，也對呢，大概是這樣吧。」

他以衣袖掩口輕輕笑了笑，眼神不知望向何處。

「您要是餓肚子，我可無法置之不理的。」

又是意味深遠的一句話，不過對我來說，聽到這很令人高興。

「銀次先生，你是我的恩人喔。不對，該說是恩妖？隨便啦，反正就是這樣！」

一股情緒湧上胸口，我不自覺地如此斷言。

而銀次先生卻慌張地說：「您太過獎了！」手在胸前揮了揮否認。

「才不會。果然世界上還是有像你這樣親切的妖怪呢。」

「果然？」

銀次先生的狐耳稍微起了反應。

「嗯嗯。好久好久以前，某個親切的妖怪曾經幫助過我……銀次先生就好像那時候的妖怪一樣。」

「……」

「如果銀次先生你有什麼煩惱的話，儘管說喔，我會照單全收的。」

心中滿懷謝意的我不假思索地說道，結果銀次先生微微抖了眉毛，用疑問的口氣問我：「照單全收？」

「那您還願意為我做料理嗎？」

「嗯嗯，那當然。銀次先生要是有想吃的菜就告訴我喔，我很樂意做給你吃。」

「……這樣啊。」

他稍稍與我拉開距離，然後又揚起了微笑。

之後，銀次先生為了別的工作而離開別館。

我把廚房收拾收拾，做做小菜。有空時就整理一下裡頭的房間，也鋪好床褥。

然後，還打掃了用來招待客人的吧檯與榻榻米客席。

收納在碗櫥裡的食器，我也一個個拿來瞧了瞧。裡頭有很多高級的陶器，能感覺到這間餐館過去認真做好了開店的準備。另外，我又發現幾個隱世特有的烹飪器具，其中也有類似現世所謂調理機的工具。

把屋子內部弄乾淨後，我到屋外打掃庭院。

「這地方也不會有可怕的妖怪過來，真讓人安心……」

回過神來，時間已至傍晚。抬頭仰望淡紫色的天空，果然有許多垂掛大量燈籠的飛行船交錯往來。祭典的伴奏聲又在耳邊響起。

傍晚來臨，這間別館也流洩出溫暖的光線，飄蕩著濃厚的古老民宅氣息，這一點非常棒，我不禁對這地方越來越中意。

「總之托銀次先生的福，食衣住都搞定了，明天開始得繼續努力才行。」

在我快撐不下去時是他伸出援手。對銀次先生我只有滿滿的感謝與敬意。

剛剛燉的豬五花白蘿蔔不知道好了沒——我如此想著，正打算回屋。

此時，旅館本館的方向響起了令人震驚的爆炸聲。

「咦？咦？怎麼了？」

這實在令人很在意，於是我放下掃把，穿過走廊往本館走去。

我從後門通過黑暗的走廊，正要拐向櫃檯方向之際，不知哪來的廣告單被一陣強風吹來，蓋住我的臉。那是一張寫著「鬼門櫻祭」的活動傳單。

我將臉上的傳單扯下來，映入眼簾的光景是——

櫃檯那裡有群廚師打扮的紅臉壯漢，與長有黑色羽翼，鼻子長長的天狗們，正在互扔酒瓶與不倒翁（註10），又刮強風又大發雷霆的，打得不可開交。

「請住手，天狗殿下！還有料理長殿下！」

土蜘蛛曉臉色大變，企圖阻止這場爭吵。可惜人數太多，他的話沒有傳進大家耳裡。

為什麼會起這麼大的爭執呢？這是我最根本的疑問。

在鬧事群眾的外圍站了許多女接待員與門童，目睹著這場戰爭。

「欸，這到底是怎麼回事呢？」

我問距離最近的一位垂眼女接待員。她看到我之後似乎稍微嚇了一跳，狸貓尾巴跑了出來，隨後馬上就用帶著調侃的語氣開始說明。

「就是啊，天狗大人們今天本來要在天神屋舉辦宴會的，啊可是退位的天狗大老卻發脾氣說我們家菜色太無趣了，通通都要換掉，還翻桌把長腳餐盤弄倒了。」

「這可真過分呢。」

「是啦，有一部分也是因為他喝醉了吧，總之這客訴實在不合理啊。啊不過如果能及時賠罪替換餐點的話，事情也不會演變至此啦，啊可是我們家料理長也是自尊心很高啊。雙方大怒之下，最後就一路打來櫃檯這。這簡直是戰爭啊，是達摩與天狗的戰爭啊。我們旅館會不會到了明天只剩下一地斷垣殘壁啊。」

狸妖女接待員用輕佻的口吻悠哉地說明。不過的確再這樣吵下去，旅館也很麻煩就是了。這次換成花瓶飛過來，我們「咿啊」地大叫著壓低身子。

「都、都吵成這樣了，大老闆他還不出面嗎？」

「女二掌櫃現在正去叫大老闆過來啦。我想他就快要來收拾這場面了。」

「是要把那群天狗轟出去嗎？」

「嗯——這我倒不知道了。雖然這次很明顯是天狗的不對，但麻煩的是，天狗的首領也掌管八葉其中一方，負責鎮守西邊的堡壘——朱門山。以地位上來說，跟我們家大老闆算是不相上下喔。」

「原來天狗是這麼了不起的妖怪啊？」

「就是這麼一回事囉。啊所以就連我們那位大掌櫃也按捺著怒氣呀。」

如同狸妖女服務員所說，那隻易怒的土蜘蛛都氣到發抖了還是忍住不出手。他也只能在一旁看著這場戰爭。

註10：「達摩」原是指禪宗祖師「菩提達摩」，後來也指依照他坐禪的姿態所做成的玩具「不倒翁」。

「天狗是我們旅館的常客，個性也大方，就各方面而言都是很重要的客戶，要是搞砸了關係，旅館也是很傷腦筋的。現在就只能等大老闆駕到了，雖然也不知道大老闆能做些什麼。」

「怎麼會……」

「不過呢，我們旅館也不全然沒錯啦，畢竟料理的味道跟菜色組合的確了無新意。雖然也是有客人獨鍾我們家傳統原味，但也出現一些意見說已經膩了。會被客訴也是遲早的問題囉。」

狸妖女接待員把滾過來的土產饅頭撿起來吃了。她也活得太自在了吧。

我看著這場與自己幾乎無關的紛爭，一邊焦急地想大老闆怎麼還不過來。

再這樣下去旅館都要毀了，我開始認真擔心起來。

「你們這些迂腐的達摩！去死、去死吧！」

「你們這些邪門歪道的天狗才是，下地獄去！不許再踏進這裡！」

「滿腦子裝肌肉的大胖呆！」

「小心我折斷你們長長的鼻子！」

妖怪們震耳欲聾的爭吵聲，彷彿地鳴般的巨響。

「好痛！」

「叩」地一聲。我的額頭被手鞠球大小的不倒翁給擊中了。

是廚師他們丟的不倒翁擺飾。

在櫃檯掀起的旋風與不倒翁擺飾，形成一幅頗為混亂的光景，就像攪拌著熬好的湯一樣，刮起如天高的漩渦。

「妳還好吧？」

「痛痛痛……真過分耶，實在是。」

「哎呀呀，妳的額頭流血了耶。人類的肉體還真是脆弱呢。」

雖然也不是什麼重傷，不過血似乎從額頭流了下來。

狸妖女隨口提醒了我，不知道是不是在為我擔心。就在此時，我看見大老闆從走廊的另一端現身。

他身旁站著女二掌櫃雪女，與另一位我未曾見過的獨眼中年女性，將頭髮緊緊地紮起，站在一旁待命。

「哇——女掌櫃也來了！」

狸妖女突然將人類外皮全部扒光，變回普通的狸貓，邊發抖邊鞠躬行禮。

原來如此，那個獨眼女就是眾所畏懼的女掌櫃啊。確實散發出懾人的氣勢。

大老闆發現我的存在，一瞬間露出稍帶驚訝的表情，似乎是發現插在我頭髮上的髮簪。不過馬上又以冰冷的視線鄙視我。

我的額頭上還流著剛剛的血。

「哎呀哎呀，這副樣子成何體統。大老闆駕到卻不鞠躬行禮。」

「女掌櫃，這種人一定是家教不好啦。畢竟是人類小姑娘，也無可奈何。而且那血跡是怎麼回事？是妝容？這世上沒有什麼事比村姑化妝失敗還好笑了呢。」

女掌櫃與女二掌櫃喋喋不休地說著。

雖然很不爽，我還是打算正襟危坐，低頭行禮。

「這種狀況下不必行禮了。」

然而，大老闆用冷酷的聲音阻止了正打算低頭的我。

他看起來心情差到不行。那雙紅色眼眸讓我回想起他上次那令人發抖的冷淡視線，我還是感到害怕了。

女掌櫃露出苦悶的表情。

「大老闆呀，您這樣就是太寵她了。員工要好好管教才可以。」

「女掌櫃，她還不是我們家的員工，只是個欠債惹事的人類小姑娘而已。」

大老闆無情地跟我劃清界線。他冰冷的態度與當初相遇時的印象漸行漸遠，令我感到驚訝又不甘心。

「津木場葵，妳很礙眼。不是我們家員工還湊熱鬧觀戰，這可傷腦筋。」

「什麼？我只是、擔心是不是發生了什麼事。」

「離開這裡，否則就把妳吃了。不然把妳丟給天狗也不錯。」

大老闆無情的話語讓我無話可說，而女二掌櫃雪女開心地合掌贊同說：「這主意不錯。」

「……」

「啪答」一聲，額頭的血滑落，滴在地板上。

「妳！不許用人類的血弄髒地板！」

獨眼女掌櫃朝著我大聲怒斥。我的身體不禁打顫，用手壓住額頭。

大老闆微微張開嘴，看起來像打算對我說些什麼，但最後什麼也沒說就閉口走向漩渦之中。女掌櫃她們也隨行而去。

我徹底地呆住了，現在覺得一切就隨它去吧。

關於大老闆要怎麼解決這場達摩與天狗之爭，原本我也好奇得不得了，現在只覺得根本無所謂了。

感受到從體內深處開始變得冰冷，我拖著無力的蹣跚步伐，逃跑似地離開了現場。

我想自己大概是沾染到邪氣，所以才會覺得這麼心寒吧。

「痛痛痛……這可真淒慘呢。」

回到別館後，我一屁股坐在榻榻米客席上，以手拿鏡端詳自己的臉，額頭上的血跡從兩眼中間流向右臉頰，實在很搞笑。這模樣難怪會被恥笑。

由於沒有其他醫療用品，我從包包裡拿出隨身攜帶的ＯＫ繃，貼了一片在額頭上。雖然滿難看的，不過至少止住了血。我拚命地用瀏海蓋住它。

現在外面的爭執聲已經停止。

耳邊響起的，只有一如往常熱鬧的祭典奏樂聲。

「看來大老闆應該妥善收拾場面了吧，雖然不知道是用了什麼辦法。」

這只是我的自言自語。

也許我明天就會被趕出這裡吧——心中有一股這樣的預感。

畢竟大老闆、女掌櫃跟女二掌櫃都被我搞得那麼火。

「嗯……怎麼辦好呢？我還做了很多菜耶，一個人也吃不完。」

我轉進吧檯裡頭，清點裝在大盤裡，擺在桌上的各式配菜。

剩下的馬鈴薯燉肉、白蘿蔔燉豬肉、味噌炒茄子、以及醋拌牛蒡絲。另外還有剛煮好的味噌湯跟白飯。

我心想中午煮好的飯就冷凍保存好了，於是又重煮了一鍋。感覺有點煮太多了。把這些料理一一盛裝成小份，今晚就一個人寂寞地暴飲暴食吧。想必銀次先生現在也忙著善後各種麻煩吧。

我愣愣地看著石盤微波爐發出熱能將配菜們加溫的過程。

正值此時——

外頭傳來「咚」的一聲，好像有什麼東西掉了下來。

我心想不知道又發生什麼事，害怕地到屋外一看，發現似乎有一塊黑色物體掉在柳樹底下，好幾根被折斷的柳樹枝也零落而下。我慌張地走了過去，仔細觀察那個黑色物體。雖然早就知道那一定是妖怪，但是他發出呻吟聲，似乎很痛苦。

「哇……天狗？」

那是一隻爺爺輩份的老天狗，背上的黑色羽翼滿是傷痕。身子好小好輕，感覺就像瀕臨乾涸一般。

也許就是剛剛在天神屋鬧事的天狗群眾其中一位。他看起來爛醉如泥，於是我便把這位天狗爺爺帶回屋內。

我在榻榻米客席上排放了坐墊，讓他躺在上面。

「不知怎麼地，讓我回想起我們家爺爺呢……」

祖父過去也常跟老朋友什麼的一起去喝酒，然後一個人喝得酩酊大醉回家。醉到回不了家而在路邊呼呼大睡的情形也時常發生。我總是想著真拿他沒辦法啊，一邊背起爺爺把他帶回家。

在我沉浸於過往回憶時，天狗爺爺緩緩張開了眼皮。

他眨了眨眼後，發現了我的存在。

「這裡是哪裡……我……哎呀疼疼疼！」

「老爺爺，老爺爺，你還好嗎？要不要喝水？」

「……妳是誰？」

我幫迷你老爺爺扶起上半身，把準備好的水餵給他喝。雖然高高的長鼻子有點礙事，不過勉強還算順利。

老爺爺憑自己的力量站起身子，結果往前倒下。

「這裡是哪裡？」

「這裡是天神屋的別館喔，老爺爺。」

「什麼～天神屋～」

老爺爺一聽見天神屋的店名，雙眼立刻充血。看他這個反應，果然是剛剛其中一位鬧事的天狗沒錯。周遭又開始刮起風，我趕緊補充說明。

「不、不過這裡只有我一個人啦。這地方被天神屋棄置不管了。」

「……啥？」

「老爺爺你肚子不餓嗎？我這裡有很多小菜喔，雖然是提前做好放著的。啊啊，不過白飯是剛煮好的喔，我本來也正打算吃晚餐。」

「……」

「你剛在天神屋沒吃東西對吧？」

老爺爺的肚子發出了「咕——」的聲響，就像在回答我的問題。

我不禁輕笑出聲，結果被老爺爺用他那充血的雙眼狠狠瞪了。

「有什麼好笑的？」

「不是啦，因為呀，我的祖父也常在醉倒之後，又因為肚子太餓而醒來。所以剛才讓我想起了他。」

這番話是真的。祖父一喝醉可沒人能奈何得了他，不過昏睡之後醒來會餓得不得了。

然而天狗爺爺卻在坐墊上盤起雙腿，交叉雙臂，擺出一副高姿態。

「哼。妳把我當成什麼啦。小姑娘做的飯能吃嗎！」

「……也對。畢竟連天神屋的料理都不合你的口味了。」

「……」

「沒關係，反正我還是會一一端到吧檯上，你要是回心轉意就自己動手吧，反正我只是做自己的晚餐，順便而已。」

說完後，我走向吧檯裡面。

我準備了擦手巾、筷子與筷架，並將裝有醋拌牛蒡絲的小盤子一同端到離老爺爺最近的吧檯座位上。

我又回到吧檯裡頭，這次打算把豬五花燉白蘿蔔重新熱一下。鍋內發出咕嘟咕嘟的聲響，一陣香氣隨之飄散出來，我忍不住偷嘗一口。

啊啊，白蘿蔔燉得很入味。

「欸，小姑娘。」

正當我偷偷摸摸地試嘗味道時，天狗爺爺以尖銳的聲音叫住我。站在鍋子前的我嚇得跳起來，還以為被他發現自己在偷吃。

走出吧檯，我看見老爺爺依舊坐在榻榻米客席的坐墊上。

「欸，帶我去吧檯那邊。」

言下之意，似乎是想要我這個小姑娘背著他，把他帶去吧檯那。

我一聲不吭地背起老爺爺，然後把他背到吧檯邊。

「這裡就行了嗎？」

「嗯哼。」

天狗爺爺就座後跟我要了杯熱茶，我馬上端了過去。只是我人站在面前，似乎讓他不好意思對料理下手，所以我又回到吧檯裡頭。

傳來喀滋喀滋的聲音。

我知道老爺爺開始享用那道醋拌牛蒡絲。

「老爺爺，豬五花燉白蘿蔔怎麼樣？」

「……」

「我幫你準備一點喔，不介意的話就請用吧。」

我早已習慣應付個性彆扭的老爺爺了，基本上這類型的老頭子只要不回話，就代表可以照我的意思來進行。如果真的不要，他們就會認真拒絕了。

我從吧檯裡探出頭，把裝了豬五花燉白蘿蔔的碗放在老爺爺面前。這道料理是用芝麻油炒過食材後加入高湯、醬油與味醂燉煮而成。

在現世做這道菜給妖怪吃的時候，也有很高的機率能滿足口味偏甜且清淡的他們。因為現在沒有要小酌，所以我一同準備了白飯與味噌湯。

我又躲進櫃檯裡頭，不一會兒聽見外頭「喂」的呼喚聲，便應聲走了出去。

「不夠吃。沒有其他菜了嗎？」

「還有馬鈴薯燉肉、味噌炒茄子，不知道份量會不會太多？」

「好，全部端出來。」

看來他是相當餓吧。明明是個老爺爺，食量卻挺大的。

「抱歉啊，我用這裡現有的食材，做出來的盡是些容易飽的料理。要是有準備一些別的菜色就好了。因為我本來只打算一個人吃掉的……」

我邊準備邊自言自語，天狗爺爺開口問了我的名字。

「妳叫什麼名字？」

「我叫葵，津場木葵。我是人類喔。」

「津場木？人類？」

「對啊，人類出現在隱世，是不是還挺奇怪的？啊啊，但請你別打起吃掉我的算盤啊。我都幫你準備料理了。」

我將重新熱過的馬鈴薯燉肉與味噌炒茄子裝入燒陶製的小碗中。

老爺爺緊盯著從吧檯探出頭的我，注視著我的臉。

「嗯？怎麼了嗎？我的臉上沾到什麼東西了？」

「妳……該不會是那個津場木史郎的女兒？」

我震驚地眨了兩下眼睛。從沒想到祖父的名字會在這種時候登場。

我也盯著天狗爺爺。有別於剛才充滿戒心的眼神，他像是看見了熟悉的老朋友，笑容突然在他的臉上綻開。

「差一點就答對了呢，我是他的孫女。」

「哦，孫女啊。」

「沒錯。你認識我爺爺嗎？」

「當然認識啊。啊啊，認識了很久呢……」

天狗爺爺仰望著天花板，似乎沉浸於過往回憶，陷入一陣沉默。

隨後，發出了「啊哈哈哈哈」的響亮笑聲。

「原來啊，總算輪到孫女登場啦。啊哈哈哈哈！」

「老、老爺爺？」

「我名叫松葉，叫我松葉大人，葵。」

「那好，松葉大人。」

被這麼乾脆地要求喊他「大人」，我也只能老實地照辦。

這位老爺爺的確是個囂張跋扈的天狗。不對，也許光是身為天狗這一點就夠有資格囂張跋扈了。（註11）

松葉大人現在已經能敞開心胸在我面前享用料理，他一口氣將白飯掃進嘴裡，雙頰又塞了小菜而鼓鼓的。看著這位吃得津津有味的硬朗老爺爺，果然讓我想起自己的祖父。

「怎麼樣？還合胃口嗎？」

「啊啊，實在是讓人回憶起母親的味道。」

「松葉大人有媽媽嗎？」

註11：日文中也常以「天狗」一詞來形容傲慢自大的人。

「這不是廢話嗎？妖怪也是被母親生下來的。」
原來如此。實在有點難以想像。
「像松葉大人這麼了不起的天狗，不會嫌這種家常菜乏味嗎？」
「……不會……偶爾嘗嘗也不錯。」
松葉大人手上端著裝了小菜的碗，開始陷入沉思。
個性如此的老爺爺，剛剛真的在天神屋的櫃檯發脾氣嗎？
「欸，天神屋的料理不合天狗的口味嗎？」
我單刀直入地問了。松葉大人歪著嘴，扭曲的表情像是回想起什麼。
「哼。我只是膩了而已。我們天狗常常光顧天神屋，卻老是出同樣的菜給我們，總是會膩的。」
「原來是這樣啊！」
「這裡的料理長是個老頑固，毫不理睬顧客的心聲，擺出一副『這是我賞給你們的，滿懷感激地吃吧』的態度。」
「……因為要堅持店裡的傳統味道呀。」
「但這樣子客人會吃膩也是事實啊。我只不過把這點坦白說出來而已。」
松葉大人把下巴抬得老高，一臉「哼！我一點都沒錯」的表情。
這也是有道理啦——我在心裡暗暗想著。不過再怎麼說，我只是個局外人。

「不過，葵，妳的料理我不討厭，反而覺得懷念。這些菜都是現世傳來的，而且調味很合妖怪的口味。」

「你有去過現世嗎？」

「那當然啊，畢竟天狗偏愛人類姑娘，從現世強擄女子為妻也是常有的事。」

「呃……」

這不就是所謂的綁架嗎……

松葉大人的口氣雖然一派自然，但聽見這驚人的事實，我還是整個人僵住了。

果然妖怪改不了本性。

「聽說我的母親也是人類喔。她做的菜簡樸又清淡，很有現世的風格。」

然而，松葉大人滿布皺紋的雙眼微微和緩下來。都已經步履蹣跚的老爺爺，也會懷念母親的滋味呢。

我也差點回想起自己母親的事情，不過還是打住了。

光是回憶起媽媽的味道，就令我全身打顫。我也不是沒嘗過何謂母親的味道，只是那絕對不是無償奉獻的愛的滋味，而是就算渴求也無法得到的東西。

松葉大人看見我的表情，緩緩說道。

「葵，妳跟史郎長得很像呢。」

「……有嗎？雖然很多妖怪都這麼說沒錯，但真有這麼像嗎？」

我抬起頭，不由得捏了捏自己的臉頰。

因為每當聽別人說我長得跟爺爺很像，總會讓我覺得哪裡怪怪的。畢竟是有血緣關係，當然也不至於完全不像。

「怎麼說呢，五官是很像，但跟整體給人的感覺也有關吧。」

「是嗎？我還一直以為自己比爺爺穩重多了。」

「啊哈哈哈！不是不是，我是說靈力方面很相似。」

「……靈力方面？」

我越聽越一頭霧水了。

除了看得見妖怪這點以外，我不認為自己擁有什麼特別的力量啊。

「史郎是個喜歡亂來的人類，隻身闖入隱世，卻受到眾多妖怪的景仰呢。雖然企圖索命的妖怪更多就是了。」

「哈哈哈。果然很有爺爺的風格呢。」

「我也曾被史郎救過一次。那已經是五十年前的事了啊……那時他還算是個少年，我喝酒喝得爛醉，掉進了橫跨隱世的大甘露川之中。」

「哎呀哎呀。」

這個老爺爺還真是重蹈覆轍了好幾次呢……

雖然這麼想，但我把這段話擱在心底沒說出口。

「我可是堂堂的天狗，活過了好幾百年的光陰，但這天狗的鐵木屐實在很重，一溺水便難以起身，只會越沉越深。我的翅膀也溼得沉甸甸的，飛不起來。」

松葉先生突然笑了起來，像是在自嘲一般。

「史郎他啊，那時竟然在禁止釣魚的大甘露川大剌剌地垂釣。他發現我溺水之後，也不顧自己只是脆弱的血肉之軀，就這樣跳進河裡把我拉上岸。」

「哇！我的爺爺原來是個會做這種善行的人。」

「不不不。他後來強迫我『我救了你，快給我回禮』，真是個厚臉皮的傢伙。」

「啊……這樣喔。」

果然，爺爺牽到隱世還是爺爺。

「結果你最後到底給爺爺什麼東西？」

我好奇一問，結果松葉大人搖頭。

「我當時身上什麼也沒帶，就跟他約定好，下次把寶貝圓扇送給他。史郎明明也點頭答應了，在那之後卻好一陣子沒出現在我眼前。」

「咦，他是不是跑回現世了？」

「這我不知道。那傢伙真的過得自由自在，吊兒郎當的。不遵守約定，但對眼前發生的事又無法坐視不管，就是個活在當下的馬虎人類。」

「……這點的確如你所說。」

活在當下這四個字，真是一語道盡爺爺他漫無計畫，想去哪就去哪的生存方式，讓我胸口莫名發燙。

因為這讓我再次重新體認到，這個妖怪真的很了解祖父的為人。

「在那之後沒多久，我好幾次遇到那傢伙，他卻好像忘了有這番約定，而不願意收下我的謝禮。」

「啊啊，那應該是真的忘了沒錯。」

「我也是這麼想，那傢伙就是個這樣的人嘛。」

明明也沒有喝酒，松葉大人卻繼續話當年。

恐怕他心中的回憶如洪水般氾濫，不說出來就無法整頓好思緒吧。

「我很中意史郎這個人。雖然隱世中的妖怪大多認為他不正經啦，比妖怪還更沒人性啦，是個人渣啦什麼的，這也罵得挺讓我痛快就是。」

「比、比妖怪還更沒人性的人渣嗎……」

這話說得沒錯。在現世裡的妖怪們對爺爺的評價也是如此。

「史郎欠了天神屋一大筆債的事，我也輾轉聽說了。真是個不正經的傢伙。」

松葉大人啜飲著熱茶，隨後吐出長長的嘆息。

「不過話雖如此，葵的料理可真是絕妙，調味非常合妖怪喜好。我的母親說過，她為了摸索妖怪的口味，可是下了好一番功夫呢。」

「因為爺爺的口味跟妖怪很類似喔。偏甜又清淡，帶有清爽風味。」

我一如往常地說道，松葉大人稍稍皺起眉。

「哦？這可真奇妙了。以前我曾聽史郎說隱世的飯菜味道太清淡了，根本不是人吃的東西喔！」

「咦？」

「嗯……也許口味也是會改變的吧。」

在我開始思考前，松葉大人已先做出了結論。

不過的確曾聽說，年紀大了之後，偏好的調味也會有所改變。

祖父的口味是否越來越偏向妖怪呢？還是他漸漸想念起隱世的滋味呢……

原本以為爺爺的口味向來如此的我，感到些許混亂。

「所以史郎現在在做什麼？既然身為孫女的妳來到此地，史郎應該也會一同前來吧？他依然無恙嗎？」

松葉大人看起來非常期待，圓潤的雙眼發亮著。那雙眼睛簡直像回憶起年少時代的悸動一般。然而我搖了搖頭。

「不，爺爺他已經過世了。雖然年紀的確也一大把了，不過是因為跌了一跤結果走了，令人措手不及呢……」

看見松葉大人得知祖父死訊後所露出的失落表情，令我感到不可思議。

聽聞祖父去世的人沒有一個不高興的，但松葉大人似乎不一樣。

「……這樣啊。真是走了一個人才。可惜他不是妖怪之身，否則必能成為了不起的人物啊。」

「……」

「人類就是如此脆弱的生物呢，連百年都活不過。」

他的聲音帶著一絲寂寞。松葉大人又喝了一大口茶，隨後露出苦澀的表情。

在這之後他似乎酒醒了，知道這裡沒酒可喝，說了句「我去喝兩杯」，便搖搖晃晃地站起身離開別館。

我目送從柳樹下完美展翅離去的松葉大人。

飛船依舊在夜空中交錯往來，慶典樂聲不絕於耳。

松葉大人鑽過飛船的縫隙飛去，他的身影越來越小。

真是來了個奇客。也多虧他，讓我能不再多想發生在自己身上的倒楣事。

據松葉大人所說，祖父似乎都是隻身進出隱世。

再怎麼自由不羈的人，也沒有過一絲害怕或寂寞的心情嗎？

對已故之人即使有再多疑問，也無法得到答案了。

只不過，得知雖然許多人討厭祖父，但也有一小部分的人深深愛著他。這一點不論在隱世或現世，都是不變的。

雖然個性上有些胡來的地方，不過一想起性情始終如一的祖父，我還是懷念得不得了。會把孫女做為債務的擔保品送去給鬼做妻子的祖父——這一點雖然可恨，但我仍然拿思念之情無可奈何。

想著這些的同時，也感覺到祖父的債務似乎已無法阻止地落在我的肩膀上了。

隔日清晨，我在萬妖皆眠的黎明時分起床，打理好門面後，從一大早就拚命消化剩菜。昨晚天狗老爺爺松葉大人已經吃了大半，所以並沒有太費力。我吃得一乾二淨後，便開始清洗碗盤跟料理用具。

這間別館是個好地方，要拆除實在令人難過，不過這裡屬天神屋所有，我也沒辦法。只能打掃乾淨，把這裡弄得比我來借住之前還整潔。

「好了！」

一切工作大功告成，時間還未到中午。既然無法在這旅館內工作，那我也只能拜託他們讓我去外面找工作。

換下銀次先生給我的抹茶色和服，是這裡的員工制服。穿完和服後再穿上現世的水藍色流行款洋裝，材質果然是太輕薄了，不禁感到一陣涼意。

「……啊，對了，髮簪。」

我想起鬼男大老闆給我的山茶花花苞造型髮簪，便從包包內拿出來。

真懷念在鳥居下遇到的那個戴著面具的妖怪。他真的就是天神屋的老闆，那個大老闆嗎？當時明明那麼穩重，喊著肚子好餓、肚子好餓的老實模樣也很可愛。

「哼，走投無路時就把這拿去當鋪典當好了。」

我斷然下了這樣的決定，打算將髮簪塞進包包深處，不過還是作罷。

髮簪最後被我擱在吧檯桌上。假如我最後要離開天神屋，這還是留在這裡吧。

踏出別館後，我伸了一次懶腰。現在的心情比昨天更樂觀了。

繼續加把勁找工作吧。

「葵小姐！」

此時，我看見銀次先生從本館的後門出來，穿越走廊。

此刻的他是青年造型，披著天神屋的外褂。

「喔喔，銀次先生，太好了。我正要去問大老闆可不可放我出外找工作……」

「出外？這究竟是……不，先別管這了！葵小姐，總之請您先過來一趟！」

銀次先生非常慌張。到底是什麼事可以把沉穩的他逼成這樣？我被他半拉到本館裡，快步走過長長的走廊，來到櫃檯。

修復作業尚未完成的櫃檯呈現一片狼藉，天神屋的員工們排排站在這裡。獨眼女掌櫃、雪女二掌櫃、土蜘蛛大掌櫃與達摩料理長也在場。另外還有其他貌似幹部，但我沒見過的妖怪們零零落落站在各處。不知為何，連昨天鬧事的天狗們也在場。

我一到現場，所有視線立刻聚焦在我身上，令我冷汗直流，以為發生了什麼大事。

鬼男大老闆朝我走過來。他帶著一臉正經的表情，用那雙紅色的眼眸俯瞰我，讓我產生一股不祥的預感。

「葵，妳……為退位的天狗大老做了料理是嗎？」

我心頭一震。退位的天狗大老，該不會，就是指松葉大人？

就算不是，我也必定是做了什麼不能做的好事了吧。

我想可能又要被罵個臭頭或刁難了，不禁心生防備。

「哦哦哦，是葵呀，這不是葵嗎？昨晚真是受妳照顧了。」

此時，身著氣派和服，作修行僧打扮的松葉大人，從眾妖怪中出聲叫住我。天狗們立刻靠往兩邊為松葉大人開路。松葉大人拄著拐杖穿過櫃檯走向我。

奇怪，松葉大人該不會是個超級了不起的大人物？大天狗？昨天明明還是個掉在別館外柳樹下的老爺爺，那慘樣就像塊破破爛爛的抹布。

「葵，葵，妳昨天奮不顧身地照顧倒下的我，還做了美味的一餐。我非常中意妳這個史郎的孫女。」

「這、這還真是謝了。」

「所以呢，我打算將這把『天狗圓扇』送給妳。」

松葉大人把一片氣派的八角金盤葉片遞向我。老實說我很失禮地想著「其實我不需要」。

而天神屋的妖怪們在目睹這光景後，異口同聲大喊「咦咦咦咦咦咦咦！」瞪大雙眼跳了起來。就連那位鬼男大老闆也一副不可置信的表情，露出驚訝的眼神。

「來，收下吧。這本來就是屬於史郎的東西。由身為孫女的妳繼承下來也很合理。」

「咦？可是，真的可以嗎？從周遭的反應看來，感覺這好像是個不得了的東西耶……而且我也嗅到會惹麻煩上身的味道。」

「可以的，收下吧。」

松葉大人的神情有別於昨日，下彎的眼尾看起來心情很不錯。

困惑的我被他拉起手，將圓扇握住。

「據我所聞，妳成了史郎債務的擔保品，所以才待在這間天神屋不是嗎？實在太糟蹋了，太可憐了。與其在這種地方工作，不如來朱門山吧。我們會厚待妳的。要不當我們家兒媳婦也行。這麼一來妳就成了我們家人，債務就由我們來償還吧。天狗會很珍惜人類小姑娘的。」

松葉大人神來一筆的提議，讓天神屋的妖怪們又再次議論紛紛。

而我對這突然的邀約，也只能手拿圓扇愣在原地。

鬼男大老闆也不發一語，只是瞇起了雙眼。然而銀次先生卻一副慌張失措的樣子，在松葉大人腳邊跪下，低伏著頭。

「此、此事萬萬不可，萬萬不可，松葉大人。」

「為何？九尾。」

銀次先生依然跪拜在松葉大人面前。我很清楚了解松葉大人究竟是何等地位了。

「葵小姐她，與這間天神屋的大老闆締結婚約了……」

「啥。把未婚妻趕到那種像置物間一樣的地方，這是何等蠢事！她可是史郎的孫女，等同於我的孫女！」

「是、是的。您說的一點都沒錯。」

松葉大人嚴厲地訓斥銀次先生，我急忙跑去站在銀次先生面前。

「松葉大人，銀次先生是我的恩人喔。請別責怪他了。」

「……是這樣啊？既然葵這麼說了……但還是請妳來我們家吧。」

松葉大人著急了起來，用溫柔的聲音邀請我前往天狗棲息的山裡。然而我帶著笑容回答。

「哈哈哈。這是在說什麼啊？我不能接受松葉大人的提議啦。」

松葉大人與一旁的天狗們，還有天神屋的妖怪們，對於我果斷的拒絕又大吃一驚。四處傳來「咦咦！」的驚呼聲。

大老闆那雙紅色的眼眸緊盯著我不放，完全搞不懂他心裡在想些什麼。

算了，無所謂。我一改態度，正經地對松葉大人開口。

「松葉大人如此掛念著我，我真的很開心。但如果全盤接受你的好意，我應該會後悔吧。」

「……為什麼？葵。」

「津場木史郎是我的祖父啊。他所闖出來的禍，我想憑自己的力量來解決。」

我知道自己或許選了一個最笨的選項。但替祖父收拾殘局，是我理所當然的責任吧。

即便這也許就是祖父收養我、養育我的動機。

「況且，我跟那個鬼男已經約定好要工作還債了，也不能擅自毀約……嗯，不過也許那位鬼男認為根本無所謂，趕快還清債務就好了。」

我彆扭的口氣讓旅館的妖怪們怨聲四起，不過誰管他們。

松葉大人看起來非常惋惜。他表情實在太過失望了，讓我看著看著心生歉意。

「對不起。這把圓扇我不能收下。」

我將手中的八角金盤葉片扇子遞給松葉大人。

然而，松葉大人卻緩緩將扇子推回給我。

「好了，至少收下這個吧。這是我過去約定好要送給史郎的，只不過史郎忘記約定而不願意收下。既然妳說要扛下史郎的債務，那這勢必也屬於妳了……我們的『約定』就由妳繼承了。」

「……約定。」

我屏息，嚥了一口氣。由我來繼承約定，這究竟是什麼意思？

松葉大人執意我非得收下扇子不可，既然他都說到這份上了，我就心懷感激地收下來吧。

事實上，我連這片大葉子的用途是什麼都不知道。

啊，鋪在魚類料理下面當墊底，感覺也許很時髦又氣派……

「鬼神啊。」

松葉大人踩著叩叩作響的鐵木屐，走到大老闆面前。

嬌小的天狗老爺爺與高佻的鬼男大老闆面對面，不知為何讓我緊張了起來。

然而大老闆卻露出業務用的親切笑容。

「松葉大人，有什麼事嗎？」

「既然葵是你的未婚妻，就該好好待她。我知道你跟史郎有過種種不快，但孫女是無辜的，不許刁難她。」

「嗯？我沒有印象自己有特別刁難過她。」

「在這跟我裝傻，實在是……」

天狗轉過身子，背對大老闆。

「算了，昨天也發生了不少事，本來想跟天神屋暫時保持距離的，不過看在葵那頓美味料理的份上，你們的無禮就隨風去吧。」

「這實在是太感謝您了。」

「……我們的確是有點過頭了。旅館的修繕費用，由我們負責一半。」

大老闆向松葉大人鞠躬致意，其他員工們也一臉鬆了口氣的表情跟著鞠躬。

搞不清狀況的我，一個人呆愣愣地站著。

而松葉大人對這樣的我彎起眼尾說道。

「葵，多虧了妳的料理，讓我吃完之後變得這麼硬朗。吃了妳做的菜便會精力充沛。妳可以開家小餐館什麼的，我一定去光顧。」

松葉大人當場輕盈地跳了跳給我看。

「咦？哈哈哈。我做的只是些普通的家常菜啦，那種隨便的手藝不可能開店啦。」

我被松葉大人的玩笑話給逗笑了，然而此時銀次先生卻接了一句話。

「沒錯！正是如此。葵小姐應該在那間別館開個餐館的。我說大老闆，還請您收回拆除別館的決定，然後僱用葵小姐為廚師，重新開業！」

「什麼？」

我心想，現在是連銀次先生都燒壞腦袋了嗎？就連大老闆都陷入一陣沉思。

剛剛還只顧著笑的我急忙插嘴。

「欸、等等，你在說什麼呀？開店那種事我做不來的啦。」

喜歡做菜跟會做菜是不一樣的，這一點連我都區分得出來，所以我才會拒絕，提出另找工作的要求。然而連天狗松葉大人也趁勢火上加油。

「這主意不錯。既然如此，我以後每次來天神屋，就去光顧葵的別館吧。要不店名也讓我取吧。」

「這可是萬分感謝。畢竟松葉大人貴為第一位顧客。若能得到天狗界大老您的認可，那肯定是增光不少。」

銀次先生越講越上癮，他開啟業務員模式的三寸不爛之舌實在太厲害了。

周圍的妖怪們又開始議論紛紛。尤其是在一旁暗暗看著這場騷動的達摩們，臉上的表情一看就知道充滿不悅。

「呃，那個……那個，我，要我負責餐館實在是……」

「別這麼說，葵小姐。葵小姐您曾說過，只要是我的請求，不管什麼您都會聽的！」

銀次先生牢牢握住我的肩膀，臉上浮現不懷好意的笑容。

咦？是啦，我的確是說過這句話沒錯啦！

「所以請您在那間別館裡負責做料理吧……這同時也是個能清償債務的機會呀？」

「……」

我逃不了，無處可逃。在必須還債的情況下，我沒理由拒絕。

腦中呈現一片空白。

然而此時，鬼男大老闆低聲說：「等一下。」打斷了我們的對話。

「不許擅自定案，一切決定權在我。是這樣吧？銀次。」

「是……是的。您說得甚是，大老闆。」

銀次先生稍微收斂了一些剛剛過度亢奮的情緒，在大老闆面前低下頭。

「那間別館要如何處置，我就再考慮考慮吧。但現在先暫且等等。再怎麼說，首要之務是修復天神屋的櫃檯。如果旅館不能重新開業，這件事也免談。」

大老闆像是在說「別慌張」似地，將手放在銀次先生的肩膀上，隨後朝我瞥了一眼，便走向天狗松葉大人。

「松葉大人，我才需要為昨日的無禮之舉向您道歉。這裡似乎不太適合，我們換個地方談吧。」

「哼。嘴上說著是要道歉，我看反正又是要談生意吧。好吧，全都看在葵的份上，我就答應了。再怎麼說，這一切都是為了葵。這一點你要好好記牢了。」

「是，這當然。」

對話結束後，天狗們被女掌櫃請往大會議室「閻魔」而離開了。天神屋的幹部也一個一個地被叫進去。

我拿著天狗的圓扇，看著妖怪們的舉動。

「葵。」

大老闆從我面前走過之際，出聲叫了我，我不自覺心生防備。

「我不清楚妳打算去哪裡，但我不容許妳踏出天神屋。」

「可、可是我，本來想去外頭找工作的。」

「在別館等著，聽到沒？」

大老闆伸手輕拍了我的頭。這舉動實在出乎意料，我又陷入呆愣。他黑色的外褂衣袖掃過我的臉頰，從我面前走了過去。

我就聽他的話在別館待命吧。不知怎麼地覺得心力交瘁。

當我朝妖怪們的反方向離去時，發現眾多員工正目不轉睛地盯著我瞧。其中包含了比過往更充滿厭惡的眼神，也有單純出自好奇的視線。而達摩廚師們則是特別兇惡地瞪著我。

總歸一句，不論好壞，我現在又變得更引人注目了。

「哼，別得意忘形了，區區的人類小姑娘。」

大掌櫃土蜘蛛在擦身而過之際朝我丟來這句話，但我聽不懂他的意思。

我就這樣不明不白地拖著疲憊的腳步朝別館走去。來到黑暗的走廊時，我一屁股坐在無人使用的上樓階梯上，被剛剛吃著甜饅頭的狸妖女接待員叫住。

「能釣到那個老天狗，妳很有兩把刷子嘛。」

「……我並沒有在釣誰。」

狸妖女扔了一顆甜饅頭過來給我。我接下後直盯著饅頭看。

「不過啊，也因為妳，天神屋才能這麼順利就解決了麻煩事。」

「什麼？」

「其實昨晚大老闆原本打算招待發怒的天狗們搭乘我們家的遊覽船『空閣丸』，但是那位退位的松葉大老怎麼樣都不肯消氣，只顧著猛喝，結果喝得爛醉，聽說最後就從船上掉下去了。大家怎麼找也找不著他，這可不得了了。」

「……原來啊。所以松葉大人才會摔落在那種地方啊。」

我回憶起昨天松葉大人跌在柳樹下的光景。天狗會從天上摔下來，這件事本來就夠奇怪了。狸妖女嘴裡塞滿饅頭，繼續說了下去。

「本來以我們旅館的立場來說，跟朱門山天狗之間的關係，恐怕已造成無法修補的裂痕。畢竟松葉大人可是天狗中的掌權者呀。幹部他們從一大早就忙著開會，底下的員工則負責修繕慘不忍睹的櫃檯。我們現在是請房客由北門進出。而且呀，今晚還決定臨時歇業，請預約的客人們都取消了。」

難怪，我就想說這個時間的櫃檯怎麼沒有天狗以外的客人出現。

「然後啊，天狗們就跑來啦，大呼小叫著要我們把妳交出去。『把史郎家的孫女交出來～』『把津場木葵交出來～』什麼的，吵死啦。還真多虧了他們，櫃檯的修復工作毫無進展啊。」

「咦，原來事情經過是這樣啊。」

不過俗話雖說好酒沉甕底，剩下的就是福，但我壓根兒沒想到剩下的料理會引發這樣的事情。就算到了現在，我依然覺得一切好不真實。

「一臉傻愣愣的，妳還不清楚自己的立場呢。」

「我怎麼可能清楚。」

「我們旅館的幹部們啊，見妳一個小姑娘把功勞全攬去了，一定很吃味啦。尤其是廚房那些招惹禍端的達摩們。妳最好小心點啊。」

「這豈不是最糟的結果嗎？」

我只覺得事情演變得越來越麻煩了，真討厭。

「哈哈哈。不過我想應該也會有好事的啦。」

狸妖女輕快地跳下階梯，她那咖啡色的妹妹頭髮型搖曳著，走過我面前打算離去。

「欸，妳的名字是？」

我開口問狸妖女接待員的姓名，她一雙垂眼瞇得細細的，回頭看著我。

「我是狸妖『春日』！」

她爽朗地報上大名，便快步往燈火明亮的方向走去了。我心想她雖然是個情報站，但真是隻讓人摸不著頭緒的狸妖，一邊大口咬下饅頭。

在那之後我回到別館，坐在榻榻米客席上乖乖等著。

這寧靜過頭的午後實在太暖和，令我不禁橫躺了下來。榻榻米還散發著全新的香味，這又更令我不知是鬆一口氣，還是感到放心。

我閉上雙眼。能有這樣一段喘息的時間實在感激。

在寂靜之中，榻榻米的氣味伴隨著我進入夢鄉。

第五話　隱世妖都

老實說，我並不怎麼喜歡睡午覺。

在不正常的時間睡覺，常會夢見令我厭惡的過往回憶。對我來說最不願回想的一段回憶，就是在黑暗的房間裡，只能等待著母親回來，充滿孤獨與饑餓的生活。

我沒見過父親。母親常把我一個人留在家裡，自己不知道跑去哪。也就是所謂的棄之不顧。

我躺在冰冷的地板上，一邊覺得肚子好餓，一邊注視著天花板。在一片漆黑的天花板上我看不見一絲期待或希望，連哭的力氣都沒有。

這麼說起來，母親還曾經一星期都沒回過家。

那時的我被奇妙的妖怪出聲喊住，他救了我一命。

那妖怪突然出現在我身邊，躲在暗處不現身，在黑暗中只隱隱約約露出一張能劇面具，用眼神守護著我。

我開口向那妖怪搭話，感覺自己的孤單好像被撫平了。

妖怪也陪我聊天，每天把自己的食物分給我。
那是個怎樣的妖怪啊？
可能因為當時的意識也很恍惚，我記不清對話的內容，也想不起妖怪給我什麼食物。
那妖怪戴著面具，所以當然也無從得知他的長相。
只有一件事我到現在仍記憶清晰，就是當時他給我的食物非常好吃。

母親消失一星期後，不知道出於什麼原因，一群我從未見過的大人們來接我，帶我離開那個空無一物的家。
從此我再也沒見過母親，我被帶到育幼院，在那裡度過一段時間。
進入育幼院後，再也沒見過那個分我東西吃的妖怪了。
雖然一開始非常想念他，不過這段回憶終究不得不塵封起來。
在育幼院裡提到妖怪的事，會讓大家覺得我很可怕，甚至因此受到欺負。
老師們似乎也無法理解，我為何一直主張著誰也看不見的存在。
因為我跟妖怪扯上關係，也曾經波及到身旁的孩子們無辜受害，所以我才下定決心要跟妖怪保持距離。
育幼院這地方帶給我的只是更多的孤獨，因為在團體中被疏遠，比孤身一人還更悲慘。

祖父來育幼院迎接我，是什麼時候的事呢？

記得大概是小學二年級吧。

○

我感到一陣惡寒。因為雙眼睜開時，發現周圍已籠罩在微暗的黃昏下。

一半也是因為做了夢的緣故，而黑暗的房間又加深了我的恐懼。又讓我回想起一個人躺在黑暗的房裡，沒東西可吃的過去。

「醒來了嗎？」

突然有聲音傳來。總覺得好像很熟悉，是鬼男大老闆的聲音。

大老闆在微暗之中，坐在吧檯旁吸著菸管，手上拿著山茶花花苞造型的髮簪，轉來轉去地把玩著。

他眼中的紅，跟那山茶花的紅色光輝莫名地相似。

「我……剛剛睡著了嗎？」

「是啊，已經傍晚了。」

我坐起身，腦袋還在半夢半醒之間。心情有點五味雜陳，都是因為剛剛做了一場惡夢。

望向窗外，剛好能看見接近日落時分的淡紫色天空。

「妳剛才發出了很痛苦的呻吟喔。」

「咦、真的？」

「做了什麼可怕的夢嗎？」

「……沒有啦。」

我覺得自己糗態盡出。大老闆吸著菸管看了我一會，便起身將山茶花髮簪收進懷裡，走近我身旁，拉起了我的手。

手腕又感到一股刺痛。

「等等，放開啦，大老闆。你指甲那麼長，抓住手很痛的。」

「是這樣嗎？」

大老闆一臉詫異，彷彿從來毫無自覺。

他立刻放開手，看著自己的指甲。

「但是鬼的指甲天生就這麼長。」

隨後又馬上一改態度如此說道。

「大概是這樣吧，但是會痛就是會痛。你看，我的手腕內側都留下爪痕了不是嗎？」

大老闆看著我露出的手腕內側，宛如看見什麼稀世珍寶般，用指腹摸了摸之後說道。

「人類真是脆弱，如此軟弱的血肉之軀啊。」

「畢竟人類又不是妖怪。」

如果我是妖怪的話，恐怕也不會落得這般下場了吧。

「葵，今天的事，我要稱讚妳一句，做得很好。」

「咦？怎麼突然說這些？」

「我是指天狗松葉大人的事情。我沒想到松葉先生會那麼中意妳做的料理。好了……該走了。」

大老闆對我說了句「跟我過來」。我才剛睡醒，頂著一頭亂髮，況且身上還穿著現世的洋裝，然而大老闆卻毫不在意，揮手要我過去。

到底要帶我去哪？雖然思緒一片混亂，不過我還是決定乖乖跟過去。

「妳把天狗的圓扇帶在身上比較好。」

「為什麼？」

「這還用問，因為圓扇有守護妳的防身力量啊。」

「……意思是說會發生什麼需要防身的事囉？」

我驟然心死。大老闆卻輕聲笑了起來，意味深長地瞇起眼睛。

「難得從松葉大人那邊收下的，妳最好習慣隨身攜帶。畢竟這可是把特別的圓扇啊。」

「哦？」

「事實上這寶物的價值不斐，拿去賣掉的話都夠還清史郎的債務了。」

「那，我們去一下當鋪吧。」

「等一下。」

我邁開大步往前走，卻被大老闆抓住衣領拉回原地。

「妳不是發下豪語，要靠一己之力償還史郎的債務嗎？還拒絕了松葉大人的提議，虧我對妳刮目相看了呢！」

「這個圓扇既然是我的，我拿去賣掉還錢，也算是我自己出的力啊。」

我一副理直氣壯的態度如此說道。

一般來說，要賣掉人家送的禮物，大多都會感到於心不忍，但如果有必要的話，我會這麼做。我自己也覺得這個性有部分遺傳到祖父。

大老闆臉上露出些許慌張，似乎是因為察覺到這一點。

「等、等等。妳先等等。稍微冷靜點。」

「我自認從剛剛到現在都一直很冷靜呀。」

「這裡可是妖怪的世界。妳一個人類小姑娘踏出天神屋四處遊蕩，在找到當鋪前就先被抓去吃掉啦。跟在我後頭。」

感覺到大老闆的態度稍微有別於昨天，我抬頭用看著可疑分子的眼神望向他。

「……幹嘛。昨天明明還說什麼要把我吃掉啦、把我交給天狗的。」

「誰叫妳區區一副血肉之軀，竟然打算介入妖怪間的紛爭。身體脆弱得被我一抓住手腕就受傷了，若把妳放著不管可活不了多久。」

大老闆輕輕撥開我的瀏海。

啊，我這才突然想起，用手遮住額頭。昨天被不倒翁擺飾砸到額頭受傷了。

原來我一直以頭上貼著ＯＫ繃的糗樣示人啊。我感到一陣羞赧，硬撕下了ＯＫ繃。

「傷不是還沒痊癒嗎？」

「反正血已經止住了，沒關係啦。」

「這樣啊，那就好。」

大老闆的態度跟昨天差太多了，真是令人感到困惑。不過我老實地拿著圓扇，跟在他的後頭走去。

隨他走去的路上擺著一個大鍋子，我甚至幻想自己也許會被「噗通」一聲推下鍋煮來吃了，但這實在太觸霉頭了我趕緊打住。

我莫名其妙被帶到船上。

這是一艘能飛翔於空中的飛船。船帆上印有天神屋的圖紋，上頭點綴著紅色燈籠，一眼就能看出比其他路過的船隻還更氣派。

從船上窺探下方街道燈火的我，從剛剛開始就興奮難耐。

「好厲害！好高！」

「這是飛船，隱世的交通工具之一。天神屋擁有好幾艘宴會用的遊覽船與屋形船，這艘是小型的『海閣丸』。小歸小，但卻是最新的一艘。」

「好棒喔，我喜歡高的地方。」

大老闆望著難得一臉雀躍的我，說了句「簡直像個孩子似地」。

晚風怡人，從高處俯瞰的世界呈現了有趣的畫面。

然而其中最讓我吃驚的，是我第一次見到的天神屋全貌。

「哇，天神屋原來有這麼大呢！」

天神屋周圍是一片深谷，看起來就像被無盡的黑暗所包圍，旅館與大門口正前方熱鬧的大街之間似乎是以吊橋連接往來。

天神屋占地廣大，而本館更是十分廣闊。

除了本館之外，還可見無數棟建築物散落於天神屋用地內。也能看到我所居住的別館就位在最遠處。

紅色的磚瓦屋頂上亮著好幾盞鬼火。

「今天因為臨時歇業，有點沒看頭呢。平常的話，鬼火的演出可精彩多了。」

「這樣叫沒看頭……」

天神屋正面的吊橋前方，聚集著一些因為今天臨時休業而感到疑惑的妖怪們，同時也有一些穿著天神屋外褂的員工在場，正在跟他們說明。

我也想俯瞰營業中的天神屋會是什麼模樣。一定更熱鬧、華麗又漂亮吧。

飛船漸漸飛離天神屋，我打算到船裡四處逛逛，此時，我被踏出船艙的三人組叫住。

「葵小姐，已為您準備好浴池了。」

「咦？無臉女？」

看來無臉女三姊妹也上了船。她們三個一副雀躍的樣子把我扛了起來。還是老樣子，我輕輕鬆鬆就被抬起來帶離現場。

「來來來，葵小姐，讓我服侍您入浴吧。」

「讓我為您把妝容也補一下吧。」

「讓我幫您重梳個髮型吧。」

三姊妹七嘴八舌地說著，一邊脫去我的衣服，把我扔進船內的浴池，為我刷洗身體。我享受著這豪華的待遇。

一回過神來，我已經換上山茶花圖案的美麗和服。藍色的底布印著大紅色山茶花圖案。紅底腰帶上頭也帶著精緻的花樣，看起來很高級的和服讓我慌了起來。

「等等、這和服是怎麼回事？真的可以給我穿嗎？」

「當然行，這件和服是大老闆送給葵小姐的禮物唷。」

阿松邊為我綁上腰帶邊說。我嚇得瞪大雙眼。

那個大老闆為什麼要送我這麼貴的和服？

本來想開口問的，但這衣裳實在太美麗了，在大鏡子前入迷地欣賞著花紋的同時，身上的和服已穿整完畢，三姊妹發出了讚嘆聲。

「哎呀，這實在太適合您了，葵小姐！」

「大老闆一定也會很開心的。」

「您的美麗絕對能讓那個做作的女二掌櫃也認輸的。」

「好了、阿梅！不要連內心話都說出來。」

阿梅又被阿竹罵了一頓。話說那個女二掌櫃雪女，在無臉三姊妹眼中也是個麻煩嗎？

頭髮被梳往側邊，綁成優雅的髮型，雙唇被塗上比平常更濃的唇彩。

我在大鏡子前輕巧地轉著身子，打量自己的模樣，連我自己都覺得似乎還不錯。和服的花紋很可愛。當然心情也很好。

「您還滿意嗎？」

「呃、嗯。還可以……」

剛才我明明照著鏡子一邊轉呀轉地，端詳著自己的和服造型，無臉三姊妹輕笑著，似乎不用說也很清楚我很滿意。

嗯……不過這件和服應該不會加在債款上吧？

「哦，我的眼光果然沒錯。我就覺得妳適合大紅色的山茶花。」

「哇！欸、你、什、什麼時候來的啊！」

大老闆不知從何時開始站在後面，看著鏡子裡的我。

該不會被他看見我剛才認真欣賞自己的樣子吧。

「看妳這麼中意，我很開心喔，葵。」

他瞇起雙眼，揚起單邊的嘴角。

我漲紅著臉咬住下唇。總覺得很不甘心。

大老闆走近我身旁，從他的衣袖中取出那支山茶花花苞造型的紅水晶髮簪。

「來，把這也戴上吧。少了髮飾，總覺得這身難得的華麗造型缺了點什麼。」

他說完，便把髮簪插在我綁在左側的髮髻上。輕輕掠過臉頰的大手讓我有點緊張，而我又不甘心認輸似地稍微繃緊了表情。

「好了，看看鏡子吧。」

他握住我的肩膀，將我的身子往後一轉，我又再次面對鏡子。

「……奇怪？」

我突然覺得插在髮上的髮簪，形狀跟以前不太一樣。

「花苞怎麼好像變大了？」

髮簪上本來只是朵普通大小的山茶花花苞，但現在卻稍微膨脹了一些，感覺花瓣即將綻放。

「紅水晶是會緩緩變化的。接下來會開成一大朵的山茶花喔。」

「咦。隱世還有這麼有趣的東西啊。」

「……最後會凋零的。」

大老闆從身後凝視著鏡中的我，語重心長地說道。我不自覺也望著鏡中的他。

「什麼？是期間限定的髮簪嗎？最後會消失？」

老實說我有點受打擊。大老闆看著情緒全寫在臉上的我，別過臉輕笑了出來。真想問他到底哪裡好笑。

「總之妳喜歡最重要。不過那朵山茶花凋零之時，也就是妳還清債務的期限。妳就加油吧。」

突然被宣告了還債期限。

我瞠目結舌，心想這根本和某個童話故事沒兩樣。

「這算什麼呀。簡直就是〈美女與野獸〉啊。」

「那是什麼？是在指妳跟我嗎？」

「〈美女與野獸〉，法國的異種通婚故事啊！」

大老闆愣在原地。我是不奢望隱世的妖怪聽過法國的故事啦，但我的臉皮也沒厚到把自己比作美女啊。

不過奇怪了？總覺得這狀況很奇妙地跟美女與野獸重疊耶。

因為監護人的失態而讓女主角被迫嫁給非人類——這部分挺像的。

「圓扇妳也一起插在腰帶裡。必須隨身帶著備用。」

我一個人自顧自地咕噥著，大老闆則將松葉大人贈送的八角金盤葉扇插進我背後的腰帶。這身造型看起來簡直像是要去逛廟會一樣。

阿松為我套上紅色鞋帶的漆面木屐，我現在完全是隱世風格的和服打扮。

「差不多要到囉。」

「到哪？」

「妳上來甲板就知道了。」

跟著大老闆來到甲板，海閣丸已經開始下降，下方是一片廣闊的鬧區，熱鬧繁華的街道上點滿暖色系的燈火。

天神屋一帶的熱鬧程度，與這裡相較之下稍微差了點。

這裡的中央有一座規模比天神屋還大上許多的宮殿，高聳得彷彿突破天際。宮殿附近果然也建造了多棟大型建築，層層堆疊如山。

這都市的四個方位都座落著巨大的紅色鳥居，劃成十字型的大馬路上點滿輝煌燈光，宛如鑲上滿滿的寶石，從上方能清楚俯瞰整片街景。

「哇……好漂亮。這裡是哪裡？」

「這裡是隱世的首都。位於中央的建築物就是妖怪之王所住的神殿。」

「隱世不是妖怪之國嗎？還有國王的存在？」

「那當然。妖怪之王名為妖王。若說守護隱世中與各異界相通的八方土地者稱為八葉，那負責統管八葉的就是妖王了。再怎麼說，這裡也是隱世的正中心。」

大老闆命令船隻停泊在港口。雖說是港口，但這裡也不是海面，而是妖都邊境上的漆黑深谷，船就綁在岸邊停泊。

妖都南邊的港口也接連停著許多日式古船，每一艘都是飄浮於空中的飛船。

「是天神屋的大老闆啊。」

「不得了不得了。要讓這條新聞趕上晚報出刊呀。」

天神屋的海閣丸雖然並非什麼大船，不過岸邊的眾多妖怪卻以新奇的眼神看著船帆上的「天」字圓圈紋。看著驚慌失措的妖怪們，我再次體認到「天神屋的大老闆」——這位鬼神是多麼有名。

我抬頭盯著大老闆瞧，然後呢喃著。

「果然大老闆是名人呢。」

「這樣的我娶妳為妻，不好嗎？」

「不要若無其事地逼婚啦。」

「好了，葵，在這裡若不戴上面具，會被大家發現妳是人類的。」

大老闆從懷中取出鬼面具。那是我們在現世初次相遇時，他所戴的那張鬼面具。

大老闆為我戴好面具。看來在這裡暴露人類身分，似乎會惹上眾多麻煩。

隨後，我們從海閣丸下船，從南側大鳥居進入妖都，成為所有妖怪的目光焦點。

踩著小步伐跟在大老闆身後的我，成為大家交頭接耳問著「那是誰？那是誰？」的話題人物。不過我穿著這樣的和服，還戴著鬼面具，人類身分應該沒有曝光吧。

走在妖怪們熙來攘往的熱鬧大街上，我們朝著位於中心點的大宮殿前進。

各種氣派的店面在大街上並排成列，其中以木屐店、和服屋與劇場的客人最多。

而最具人氣的，是門簾上寫著「玻璃屋」的一家寬敞店舖，湊近一看，主要販售的似乎是精美的玻璃製品。上門的客人看起來大多是為了採買餐具。

玻璃表面有著細膩如繪卷般的雕刻，或是風格奇特的刻紋，散發出來的氣氛有別於現代日本普遍的玻璃製品，不過光是在這隱世的店內販售，就令人覺得是特別精雕細琢而成的精緻產品。

「啊啊，這間是名為妖都切割的店。」

「妖都切割？」

「隱世裡頭也有些從現世傳過來的工藝品。近期說到玻璃製品的話，有像妖都切割這類的妖都獨創品牌誕生。餐具製品現在更是蔚為流行呢。」

「……哇。」

在這間氣氛與外頭日式街景不太搭調的西式店面裡頭，我似乎久違地感受到了玻璃獨有的透明閃耀感。

「我本來也想過選用妖都切割的餐具來搭配我們旅館的膳食，但廚房的人非常討厭接受新東西。不過在各間客房的裝潢上，有稍微採用一些玻璃裝飾。比方說窗子換成玻璃的以求擋風。」

「這麼說起來，在『大椿』那間客房裡也有大大的玻璃圓窗呢。可以很清楚看見外頭的飛船從空中穿越而過。現在回想起來，那個設計還真是特別呢。」

玻璃店塞滿了客人，看來似乎無法擠進店裡，不過光看陳列在店門外的妖都切割的餐具，便清楚可見的確是充滿巧趣的工藝品。

充滿時尚感的玻璃盤，在洋溢春日氣息的淡粉色玻璃上，低調點綴著鏤空的櫻花圖案。晶透閃耀的透明玻璃碗，從上俯瞰那精緻的刻紋，彷彿就像在觀賞萬花筒一般，折射出外頭紅色燈籠的光芒。麻葉圖樣的大酒杯，則封入了沉穩雅趣的一抹青。

認真觀賞的我開始幻想，如果是自己會選用哪個餐具盛裝哪一道料理？光是這樣的想像就足以讓我感到快樂。

尤其是花紋像萬花筒一樣的透明玻璃碗，看起來特別好用。

「有想要的嗎？」

大老闆像是看穿我的心思，將手搭在專注看著餐具的我肩上，從身後如此問道。

我心跳漏了一拍，挺直彎下的腰桿。

「我只是覺得很漂亮啦。」

「妳想要哪個？我買給妳吧。」

「咦、你、你幹嘛，又有什麼目的？」

現在我則是心頭一震，不禁轉過身面向大老闆，往後退了一步。

我還忘不了昨天他那副嚴厲的態度。對我來說，眼前大老闆的笑容只讓我覺得詭譎又可疑到不行。

「妳別想太多。我還欠妳一份解救天神屋的人情，所以想說以此作為回禮，如此而已。」

「不、不用啦，我不覺得自己做了多了不起的事啊。」

「別客氣了。葵，妳對我太防備了。」

「俗話不是說免錢的最貴嗎？」

我撇過頭離開店門。大老闆在後方輕笑出聲，實在不知道哪裡好笑了。

「等等，別走在前頭，跟在我身旁。」

我帶著試探的眼神，仰望著走近身旁的他。

雖然他令人捉摸不定，但沉穩的氣質在茫茫人海之中也醞釀出一股特別的存在感。

踩著「喀啦」、「喀啦」作響的木屐，我跟著大老闆走過充滿妖怪的熱鬧夜晚大街。

果然東看西看，眼前全是妖怪。

如果被他們發現我是人類，我會變成怎樣呢？

「……？」

在我如此思考時，突然感受到從某處傳來了視線。

回頭一看，路上來來往往的妖怪們根本沒注意到我，不知道視線究竟來自何處。

就在我停下腳步時，大老闆已經走進一家看起來很奇怪的店面，被留在原地的我開始慌張失措。因為腳下穿著不習慣的木屐，感覺腳步一急就會跌倒。

「欸、等我一下。」

「剛剛不是說過別離開我身邊嗎？發呆可是會迷路的喔。如果跟我走散時被發現是人類，那就真的不妙了。最糟的情況也許會被吃掉喔。」

大老闆輕笑著向我招手。他站在一間外牆漆成時髦黑色，走酒窖風格的店面外。

「……內臟料理『如虎添翼』？」

「是呀，這間料亭只有內行鬼才知道，專門做我們喜歡的內臟料理。」

「內、內臟料理？」

這番話從名副其實的鬼口中說出來，令我感到毛骨悚然。我的腦內萌生各種可怕的想像，像是新鮮的人類內臟在大鍋鮮血中咕嘟咕嘟地燉煮入味的畫面。

該不會我即將在這裡被料理成美味的佳餚上桌吧……

「為、為什麼帶我來這種地方？你該不會是打算把我當成『自備的內臟食材』之類的，請店裡的人幫忙處理吧？我應該不會變成你要享用的料理吧？」

「哈哈哈哈哈哈！」

我的一番話讓大老闆大笑了。

「妳說話真的很逗趣耶。」

「……我是對你很有戒心。」

被笑成這樣讓我開始有點惱羞成怒，臉頰漲紅了起來。

「我只不過是想讓妳吃頓好料。妳就安心跟我過來吧。」

踏入店內，料亭的店員們像是久候鬼神光臨一般，已排成長長的隊伍。所有員工都低頭鞠躬歡迎，大家的頭上都長著角。

原來這裡是間鬼料亭。店裡的氛圍雖然有點陰暗，但看得出來是間高級料亭。

我們被帶往二樓最深處的包廂，包廂的設計很特別，從窗戶敞開的靠窗位置能觀賞妖都的繁華街景。

「面具可以拿下來囉。這裡是我常光顧的店家，都了解內情的。」

「是喔？沒被妖怪發現我是人類就好，不過這樣好像自己也成了妖怪一樣，心情有點微妙呢。」

我依照大老闆的指示摘下了鬼面具。仔細端詳面具，才發現自己臉上一直戴著這張面目實在猙獰可怕的東西。

「很適合妳喔，不愧是即將成為鬼神之妻的姑娘。」

「我想在現世絕對找不到任何一個女孩，被稱讚戴這東西很適合會感到高興的。」

我對大老闆的讚美感到傻眼，就座後開始坐立難安起來。

他說要請我吃內臟料理，端上來的究竟會是什麼東西？

「……什麼嘛，這不就是牛雜鍋嗎？」

在桌面正中央咕嘟咕嘟地煮沸的鍋類料理，放滿了韭菜、高麗菜與牛雜等配料，看起來十分美味，也就是在現世也極具人氣的「牛雜鍋」。

「的確是內臟料理沒錯啊。」

大老闆一臉得意的表情。

「是這樣沒錯啦，但我還以為一定會是看起來血淋淋、賣相可怕的料理，想像了一些不好的畫面呢。啊啊，不過牛雜鍋還真是好～久沒吃了，也許不錯。」

「妳喜歡？」

「對啊！因為爺爺很喜歡去福岡博多，常常帶我一起去。那時候吃牛雜鍋的次數，幾乎跟豚骨拉麵不相上下呢。」

祖父在生前帶著我遊遍日本各地。他特別常去九州地區，而福岡縣裡他最喜歡的地方就是博多了，因為博多最出名的就是拉麵跟牛雜鍋。

「博多啊……在史郎還年輕時，我也常一起跟他去中洲遊玩呢！」

「……是喔。也對啦，你跟爺爺這樣的組合，應該很適合去中洲吧。」

中洲是博多有名的深夜鬧區，河川沿岸也有許多攤販，讓我回想起曾在冷颼颼的寒假被祖父帶去玩，在攤子裡吃著熱騰騰豚骨拉麵的回憶。

不過，現在還是先專心享用眼前的牛雜鍋吧。飄散過來的醬油湯頭香氣搔動著我的內心，我看準了時機拿起碗。

「我幫你裝吧。哎呀別客氣了。啊，我也會吃的，我可以吃吧？」

「……我說過就是為了讓妳吃，才帶妳來這的不是嗎？」

大老闆一臉傻眼的樣子，但我毫不在意。盛裝完他與我的份之後，我精神飽滿地合掌說「我要開動了」。第一口先享用Q彈有勁的牛腸。

超乎預料之外的濃郁香氣與美味，令我為之震驚。

「哇，好棒。這牛腸有烤過呢。」

我夾起另一塊仔細端詳，牛腸的表面有火烤過的焦痕。

「這是烤腸。似乎是先火烤過一次以去除多餘的油脂。」

「咦，我第一次吃到呢。」

脆彈的口感之中帶出柔軟肥腸吸飽湯汁的鮮美，越嚼越夠味。辣椒的辛辣風味更是讓人停不下來。

「……好吃嗎？」

「嗯嗯！我嚇了一跳耶。雖然是帶麻的辣，但湯頭以偏甜的醬油為基底，果真是妖怪的口味呢！」

「是呀……所以這道料理才受到妖怪喜愛，尤其是鬼。」

「鬼果然很愛腸類料理嗎？」

「當然。」

「……那大老闆你最喜歡的料理是牛雜鍋？」

「最喜歡的料理？」

我一派自然地開口問了。之前銀次先生曾說過他不清楚大老闆最喜歡吃什麼，出於愛好料理的個性，我對這問題一直很在意。

大老闆陷入短暫的沉思。

「牛雜鍋……嗯，可惜不是呢。硬要說的話，應該是年輕人類小姑娘的鮮血或內臟之類。」

「問這問題算我笨。」

大老闆那番話究竟是出自真心，還是使出渾身解數的黑色幽默呢？

以我的立場來說雖然笑不出來，但大老闆看起來似乎莫名愉快。

「我呢，至今只有告訴過一位女性自己最愛的料理是什麼喔。」

「那位是你的戀人？」

「妳很在意嗎？」

「沒有，完全不。」

要問我的話，我一心陶醉於鍋類料理之中。牛雜鍋裡燉煮得軟爛香甜的韭菜與高麗菜也是一大美味。這股蒜香風味挑逗著食慾，感覺要我吃多少都不成問題。

「噢，問我最喜歡什麼料理，是打算做什麼給我吃嗎？」

「我、我才沒有這意思哩。」

「我還想說就期待看看呢。」

大老闆故意以彆扭的口吻說道。誰知道他心裡是不是真的這麼想。

這個人真是越來越難捉摸了。我噘起雙唇。

「反正對大老闆你來說，我的料理又沒什麼大不了的。」

「真過分呀。妳幫銀次做了很多菜對吧？他對妳的手藝稱讚有加喔。」

「咦、真的嗎？」

自己做的料理被稱讚，這感覺是還不差。更何況是出自銀次先生的口中，總覺得挺光榮的。

我頂著明顯很開心的表情抬起頭。

「哦……也就是說，要妳為銀次親手做料理，妳一點都不抗拒囉。」

大老闆看起來似乎不太愉悅，抬高了單邊眉尾。

「因為銀次先生非常溫柔又親切啊，不是嗎？在我被某人害得淒慘無比又餓肚子時，他還帶食物來給我。」

「……帶食物給妳？」

「啊，這件事好像要保密的。」

不小心脫口而出的我慌張地摀住嘴，然而大老闆露出一副難以捉摸的表情。對這件事他也沒有再多問。

「啊，話說回來，銀次先生說過他很久以前就認識我了……真不知道為什麼呢？」

「妳已經忘了嗎？」

「……咦？」

「算了……」

大老闆將視線飄向敞開的窗外，看著熱鬧的街景，似乎想把這件事蒙混過去。

難道是我忘記銀次先生的事？

「筷子沒在動喔，妳多吃一點。」

「呃、嗯。」

料理一道道上桌，我連思考的時間都沒有。

除了牛雜鍋以外，還有生牛肝與醋拌牛腸等料理。生牛肝非常新鮮，所以沒什麼腥味。我特別中意的是醋拌牛腸，酸味雖然很重，不過能一解口中的油膩，實在滿足。

享受了一頓內臟大餐，滋味確實很不錯，我心想實在不能小看鬼。

據大老闆所言，日本從平安時代開始就有牛雜料理了，又藉由一位曾在平安時代前往現世的知名鬼怪，將此料理傳來隱世什麼的……

先不管這故事是真是假，總之我明白了鬼對內臟的愛有多深。

「打擾兩位了。」

正當我沉溺在內臟料理之中時，拉門外傳來聲音。大老闆說了「進來」之後，便有人踏入包廂內。

那是一位美女，身上穿著非常漂亮的櫻花圖案和服。

她畫了紅色眼線，讓細長的眼睛看起來更明豔動人。最美的是一頭淺朱紅色的輕盈秀髮，分別綁在左右兩側，用手鞠的髮飾點綴。

她是誰呢？看起來充滿女人味，同時卻散發一股春日小花般的可愛感。

「好久不見了，天神屋的大老闆。」

「是啊，妳過得好嗎？鈴蘭。」

「托您的福。鈴蘭雖然還是技藝未熟的藝妓，但仍不斷努力精進。」

「妳又變得更美了呢。我聽說妳在妖都也頗負盛名。」

「不敢當……聽聞大老闆大駕光臨，鈴蘭開心得坐立難安，便擅自過來了。」

「我很開心喔。」

我看著這兩人，自顧自地吃著牛雜鍋的韭菜。

正當我暗自想著「這位該不會是大老闆的第二位情婦吧」之時，大老闆查覺到我的視線，向我介紹那位女性。

「葵，這位是在妖都也享有盛名的藝妓『鈴蘭』，也是大掌櫃曉的妹妹。」

「咦。是那個、土蜘蛛的妹妹？騙我的吧！」

「此話不假，是真的。」

我停下筷子看著笑容滿面的鈴蘭，眨了好幾次眼睛。

那個下三白眼，一點都不討喜的土蜘蛛，竟然跟眼前這位可愛動人的藝妓是兄妹。

「鈴蘭，這位是津場木葵。是津場木史郎的孫女。」

「哎呀！史郎大人的孫女？」

祖父的名字一從大老闆口中出現，鈴蘭小姐便猛然抬起頭，露出明亮的開懷表情，雙頰染上緋紅。她的臉看起來既開心又懷念，同時卻又透露出一絲難過。

「那麼，史郎大人也來到隱世了？我得向他打聲招呼才行。」

「啊……爺爺他、呃……」

「史郎不在這裡喔。來到隱世的只有葵一個人。」

大老闆刻意打斷了我，對鈴蘭小姐如此回答。我便閉口不語。

當下的我，總覺得祖父已經過世這件事似乎別說出來比較好。

「這樣子呀……已經好一陣子沒有見到他了，一直很想念他呢。」

鈴蘭小姐沮喪地用食指鑽著榻榻米，皺起眉頭露出可愛的表情。我在此時才查覺到，這位名叫鈴蘭的藝妓並不是大老闆的情婦。

「不過這位既然是史郎大人的孫女，也就是大老闆未來的妻子囉？」

「沒錯。」

「不、才不是啦。」

大老闆滿臉笑容地肯定鈴蘭小姐的問題，而我帶著凝重的表情否認這一切。

鈴蘭小姐歪了歪頭，看起來很吃驚。

「葵她實在是很固執的小姑娘啊，堅持說在自己還清史郎的債務前不肯嫁進來。明明現在還失業中。」

「不要稱呼我為失業中好嗎？而且約定什麼時候變成這樣了？才不是『還清債務前不肯嫁進來』，是『我會還清債務所以不會嫁給你』才對。」

「妳看她就是這樣。如果老實地嫁給我，我也不用這麼傷腦筋了……」

大老闆簡直像在對任性不聽話的小孩說「真拿你沒辦法」似地嘆了一口氣後，請鈴蘭小姐斟酒，開始喝了起來。

「大老闆會為女性如此煩惱，實在很難得呢。」

「畢竟對方是史郎的孫女不是嗎？」

「是呀，總覺得葵小姐與史郎大人某方面很相似呢。讓我覺得好懷念……」

鈴蘭小姐凝視著我，表情中似乎帶著眷戀。眼神與她相會時，她露出了親切的笑容，於是我也跟著微笑。

所有認識祖父的妖怪，都異口同聲說「妳跟史郎很像」。對記憶力不佳的妖怪們來說，祖父也是個清晰烙印在他們心中的重要存在。

「啊啊，對了，鈴蘭，好久沒聽妳演奏三味線了，妳有時間嗎？」

「好的。我就是為此而前來打擾的。」

鈴蘭拿起放在背後的三味線，往屋內的一角移動。

就在此時，無數翩翩舞動的影子浮現而出，是宛如羽衣般的和服腰帶，簡直令人想到蜘蛛的八隻腳，我大吃一驚，然而卻沒有感到任何恐懼。

演奏著三味線，開口吟唱的她姿態高雅，形成一幅美麗而洗練的畫面。

我完全陶醉在其中。一邊享用美味料理，一邊聽她的三味線演奏，這段時光實在太享受、太舒適了。

「啊啊，好好吃。果然美味佳餚是最棒的！」

「看葵這麼津津有味地吃得一乾二淨，也不枉費我帶妳過來了。」

走出店外的我心情好得不得了。大老闆又一邊吸著菸管，面帶微笑地看著我。

吃到一頓好吃的是讓人高興沒錯，但我仍無法忘懷他昨天為止的冷淡態度，又開始思考起這個鬼男到底打著什麼算盤。

「不過話說回來，鈴蘭小姐真是漂亮的美人呢。該不會她也是你的情婦之一？」

我的提問讓大老闆皺起眉頭。

「情婦？怎麼可能有這種事。鈴蘭可是曉的妹妹喔。對我來說她就像孫女一樣。」

「哦，是這樣子嗎？」

「再說我原本就沒有什麼情婦。」

「騙人。大家不是都傳說女二掌櫃雪女是你的情婦……」

「雪女？阿涼嗎？怎麼可能。」

話說到這，大老闆露出微妙的表情後，輕笑著像是企圖敷衍什麼一般。他的態度實在太可疑了，完全讀不出他的真心。

用懷疑的表情凝視著他的臉，他便擺出一副若無其事的樣子，又吸了一次菸管。

「……要去吃點甜的東西嗎？」

「要。」

面對突如其來的飯後甜點提議，我坦率地點頭答應。話題好像就此被轉移了，不過只要一提起吃我就會不假思索地全盤接受，自己這部分實在是無藥可救。

戴上面具，踩著穿不慣的木屐，我只能乖乖跟著大老闆。

「……啊。」

就在我才剛踏上大街沒多久，與許多妖怪擦身而過時，我又再一次感受到強烈的視線。

我對於妖怪盯著自己的視線特別敏感。甚至可以說多虧如此，我才能有幸活到今天。

我不自覺停下腳步，轉頭一看。就在此時，我撞上一個頂著巨大魚臉的妖怪，山茶花髮簪也掉在地上。

「啊、髮簪……」

我急忙蹲下打算撿起髮簪，這次則是被妖怪小孩「咚」地一聲從背後狠狠撞上來。三、四個小孩宛如一陣突然颳起的狂風，切開人群奔馳而去。

他們手中揮舞著漂亮的風車，高分貝喧鬧著，不一會兒便消失在人群之中。

「痛痛痛……可真狼狽啊。」

我按著腰部站起身。幸好髮簪安然無恙，不過在擁擠人海中蹲下來也算是我不對。我東張西望地環顧四周，臉色開始發青。

因為我已遍尋不著大老闆的身影。

「該不會走散了吧？」

我這預測恐怕是猜對了。

雖然覺得大老闆是個可疑分子，但現在周遭沒一個熟面孔，光是這點就讓我不安了起來。

況且這裡是隱世——妖怪的世界。

現在我戴著面具，還能隱瞞自己的人類身分，若沒了這個，我在這世界就成為異類了。大老闆明明再三叮囑過我別走丟的啊。

「不要呆呆站在這擋路！」

一位滿臉通紅，留滿鬍子的三眼男，對著佇立原地的我大聲怒斥。

看他手拿酒瓶又步履蹣跚，似乎已經喝得爛醉了。

我慌慌張張逃離現場，走離大路中央，轉進人煙稀少的岔路。

那是一條飄蕩著詭譎氣氛的後巷。雖說是後巷，但零星懸掛著紅色燈籠，也有少許的妖怪來來往往。

「這可不妙……糟糕了。」

我一個人呢喃低語，汗水滑過了臉頰，我試圖從這條迷宮般的後巷中逃脫而出。然而我越是前進，越是陷得更深。

周圍包夾的建築物上垂吊著類似靈體的暗色物體，路上則交錯著外表兇神惡煞的妖怪們，他們直盯著我瞧並竊竊私語，不知道在說些什麼。

旁邊的小巷內也有大大小小的妖怪們躲在暗處。實在太慶幸自己戴著面具了。

「好痛！」

然而途中我卻意外地跌了一跤。一屁股摔了下去，傳來一陣冰涼。

「冰？」

跌坐的地方結了一塊圓圓的冰，看起來就像一灘水。原來害我跌倒的兇手就是這塊冰。原本插在腰後的八角金盤扇也因此掉到地上，我急忙將它撿起。

詭異的現象又隨之而來。現在明明是春天的夜晚，卻有好幾顆雪球迎面飛來，令我往後一跌。此時我臉上的面具掉了下來。

「是人類……」

「看起來好美味的人類小姑娘。」

面具脫落，人類身分一曝光，妖怪們便像是被吸引般蜂擁而至。

我心想不妙，馬上站起身逃跑，但穿著不習慣的木屐果然也跑不快，他們毫不客氣地撲向我的手腳，爭先恐後地打算咬上來。

這下糟了，真的糟了。

「哇啊、放開我！你們這些流氓妖怪！」

我大聲辱罵著，拚命地胡亂掙扎，拿起手中的八角金盤扇猛力揮了又揮。

結果又發生意想不到的狀況。

颳起了一陣旋風，把包圍在我身邊的妖怪全都吹得遠遠的。高飛而去的他們伴隨著悲鳴，成了天邊的一顆星。

這真是一陣突如其來的旋風啊。一開始，我根本搞不清楚狀況，只能盯著手上的八角金盤扇猛瞧。

「……」

是的，看來這是一把能操控風，很厲害的圓扇。

「多虧了這把扇子，救了我一命。剛剛還真的以為自己要被吃掉了呢。」

我苦笑著擦拭額頭上的冷汗。

然而，此刻又再次感受到一股視線。

啊，又來了。果然從哪裡又傳來一股令人厭惡的視線。

我急忙重新戴好面具，快步走在昏暗的後巷中，拐進轉角內。

而我一拐進來便停在路口，靠在牆邊守株待兔。

是時候該查明，一路上跟蹤我的到底是誰了。

「哇、哇啊——」

對方似乎因為一過轉角就看見我的臉而嚇得跳了起來。

我不假思索地撲上前去，摘掉對方戴著的斗笠。

「咦……妳是、雪女？」

對方竟然是天神屋的女二掌櫃，雪女阿涼。

阿涼身上的一襲白色和服變得散亂，整個人倒在地上。

「妳、妳這是幹什麼！區區人類女子竟然如此野蠻。」

「這是我的臺詞吧。妳剛剛在我腳下結了冰對吧？而且還扔了雪球過來對吧？害我面具掉了下來，差點被妖怪們吃掉了。」

「哼，妳這人類要是被那些無賴吃掉就好了。要跟大老闆兩人單獨出遊，妳再等一千年吧。」

「……原來是這樣啊。」

我用陰沉的眼神看著態度突然一變的阿涼。

恐怕這位雪女是嫉妒跟大老闆一同出來的我，而一路跟蹤至此吧。

「該不會妳剛剛也在海閣丸上？自作主張跟來？」

「……我、我才不告訴妳我是怎麼過來的。」

「打算裝傻是吧。話說妳把旅館工作擱著不管跑來這嗎？這種工作態度不是一位女二掌櫃應該有的吧？」

阿涼似乎心頭一震，一臉慌張地開口反駁。

「妳自己還不是一樣，什麼事都沒幫上忙！」

「畢竟我又不是妳們旅館的員工啊～」

「就只有這種時候才懂得撇清關係！人類小姑娘就是這副樣子最討人厭了！」

「隨妳說，反正我也不喜歡妖怪。」

就在我們原地爭吵不休時——

我們所處的後巷深處傳來「站住」、「別想逃」的怒吼聲，我與阿涼便暫時休兵。

筆直的昏暗後巷內沒有岔路，從前方傳來的是喀啦喀啦作響的急促木屐聲，一位藝妓朝著我們的方向跑了過來。

一襲櫻花圖樣的華麗和服，看起來非常眼熟。

「鈴蘭小姐？」

她是剛才的藝妓鈴蘭小姐，而她也發現了我們的存在。

「老、大老闆他……大老闆在嗎？」

鈴蘭小姐臉色鐵青地依偎著我。她看來似乎正被某些人追趕著，現在渾身顫抖。

我看見巷內深處有一群妖怪指著我們大喊「在那裡！」並追了過來。

雖然不清楚事情原委，但我心想趕緊走為上策，便拉著鈴蘭小姐的手拚命往反方向跑。

拐過了無數個轉角，我們躲在建築物間的空隙屏息以待。

不一會兒，追趕鈴蘭小姐的腳步聲越來越遠。看來似乎是離開了。

「妳還好嗎？」

鈴蘭調整呼吸，一邊點頭回答「還好……」

「抱歉，大老闆不在這裡，我們走散了。」

「原來是這樣啊……」

「鈴蘭小姐，這到底是怎麼回事？是誰在追妳？」

藝妓的和服雖美，但層層相疊的服飾想必很重吧。而且還裝飾了好幾條像羽衣般的彩帶。這身打扮的鈴蘭小姐會像剛才那樣急忙奔跑，想必事態一定很嚴重。

然而鈴蘭小姐只是無助地一句話也沒說。

「欸，竟然把我丟著不管就走了啊。」

雪女阿涼從後面追了上來。她看來似乎能飛翔於空中，翩翩舞著那身白色和服，在我們眼前輕輕降落。

「剛剛追趕鈴蘭的那群妖怪，是大型和服店『八幡屋』的一反木綿(註12)喔。說到八幡屋，他們也是八葉之一，掌管西南方，是間有財有勢的老店不是嗎？鈴蘭妳真是的，是不是幹了什麼惹八幡屋老闆生氣的好事呀？」

「……阿涼小姐。」

看來阿涼跟鈴蘭小姐似乎認識。

不過鈴蘭小姐依然顫抖個不停。我想現在必須先把她平安送回家才行，但她站在原地一動也不動。

「我、被賣掉了。」

「咦？」

隨後鈴蘭小姐面露難色地說明了自己的處境。

「八幡屋的小老闆時常光顧我們店裡，最近這陣子特別對我糾纏不休。剛剛我回到藝妓屋時，被我一直很信賴的老闆命令嫁去八幡屋……他說這是為了我的幸福著想。他分明知道我不願意，一定是因為對方砸下重金，他才被說服賣掉我的。」

鈴蘭小姐繃緊了表情，用力握緊拳頭抵上自己的胸口。

「這算什麼，太過分了吧！八幡屋的小老闆就是個被寵壞的小少爺，出了名的愛好女色，是

註12：日本傳說中的妖怪，形象為長形木綿白布，一反約為十一米長度。

個敗家子啊。他在天神屋也曾幹過一番好事呢。」

阿涼像是回想起不堪的回憶，皺緊了眉頭。鈴蘭仍然低著頭。

「藝妓屋已經被八幡屋迎娶的隊伍包圍了，我假裝收拾行囊，從自己的房間跳下，不顧死活地逃了出來。」

她的表情十分嚴肅。

以我個人擅自的解讀來說，就是鈴蘭小姐被一個有錢的男人跟蹤，自己不喜歡對方，卻被周遭的人硬是撮合——大概類似這樣的感覺吧？

不，事情也許更複雜。畢竟鈴蘭小姐有可能因此而丟了工作。

「原來如此啊……」

不知從何處傳來了不屬於我們三人的聲音，令我肩頭一震。

在我們所處的建築物縫隙入口，站著一個身影。

我還以為被那夥妖怪逮到了，結果那是身穿黑色和服，披著外褂的大老闆。鈴蘭小姐喊了一聲「大老闆……」看起來安心了不少。

而我則對大老闆說：

「你剛剛跑哪去了啊，把我丟著不管就走了！」

「跑哪去的是妳才對，遊蕩到這種後巷裡，還躲在建築物的縫隙之中，誰找得到人。應該說還真希望妳誇獎一下能在這種地方找到妳的我呢。」

大老闆的口吻非常平淡。不知道是不是在生氣。

不過的確，亂晃到這種地方來是我不對。剛剛大老闆該不會拚命到處找我吧？算了，我也不在意這問題的答案。

「哎呀呀……呃，那我就在此告辭了。」

不過應該在意的是這一位雪女阿涼。

她用衣袖掩住臉，慌張地打算離開現場，卻被大老闆逮個正著。

「……阿涼？妳為何出現在此？」

「呃、這個、呃……」

「我應該囑咐過妳幫忙照看天神屋的。」

雪女以閃爍的眼神窺探大老闆的臉色，閉口不語。

「我想阿涼妳……該不是丟下女二掌櫃的工作跑來這裡吧？」

大老闆的語氣與身上散發的氣息瞬間轉為冰冷。雪女為之一震，露出了無法辯解的表情。

另外，大老闆似乎發現我的衣服與頭髮沾上了雪。

這應該是剛才雪女扔了無數顆雪球時沾上的吧，不知怎麼地我馬上拍掉了。

「算了，現在的重點是鈴蘭……鈴蘭，既然妳在躲避八幡屋那夥妖怪的追趕，那先來天神屋吧。我們旅館很安全，事情就由我幫妳多方交涉吧。」

「大老闆，實在非常抱歉！」

聽了大老闆一番話，鈴蘭小姐似乎總算能安心而哭了起來。

原來她剛剛是如此害怕。

大老闆接著以溫柔的口吻對鈴蘭小姐說道。

「何必道歉。妳是我們家大掌櫃的妹妹，對我來說，你們兄妹倆就像我可愛的孫輩一樣。孫女被人強訂了婚約，我可不能坐視不管。來，總之我們先回海閣丸上吧。」

他說完，抱住鈴蘭小姐的肩膀安撫她的情緒，並對我們使了眼色。

我點點頭，並朝我身後縮小身子的雪女阿涼說：

「好了，妳也一起回去吧。」

「……」

然而阿涼已成了洩氣的皮球，可能已經有自覺會被大老闆臭罵一頓吧，不過這也是所謂的自作自受。

我傻眼地嘆了一口氣。

「雪女，妳本來打算在被大老闆發現前，偷偷溜回天神屋嗎？」

「妳、妳少囉嗦，這跟妳無關吧。」

「嗯，是這樣沒錯啦……」

簡直就像被囑咐看家的小孩趁爸媽出門時偷跑出來玩，結果被當場抓住一樣。

雪女剛才的強勢態度已煙消雲散，現在洩了氣，肩膀垂得低低的。我心想這副樣子就好像要融掉的冰淇淋一樣。

時間來到黎明，天上橫掛著淡淡的薄雲。

妖怪們的活動時間告一段落，開始準備打烊。我們又再度穿越南側的大鳥居，正打算搭上天神屋的船。

「啊，找到了！他們打算搭上天神屋的海閣丸！」

此時，果然被八幡屋的妖怪們發現蹤跡。

他們似乎在港口監視鈴蘭小姐有沒有逃亡。那幫妖怪的外型就跟人類一樣，但全都留著一頭白色長髮，臉上蓋著一塊寫有「反」字的布，所以看不見表情，不過從舉動中可看出他們似乎很著急。

大老闆吩咐了出來迎接的無臉三姊妹，要她們先照顧鈴蘭小姐，把她帶進船內。

我跟在一派悠哉站在船前的大老闆身旁，認真看著那群一反木綿。

「一反木綿這種妖怪，原本給人的印象是一片輕飄飄的布片，原來是人類的外型啊。」

「妖怪是可以隨時改變外貌的。不論何種妖怪都可以幻化成人型。」

「這麼說起來也是，像你跟土蜘蛛、還有銀次先生，都是人模人樣呢。」

在我們悠哉地對話時，一陣充滿威嚇的聲音響起。

「天神屋的大老闆殿下，還請您將藝妓鈴蘭交出來。身為八幡屋繼承者的本人我，是透過正當手續擁有鈴蘭的！」

這聲音的主人就是站在一反木綿群的正中間，身穿華麗外褂，怎麼看都是有錢人家少爺的年輕男子。一頭白色飄逸長髮的他，臉上浮現了強勢的笑容。而他身邊站著一位臉色極為蒼白的老爺爺，還有眾多看似手下的妖怪在旁待命。

大街上其他路過的妖怪，以及正要搭船離港、姿態優雅的妖怪們，全都交頭接耳議論著「怎麼了？」「什麼什麼？」開始圍觀。甚至還有妖怪從屋頂上正準備按下相機快門。

而大老闆面對蓄勢待發的一反木綿們，似乎打算以業務用笑容來應對。

「這可真是巧啊，不是八幡屋家的小老闆嗎？一直以來承蒙您照顧了。臉色怎麼如此可怕呢？鈴蘭是我們家大掌櫃的妹妹，我想偶爾幫他們兄妹倆安排個獨處時間，所以來接她到我們天神屋。」

「別裝傻了！說什麼承蒙照顧，說起來天神屋根本沒採用過我們家的布料啊！」

八幡屋那位小個頭的老爺爺，對大老闆的一番話感到忿忿不平。

「天神屋沒有用八幡屋的商品嗎？」

我從旁輕聲問大老闆。

「我們家的浴衣主要是採用『紫樹衣堂』的商品。八幡屋雖然是老字號，但價位比較高。」

「啊，這樣喔。」

情況與上次在天神屋面對天狗時完全不同。看來只要不是特別的老客戶，他就能毫不在意地跟對方挑釁。

大老闆再次以業務用笑容對一反木綿小老闆說。

「還有，小老闆。鈴蘭怎麼看都不像對你有意思。強訂下婚約是不是有點任性妄為了呢？嗯……在我看來，沒有什麼是比沒有愛的夫妻更空虛的了。」

「你……你說什麼！」

臉上憤怒表露無遺的小老闆轉身面對老爺爺。

「那傢伙竟然侮辱我，根本是向我們宣戰！想想法子吧，爺爺！」

他開始耍賴說起任性話。

然而，我對於大老闆一臉跩樣說出的那番話，實在非常想回敬他一句「你怎麼好意思講別人」，我是認真的。

大老闆帶著若無其事的表情，對船員們下了開船的指示。

咦，我們都還沒上船，船就要開了？

「啊、等等！天神屋的船！」

排成長列的八幡屋一反木綿們，架好了不知何時準備的弓箭，正對著漸漸升空的海閣丸。箭矢的前端似乎捲著塗了油的布狀物，燃燒著猛烈的黃色妖火。他們竟然打算朝海閣丸射出這麼危險的東西，我大吃一驚。

箭矢毫不留情地離弦，飛往海閣丸。

我放聲大叫，慌慌張張地躲到大老闆身後。大老闆不改態度地站著，輕輕鬆鬆就用單手接下飛到眼前的弓箭，「呼」地一口氣吹熄妖火後，便將弓箭像垃圾一樣扔掉。我想這真是優秀的擋箭牌。

然而海閣丸被幾隻火矢射中，船帆開始燃燒了起來。

不只是海閣丸，周遭的船隻也受到火矢波及，到處都起了火，可以聽見船上妖怪們慌張地哇哇大叫。

太過分了，這種找碴方式根本一點都不人道！

我如此想著，不過想想那些妖怪本來也不是人。

而大老闆又吸著菸管，一副從容不迫的態度。

這舉動似乎更加激怒了對方，八幡屋又再次準備朝我們發射火矢。

他們這次瞄準的目標似乎是大老闆。

再這樣下去一起遭殃的……是我啊！

「好燙！」

飄舞而下的火星擦過我的手。此時，我想起了自己一直緊握在手中的天狗圓扇。

一反木綿的弓箭隊激昂地高呼「放箭！」再次朝我們射出火矢。

我毫不猶豫地站在大老闆身前，果斷地舉起八角金盤扇，用盡全力揮了起來。

一陣狂風呼嘯而起，瞬間吹熄所有朝我們飛來的火矢，火矢就這樣飛往南側的大鳥居。

而八幡屋好幾位一反木綿雖然化作人型，還是輕易地就隨風而去了。他們準備的牛車也被吹翻。只剩下小老闆與老爺爺拚了命地抓住柱子。

「噢噢，妳挺身保護我嗎，葵！」

「不是，我只是為了保護我自己啦！」

大老闆很開心似地大喊出聲，而我只是陳述事實。

我又再次了解這把圓扇擁有多大的力量。我盯著圓扇嘟噥起來。

「外觀明明只是片葉子，這圓扇可真厲害呢。我還曾想過要拿這個鋪在魚類料理下當墊底，看來還是算了。」

「是呀，別這麼做比較好吧，這可是不得了的寶物。」

大老闆的吐嘈就先不管了，八幡屋的一反木綿們開始退縮了起來。

「那圓扇不是天狗的寶物嗎？」

「究竟為何會在那小姑娘手上！」

交頭接耳的驚呼聲傳進我耳裡，是來自那些在一旁看熱鬧的妖怪群眾。

強風總算停下，一反木綿的小老闆頂著一頭被狂風吹亂的長髮，指著我高聲怒罵。

「妳這小姑娘做什麼！話說妳是誰啊！天狗嗎？」

「不，這個問題嘛……」

我只是個人類小姑娘，順帶一提目前失業中，也不是什麼天狗。

然而大老闆開了口。他的手攬住我的腰，威風凜凜地發表宣言。

「她是津場木史郎的孫女，津場木葵。也是天神屋大老闆我的未婚妻。」

「……什麼？」

我一臉想問「這男人在說些什麼鬼話」的表情。

大老闆聲明完畢後，抱著我猛力往上跳起，一口氣跳上海閣丸的甲板。我的心情就好像沒做好準備就坐上雲霄飛車一樣。

港口卻相反地飄蕩一陣微妙的寂靜。

此時，突然響起一陣接近悲鳴的「咦咦咦咦咦咦咦」叫聲，劃破了這片寂靜。我俯瞰港口，想知道究竟發生什麼事。

「轉舵向左～轉舵向左～」

在場還有許多載有妖怪的遊覽船，正爭先恐後地逃跑。

「天啊，隱世的末日來臨了。」

還有些妖怪莫名預測起隱世的末日到來，害怕地抱著頭，看起來是認真的。

「那個津場木史郎的孫女，竟然要嫁給天神屋的鬼神！」

「這實在是天大的悲劇啊！」

還有些低等的妖怪無法按捺興奮之情，把這個話題當成茶餘飯後的八卦。

「打道回府！快回去把晚報的報導換掉！」

「已經來不及了，連趕上明天的早報都很難了呀。」

還有些貌似記者的妖怪像是掌握到大明星的緋聞，急急忙忙穿過大鳥居，在妖怪人海中消失蹤影。

大老闆的聲明原來是這麼具有衝擊性的大新聞嗎？

妖怪們對於天神屋的大老闆與津場木史郎孫女間締結了「婚約」一事感到非常錯愕，不知為何看起來恐懼至極，騷動不已。

「欸，大老闆，妖怪們為什麼會驚訝成這樣？你是明星嗎？」

「我不是明星，我是天神屋的大老闆。而這職稱也讓我擁有八葉的頭銜，擁有一定程度的權勢與名聲，所以才會這樣。因此，隱世各界具有聲望的妖怪也常來幫我牽線，要把女兒或孫女許配給我。」

「哦……然而你卻保持單身到現在？」

我納悶地問，大老闆卻自信滿滿地點頭。

「是這樣沒錯。正因如此，隱世也常謠傳著誰會成為我的妻子。畢竟握有權勢，特別是擁有八葉頭銜者的婚事是隱世民眾十分感興趣的話題。」

「感興趣……但是他們現在看起來沒一個是開心的耶。」

「哈哈，這不是很令人愉快嗎？聲明來得這麼突然，而且對象還是史郎的孫女，大家嚇傻了。我想他們應該覺得這實在糟透了吧。」

「糟透了？為什麼？」

大老闆的口吻有點奇怪，我歪頭不解。

「因為……葵妳是『史郎』的孫女呀。」

大老闆湊近凝視著我的臉，露出得意的笑容，特地強調了祖父的名字。

祖父在這隱世中是這麼具有影響力的人嗎？甚至讓妖怪們都為之敬畏……

我刻意忽視從腳底一竄而上的寒氣，再次俯瞰下方。

八幡的一反木綿們被埋沒在喧囂的妖怪群眾之中而絆住了腳步，無法再對我們乘坐的船隻出手，只能懊悔地瞪著升空的海閣丸。

海閣丸使勁往空中升去，船帆還一邊在燃燒。

雖然光是這艘船的狀況就已經夠麻煩了，我站在甲板看著下方喧鬧的情形，更是完全無法理解到底是怎麼回事。

大老闆看起來已對下面世界的狀況毫無興趣，對正在拚命撲滅船帆火勢的船員們下了一些指示。七手八腳之下，海閣丸船帆上燃燒的火焰總算被船員完全撲滅。

美麗的朝陽從東方升起。一般來說，這個時段的隱世應該是很幽靜的。

然而今天隱世妖都的黎明卻搞得雞飛狗跳。

我想著今天還真是發生了很多事，一邊面對耀眼的日出光芒揉了揉雙眼。

我後來才得知，在這次事件發生後隔天，隱世妖都報上刊載了一整面的報導，下了個完全令人誤會的大標——「鬼妻現身」。

也因此在不知不覺間，「我是天神屋的鬼妻」這件事正式傳開了。

第六話 女二掌櫃雪女

海閣丸順利朝著天神屋出發，除了船帆整片燒焦之外，並沒有什麼特別嚴重的災情。

鈴蘭小姐與大老闆兩人在海閣丸的包廂內商量事情。

可能是關於剛才八幡屋那群一反木綿吧。

同時間的我趴在大房內的異國風天鵝絨沙發上睡著了，在下午時分抵達了天神屋。

從正門口踏進天神屋，老實說這是第一次。

我知道祖父放在抽屜內的那張照片就是在這拍的。厚重木板製成的大招牌上，用毛筆提上充滿雅趣的「天神屋」三字，親眼一睹還真氣派。

「噢噢，櫃檯變得好乾淨。」

踏入旅館便發現，原先因為天狗與達摩大戰而慘不忍睹的櫃檯，現在已完全恢復原狀。

因為還沒到今天的營業時間，這裡只有大掌櫃土蜘蛛一人。

「歡迎您回來，大老闆！」

土蜘蛛朝著歸來的大老闆深深鞠躬，在抬起頭時狠瞪了我一眼。

然而在瞪我時，土蜘蛛總算發現了站在我旁邊的妹妹鈴蘭，露出萬分驚訝的表情。

「鈴蘭妳、怎麼會在這？」

「哥哥，我被大老闆救了一命。我、我、哥哥……」

鈴蘭似乎因為見到哥哥而鬆了口氣，當場哭了起來。

土蜘蛛開始慌張失措，完全不像他平常的樣子。我想他應該對這狀況毫無頭緒吧。

「阿涼！」

然而，在這樣的氣氛之中，從通往二樓的長長中央樓梯上，傳來嚴厲又尖銳的怒罵聲。

獨眼女掌櫃雙腳打開直挺挺地站著，雙手扠腰，額頭上浮現青筋。她斗大的獨眼充血而通紅，很明顯在生氣。靜悄悄跟在我們身後的雪女阿涼，在自己名字被叫到後便全身顫抖。

話說回來，雪女阿涼原來一直都在場。因為她一聲也沒吭，我們早已完全忘記她的存在。此時我跟大老闆一同轉頭望向她。

雪女露出一臉難堪的表情。

「妳啊，究竟是跑去哪裡了！在這種緊要關頭居然叫別人來冒充妳！」

一位與阿涼做相同打扮的女接待員，從怒吼的女掌櫃身後探頭而出，露出苦笑的表情說「阿涼小姐，對不起～」看來阿涼是要這位員工假扮成她，自己則從旅館溜了出來，想不到卻輕易被拆穿了。

在看熱鬧的員工們紛紛而至時，獨眼女掌櫃大步來到阿涼面前。

「非、非常抱歉～」

阿涼總之先賠罪，但態度看起來似乎不見反省之色。

她的臉頰通紅，也許是因為害臊，並「嘿嘿」地傻笑著。

不知道是不是錯覺，總覺得她看起來傻裡傻氣的。

明明被罵了卻不把皮繃緊一點，這樣的態度更激起了獨眼女掌櫃的怒火。

「這副態度是怎麼樣！阿涼，當初看妳是個有前途的接待員，強力推薦妳做女二掌櫃的可是我。然而妳卻做出這種令我蒙羞的行為！看來妳身為女二掌櫃的自覺還不夠！」

暴怒的女掌櫃已經失控。她發出高分貝的尖銳怒罵，指著阿涼的鼻子罵得狗血淋頭。

大老闆制止女掌櫃的罵聲，露出嚴峻的表情站在阿涼面前。

「阿涼，究竟為何不遵守我的囑咐？我應該有請妳留下來顧著天神屋才對，我可是出於信任才把這工作交付給妳的。」

對於大老闆的質問，阿涼依然無言以對。在大老闆面前雖然沒有擺出隨便的態度，而是一臉垂頭喪氣，但仍固執地默不吭聲。她的臉頰又染上一陣緋紅。

理由我都知道。阿涼會跟蹤我們而來，是為了找我碴。她肯定是認真想找個好機會把我送上西天。妖怪是能面不改色幹出這種事的。

「話說回來，我看到葵的衣服上沾了雪呢……」

然而，她似乎無法騙過大老闆銳利的目光。阿涼的雙眼眨也不眨地直直瞪著，整個人無法動彈地僵在原地。

「在這種春天是不會下雪的吧？阿涼，我不想懷疑妳，但妳是否企圖對葵做些什麼？」

阿涼很明顯地為之一震。

她看起來為了找藉口而思考了一會兒，又瞄向大老闆的臉，似乎了解到現在打馬虎眼是過不了關的，便開口以慌張尖銳的聲音說道。

「我、我只是、擔心大老闆的安危！因為那邊那個小姑娘可是拿著『天狗圓扇』，我懷疑她搞不好會加害於您……」

阿涼朝著我使勁一指。然而大老闆卻瞇起雙眼。

「我會被一個小姑娘加害？」

「啊、不是……這個嘛，這種事不會發生吧……只是，假設有個萬一嘛，畢竟她是史郎先生的孫女啊。」

被逼到絕路的阿涼，像個倔強的孩子般緊皺眉頭。她的態度讓大老闆嘆了一口氣。

「『女二掌櫃』這個職務，對妳來說似乎還太早了。」

「……咦？」

「我對妳感到非常失望。這份工作，也許今後無法交付給妳了。在處分出來前，我命令妳在房間禁閉自省。」

大老闆所下的處分，讓在場所有人都發出「噢噢」的驚嘆聲。阿涼愣在原地，直瞪著雙眼。

土蜘蛛與鈴蘭小姐則慌慌張張地跟著從阿涼面前快步離去的大老闆。

而我只是在一旁從頭目睹到尾的觀眾。我並沒有打算幫雪女說話，我只是被一個人丟在原地，不知道現在自己要怎麼辦才好。

我斜眼看向阿涼。她就只是佇立在原地，原本蒼白發青的臉蛋變得通紅。

也許心裡覺得顏面盡失了吧。總覺得她看起來哪裡不太對勁。

能讓我放鬆的安身之處，果然只有中庭裡的別館。

我如此想著，最後還是回到了這個地方。入口的大門敞開，吧檯裡頭站著小老闆銀次先生，不知道在勤快地做些什麼。

我探頭一看，他正在排放著不知從哪得到的大量食材。

「啊，葵小姐，歡迎回來。有跟大老闆共度一段快樂的時光嗎？」

「一點都不快樂，直到剛才為止，簡直是可怕的戰場。」

還未得知雪女事件的銀次先生停下了手邊動作，「咦」了一聲，抬起一張慘白的臉。

「沒什麼啦，不是我跟大老闆開戰就是了。」

我在吧檯邊坐下，把事情經過告訴他。

他大吃一驚，同時又喃喃自語著「原來如此」。

「阿涼擅自亂來，做了那種事啊？的確，昨晚緊急歇業，大多數員工都是待命狀態，不過站在『女二掌櫃』的立場，而且還被大老闆吩咐了留守旅館，卻沒有遵照指示，是她的不對。」

「如果沒有被吩咐，就可以自由出入旅館了嗎？」

「若有特殊情事而申請外出，那是沒問題。大老闆也是外出去了妖都，再說應酬跟業務都是工作上重要的一環。我為了採買食材，昨晚也外出跑了市場一趟。」

「應酬……」

昨天那樣算應酬嗎？我望向遠方。

「只不過以阿涼小姐的情況來說，她並沒有向旅館提出申請。最重要的是她還向葵小姐下手。葵小姐是大老闆的未婚妻，身為一名員工卻做出傷害葵小姐的行為，這是萬萬不可的。禁閉已經是很輕的懲罰了，也許連女二掌櫃的職稱也會被拔掉吧。」

「是這樣子喔？」

我覺得好像演變成了各種麻煩事，正想趴倒在吧檯桌面上，結果厚實的和服腰帶頂到了胸部，憋得十分痛苦。和服真是麻煩。

銀次先生探頭往我這裡瞧，似乎是聽到了我的咕噥聲。

「葵小姐，您累了對吧？要不要稍微休息一會兒呢？」

「嗯？我在海閣丸上已經睡過了，沒關係啦……是說銀次先生，那邊擺的食材是什麼？你剛剛說昨晚去採買食材？」

我望進吧檯內，裡頭排放著新鮮的食材。

「這地方以後就是葵小姐的餐館了，得開始構思菜單才行。」

「你這話是認真的嗎？」

「當然。我認為這計畫很可行的。請看看這個。」

銀次先生走向我，將一種鮮紅色飲料倒入白色小酒杯裡端給我。拿起小酒杯，馬上就感受到飲料已先冰得清涼。

「哇，這是酒嗎？」

「不，其實只是百分之百純櫻桃果汁。這附近一帶是櫻桃的盛產地，這果汁也是我們旅館最熱賣的伴手禮商品。不過由於昨天那場騷動，櫃檯的土產店被吹掀，瓶身受損的產品無法拿來賣了，所以想說拿來請葵小姐品嘗。」

「是喔……啊啊，香氣好棒。」

我嗅了嗅味道，一口喝下後大吃一驚。味道濃厚卻又清爽好入喉，有一股明顯的酸味。啊，裡頭還加了甜果醬。入喉之後有一股芳醇的後味。

喝了馬上明白，這是真正的果汁。

「櫻桃果汁裡有放甜煮櫻桃醬。這兩種商品都是長頸女妖所經營的果園出產的主力產品，我們天神屋也很受對方的照顧。」

「很好喝耶。不是酒而是濃醇的果汁這一點也非常棒呢。」

「是呀。這間果園過去並沒有特別致力於生產果汁產品，而因為近年飲酒者比例下降的關係，果實酒的銷售成績慘烈，果園負責人才開始投入心力生產道地的果汁。結果一舉成功。」

「哇……我也聽說過現世年輕人的飲酒比例下降，而導致啤酒銷量低迷，原來隱世也是一樣的狀況啊……總覺得很意外呢。以前一直覺得妖怪有一種嗜酒的形象。」

「最近的妖怪可不是這樣呢。」

銀次先生的語氣帶著感慨之情。我又嘗了一口果汁，果然好喝。

這間果園出產的果汁有一種別的地方嘗不到的美味，真是令人開心。

「以前呢，果汁被當成是小孩子喝的飲料而不受重視，然而現在成年者不喝酒的比例年年增高，老實說這是一個很大的市場。藉由製造出真正的果汁飲品，讓大人小孩都能滿足，以成功讓不喝酒的族群流向這裡。另外，喝酒的族群也能喝果汁，也連帶助長了銷售量。搭配現在流行的妖都切割所出產的玻璃杯來享用，更添時髦氣息，而且只要加一點甜煮果醬進去，又能享受到不一樣的美味。商品包裝也很討喜，造型頗可愛的呢。」

銀次先生雀躍地回到廚房，拿了櫻桃果汁的外瓶過來。

透明玻璃材質的纖細瓶身，正面點綴著果汁鮮豔的紅色，和紙材質的外包裝上以毛筆字體寫著「長頸子的櫻桃果汁」，筆畫帶著圓潤感，旁邊還放了一個櫻桃圖案的插畫，與果汁本身的紅相互搭配，整體看起來十分可愛。

的確，如果在土產店看到這商品，應該會讓人很感興趣吧。

銀次先生將那只果汁瓶放在櫃檯桌面上，繼續說道。

「我希望能在這裡開一間像這樣的餐廳。」

「這意思是？」

「食材品質好，氣氛舒適淡雅的小店——就是這種感覺。經過上次的天狗騷動後，您應該也能明白，天神屋的料理太過時，高級感太重，而且過於固執己見了，這算優點也算缺點。而且這旅館的料理全都是端到客房內讓客人享用，對於重視舒適自在氣氛的房客來說，會有點敬謝不敏。」

「喔喔……的確是呢，旅館接待員來到房間，會令人有點緊張呢。」

我也在現世住過多家旅館，由於祖父很喜歡跟接待員聊天，所以偏好在房內用膳，不過曾聽說也有很多人不太能接受這種方式。

「最近住宿並附早餐的方案很受歡迎，許多客人就到外面解決晚餐，所以我想說是不是能把這裡改造一下，成為這類客人的選擇之一呢。」

「原來是這樣，不過我的料理跟旅館中那些正統的廚師相比，完全不起眼耶。一定會被拿來比較的。」

我垂下視線。這種事應該無可避免吧。

「關於這點，只要菜單風格不要跟旅館重疊到就行了。葵小姐了解隱世妖怪的口味，同時也熟悉現世的各種家常菜。現在很多從現世傳來的東西也在隱世蔚為流行，我希望這間餐館可以持續嘗試新挑戰。」

「新挑戰？」

銀次先生一臉若有所思的表情，撫摸著吧檯上的木紋。

「過去從現世傳過來的料理，有些已徹底融入隱世之中，但日式以外的料理都還沒有開發到。我想若能把這些料理調整成適合隱世的口味，也許就能作為這間店的獨家菜單。就像之前葵小姐為我做的蛋包飯一樣……那真的非常美味。」

銀次先生的臉上浮現一如往常的溫柔笑容。

他的這番話，我也多少能理解。

「那舉例來說，你希望菜單有哪些品項？」

銀次先生對我的發問沉思了一會兒，便細細呢喃道。

「這個呢……像咖哩飯之類的？」

「喔喔，原來如此。咖哩啊……」

雖然不清楚銀次先生為何會舉咖哩飯當例子，不過現世的食堂裡大多都會有，也可說是基本款料理吧。

「我也是超喜歡咖哩飯呢。」

「……確實是呢。」

「不過這麼一說，隱世本來沒有咖哩飯這種料理嗎？」

「也不至於沒有，只是並沒有廣泛流行。不過我認為這是能引起新轟動的料理喔。跟白飯很搭調的料理，大多就有在隱世流行的可能。如果加入水果等做成偏甜口味，我想會更好。」

銀次先生臉上浮現出比往常還帶有心機的笑容。

沒錯，這就是上次在退位的天狗大老前現身的商務模式銀次先生。

不愧是天神屋的招財狐……

「……這樣啊。」

我將手肘撐在桌面上拄著下巴，恍神地凝視小酒杯。

認真思考「自己開得成餐館嗎」這問題，果然還是毫無自信。

至今為止所做的料理，再怎麼說就是些做給祖父吃的家常菜。偶爾會做飯給妖怪吃沒錯，但那只是一種無償的行為。

收了錢就要負責提供有相對品質的一餐。就這層面上來看，前面聳立了一道過往我從未意識到的高牆。

「只不過，要是大老闆的許可沒有下來，餐館終究還是開不成的。這需要經過多數幹部的同意。而經過女二掌櫃那件事，大老闆這陣子的態度也許會更謹慎了。畢竟也得趕快決定新的女二掌櫃人選了。」

銀次先生垂下雙肩嘆息：「在這麼關鍵的時刻……」隨後又馬上打起精神，為我說明擺在廚房裡的那些食材。

「放在這裡的食材您可以隨意取用沒關係，請用來構思菜單。當然您可以任意享用沒問題的。」

「哇，謝謝你。能當一陣子的存糧了。」

「……是用來構思菜單唷。」

「我、我知道啦。」

銀次先生慎重地叮囑，隨後回去今日已開門營業的旅館，忙自己的工作。

我在回歸寧靜的廚房中，盯著排放好的蔬菜、淡水魚、肉類及水果，突然回想起剛剛與銀次先生的對話內容，冒出了疑問。

「話說……為什麼銀次先生知道我喜歡咖哩啊？」

不過討厭咖哩飯的人也不常見就是了。

我莫名興起了想吃咖哩的慾望。但光憑這裡現有的材料，要做出咖哩飯有點難。

「牛奶、蛋、蜂蜜還有麵粉都齊了。看來能做些什麼甜點……啊，還有豆腐！」

我發現一大塊四四方方的豆腐放在盆裡。豆腐是我最愛的食材了，光是看著這塊白白的長方形就覺得開心了起來。

我馬上拿出大學用的筆記本，把腦海中想到的菜色寫下來，並且思考最能有效運用食材的組合，反覆修改。雖然說要開餐館，但也得先確定好要走哪種路線，否則菜單無法有統合性吧。

這裡雖是隱世，不過摻入一點現世的要素是不是比較好呢？

比方說活用這間小巧民宅風格的建築物，打造成和風咖啡廳。就像在現世中以女性與情侶為主要客群的那種餐廳。菜單同時也採納一些現世的西式料理來搭配，也許就能在隱世做出獨特的風格。

又比方說，開一間居酒屋風格的餐廳。菜單就以日式家常菜及下酒菜為主吧。客層則設定為喝酒的男女，以成人為主。也許為祖父做過的各種家常菜能在此大獲好評。

或者比方說，開一間自助餐風格的餐廳。說起來隱世原本有這種類型的餐廳嗎？主要以日式料理為主，同時也搭配一點現世風格的西式菜色，也許能讓客人們覺得很稀奇而想嘗看看。

光是憑空想像的話實在很愉快。僅止於想像的話。

「欸，小葵。」

此時，入口大門突然被打開，一位不速之客上門。

是有著一雙垂眼，臉圓滾滾的接待員春日。不知為何她的背上背著筋疲力盡的阿涼。

「哎呀，春日。妳背上那是怎麼回事？旅館的營業時間不是已經開始了嗎？」

「是這樣沒錯啦。欸，阿涼小姐發燒昏倒了啦。已經到上工時間了，而且老實說大家都討厭她，所以沒人打算幫忙照顧。」

「她身邊不是有些馬屁精嗎？」

「那些員工是看阿涼小姐身為女二掌櫃，才對她百般奉承的啦。啊現在被拔掉女二掌櫃的頭銜而失勢，大家都冷漠以待了。畢竟工作也很忙啊。」

「……唉。這番話聽了真令人不開心。」

「所以啊，我想說小葵妳應該很閒吧，便把她帶來這裡了。」

狸妖女還真是直話直說。然而阿涼因為身體太過不適，所以壓根兒沒在聽她說話。

這麼說起來，在櫃檯被罵的時候，她的臉就紅通通了呢。

「這到底是怎麼了呀？雪女也會發燒嗎？」

總之得先讓她躺下休息，我便帶她們到裡頭的房間去。

鋪好床褥讓阿涼躺下後，我先確認了她的體溫。

「好燙！」——一摸上她的額頭，發現已經燙得不得了。

「雪女基本上是必須待在涼爽的環境才能生存的妖怪啊。我曾聽說過，如果她們接觸到熱氣就可能會發燒喔。」

「……熱氣？」

原因該不會是海閣丸的火災？奇怪，火勢馬上就被撲滅了啊。不過的確有段時間連甲板上也被熱氣所包圍……

狸妖女春日又繼續說。

「我聽說阿涼小姐本來就是體質比較虛弱的雪女，對於人擠人的場合原本就吃不消。隨便跑去妖都結果被大老闆跟女掌櫃罵個臭頭，最後發燒病倒，這實在太讓人傻眼了啦。阿涼小姐的個性也有些失控的部分呢。」

「虧她這樣還能當上女二掌櫃呢。」

「是啦，不過她也才上任才沒多久就是了。說起來，她是踢下了前任女二掌櫃還有眾多候選人才爬到這地位的，所以阿涼小姐也樹了不少敵。加上她最近又有點太囂張了嘛。不過已經玩完了，我看她一定會被拔掉女二掌櫃的職務。」

春日無情地說完一串話之後，站起身。

「我得去上工啦。啊，我把退燒藥放在這喔。我是不知道雪女吃了會不會有效，不過這在狸妖界是很有名的藥。還有，這也給妳。」

春日從懷裡取出一袋用紙包著的藥，另外還有一本厚重的書。

那本厚厚的書上頭寫著「妖怪醫學百科」。媲美漢字辭典的厚度令我困惑不已。

春日在長鏡前整理著自己的圍裙。

「今天光臨旅館的客人有塗壁妖(註13)啊。每次他們一登門，就會擋住其他客人的去路，把旅館弄得雞飛狗跳的。那我先走啦，拜託妳囉。」

把阿涼強推給我之後，她便匆匆忙忙離去了。

「妳拜託我也……」

我粗略地翻著她擱下的《妖怪醫學百科》，心想該如何照顧眼前這位痛苦呻吟的雪女呢？

「唔唔……大老闆……」

阿涼說起了夢話。都這種時候還掛念著大老闆啊。

雖然這雪女令人憎惡，但看她被高燒所折騰的樣子，我想得替她想想辦法才行。擱在她額頭上的手巾也已經完全變溫了，於是我用放在一旁的冰水沾溼後重新放回去。她的表情看起來舒坦了一些。

「雪女發燒……有了。我看看……『雪女、雪男為主要棲息於雪國的妖怪。他們厭惡極端的高溫，如果接近火源太近可能會引起發燒。治療對策就是總之先冷卻。注意避免食用溫熱的食物，要攝取冰水以及食物。特別是冰類甜點為佳。』」

嗯？我感到一陣疑惑。冰類甜點為佳？

「冰類甜點，是指冰淇淋或果泥冰沙那類的東西吧？或刨冰之類的？不愧是雪女呢。」

我湊近觀察了一下阿涼的臉。可能因為發燒的關係，她看起來好像很熱。剛才回來旅館時就覺得她不太對勁，原因就是這染上紅色的臉頰吧。

她現在的身體過於虛弱，不過等她醒來後還是準備點什麼吃的給她比較好吧。畢竟吃藥前最好先吃點東西，感覺阿涼在海閣丸上時也沒吃東西。

這麼說起來，記得小時候我也常發燒，祖父照顧了我好幾次。

雖然平常有盡量避免接觸妖怪，但總有不期而遇的時候，其中也有幾次碰上不懷好意的妖怪。沾染上邪氣後便開始發燒的狀況，在過去已司空見慣。

註13：日本傳說中的妖怪，普遍形象為一大面牆壁狀，會形成屏障阻擋去路。

依稀記得每次發燒時，祖父都會買蘋果汁跟冰淇淋給我。在食慾全無的時候，冰淇淋也能順利入口。

開始恢復一點胃口之後，祖父就會自己進廚房，將豆腐與蔥加上醬油與柴魚片煮得鹹鹹甜甜的，再蓋上軟綿綿的蛋汁，記得他都是這樣煮給我吃的。最近好一陣子沒吃到了，莫名又懷念起那滋味了呢。

啊，說到這，廚房裡有一大塊四四方方的豆腐啊。

「做個湯豆腐之類的……啊啊，不過話說回來，雪女不太能吃熱食呢。那做個冰淇淋？可是也沒有鮮奶油……」

豆腐……冰……豆腐……冰……在我如此思考時，一道靈光閃過。

「豆腐冰淇淋！」

之前曾經看過某個電視節目特輯，介紹不使用高熱量的鮮奶油，改用豆腐來做冰淇淋。看起來好像很好吃，所以曾試著做過一次。

詳細做法雖然有點忘了，不過大致還記得。

「豆腐含有豐富蛋白質，冰淇淋又能攝取到糖分，最重要的是口感冰冰涼涼。這主意也許不錯呢。」

我馬上決定來挑戰製作豆腐冰淇淋。我打算起身時，阿涼似乎早已清醒，馬上說了一句「我才不要。」

「我不要，我才沒道理接受妳這種人施的恩惠。」

「……這麼倔強，看來妳身體應該沒問題了吧。」

阿涼頂著紅通通的臉，咳得停不下來。看來果然燒得很嚴重，現在能做的也只有躺平休息。但阿涼卻打算起身。

「……我得去上工才行。」

「妳這是在幹嘛？不是被吩咐今天要閉門自省嗎？妳還在發燒，要躺著休息。」

「妳很囉唆耶！『女二掌櫃』是我僅有的身分了！」

阿涼大喊一聲後，就直直往後倒下去。果然應該繼續躺著的。

「妳……偷溜出去的原因不是為了逃避工作吧。既然妳如此重視女二掌櫃的身分，那就別做那種惹怒大老闆的蠢事不就好了。」

「閉嘴閉嘴閉嘴！要是妳沒來到隱世，也不會發生這種事了……嗚嗚……」

阿涼的雙眼溼潤了起來，她拉高棉被蓋住臉，轉過身背對著我。

這態度簡直跟小孩子沒兩樣。果然她是因為喜歡大老闆，無法原諒身為未婚妻的我，而做出這麼失控的事情吧。

我低頭看著裹在棉被裡的阿涼，長嘆了一口氣。

「算了，我是知道妳討厭我啦，不過我還是會先做冰淇淋。可不是特別為了妳做的喔，是我自己想吃。」

「有什麼事就叫我一聲，妳要是死了，事情可就不是這麼簡單了。」

「要拔掉我女二掌櫃的職稱，我還寧願一死。」

「喔，是喔。」

「……」

面對阿涼自暴自棄的態度，我心想「那就隨便妳」，便離開了房內。

踏出房門之前，我只留下一句話——「至少多補充一點水分啦。」

接下來就是做豆腐冰淇淋了。總覺得光聽到這五個字就好美味。

不但健康，而且應該很受女性歡迎。感覺豆腐跟冰淇淋這樣的組合有一種魔力，比方說咖啡廳如果有提供這麼一道點心，就會讓人忍不住點來吃。

我一邊回憶做法步驟，一邊先準備好豆腐、鮮奶與砂糖。

「我記得材料只需要這些就夠了。然後要把這些全倒入果汁機攪拌吧。」

再來就是果汁機了。我記得這裡有放一台看起來類似果汁機的東西。

隱世的果汁機不知為何長得圓滾滾的，造型就像金魚缸一樣，倒入食材後蓋上蓋子，大圓碗本體就會發出淡淡的光芒，裡頭自動旋轉起來，不一會兒就將材料打得粉碎。

裡頭沒有扇形刀片，似乎也不需要插電，這也是拜靈力所賜嗎？

「哇～好滑順～」

拿湯匙撈起一匙打完的液體，舔了一下。嗯，很甜。

把這裝進調理盆裡後，送往冷凍庫。隱世的冷凍庫很有效率，不用五分鐘就把剛才的液體冰凍完成。從盆子裡取出冰後，我拿著扁木鏟使盡全力攪拌。

其實這樣就大功告成了，超簡單的。

顏色就是豆腐的原色，滑順的白色。試嘗一口，豆腐的香甜滋味在口中擴散開來，味道很清爽，卻又濃郁可口。

「如果有黃豆粉或黑糖蜜的話，感覺一定很搭耶。」

我想著，開始找尋起這兩樣材料。黃豆粉是找到了，不過沒有黑糖蜜，也沒辦法了。

將白色的豆腐冰淇淋盛裝在薄薄的陶碗中，撒上黃豆粉。

「連我自己都覺得完成了一道頗時尚的甜點呢。」

啊，加上銀次先生拿來的櫻桃果汁跟果醬，搞不好還能做成櫻桃口味的豆腐冰淇淋。下次試試看吧。

這類豆腐冰淇淋料理，也許有機會納入菜單中也說不定。

「不不不，現在連店開不開得成都還是問題，還是先別忘想了吧。」

我猛搖了搖頭，把做好的冰淇淋端去阿涼那邊。

「雪女～妳還沒融化吧？」

在榻榻米客房的正中央，有個全身裹著棉被的的雪女。

湊上前去看了看，應該是還沒有融化。

「我做了豆腐冰淇淋，要吃吃看嗎？」

「豆腐冰淇淋？那是什麼鬼東西……我才不要。我又沒胃口。」

「但妳不吃點東西，也沒辦法吃藥啊……我去廚房，不吵妳了，等妳有胃口的時候就吃吧。吃完記得吃退燒藥喔，那可是春日特地幫妳拿過來的。」

我想如果自己待在現場，這位固執的雪女應該不願意開動吧，所以便離開房間。

我從門縫外偷偷觀察著阿涼。她繼續在地上滾了一陣子，終於悄悄起身，用狐疑的眼神盯著冰淇淋碗。不久後，她莫名張望了一下四周，把冰淇淋碗端上膝蓋，開始吃了。

這畫面完全就像還沒對主人放下戒心的寵物，偷偷摸摸地吃東西。

沒多久，她吃完冰淇淋，隨後把藥也吃了，動作挺快的，感覺精神不錯。我想照這樣看來，接下來只要再睡個一晚，隔天也許就能退燒了。

然而，吃完藥的阿涼卻垂下頭，做出了擦拭雙眼的動作。

她是不是在哭呢？最後她又再度緩緩鑽進被窩裡頭。

「……欸，我還做了櫻桃口味的，要吃嗎？」

在完成櫻桃口味豆腐冰淇淋後，我端著調理盆往裡頭的房間一看，雪女已經醒來，正恍恍惚惚地看著天花板上的木紋。

對於突然踏入房內的我，她只用了漫不經心的口氣說了一聲「要」，然後緩緩爬起身子。

我沒有問她剛才的冰淇淋好不好吃。畢竟如果是難吃的東西她也不會答「要」，我就姑且當作她中意這道甜點吧。

仔細一看，她的臉色稍微緩和了一點，漸漸恢復以往的蒼白。

「雪女會吃壞肚子嗎？我在想吃太多冰是不是不太好。」

「雪女怎麼可能因為吃太多冰而弄壞肚子。」

「說得也是喔。」

我拿著木鏟挖起滑順的冰淇淋裝入碗裡。由於裡頭混入了百分之百純天然櫻桃果汁，所以呈現淡淡的櫻花粉色，味道清爽不膩口。冰淇淋上頭淋了一點甜甜的櫻桃果醬。

我在阿涼的旁邊坐了下來，拿出另一只湯匙。我邊直接從調理盆裡挖著冰淇淋吃，邊一派自然地問她。

「欸，妳啊，是最近才當上女二掌櫃的嗎？」

「……是春日告訴妳的？」

「是呀。她說妳踢下許多妖怪，爬上女二掌櫃的位置。」

我照實複誦了春日的話，結果被阿涼狠狠瞪了一眼。我以調侃的語氣補充了一句「很厲害嘛。」

陷入一陣沉默後，阿涼小口小口吃著冰淇淋，一邊茫茫然地說道。

「『女二掌櫃』是最容易輪替的位置啦，女掌櫃倒是坐得很穩固，不會隨便更換就是了。正因如此，很多接待員都把女二掌櫃當成升遷目標，如果沒有勢在必得的氣魄，是很難成功搶下的。」

「妳有這麼想當上女二掌櫃嗎？為什麼？」

可想見她爬上這位置前，必定是歷經過一場悲壯慘烈的女人戰爭。

阿涼又沉默了一會，喃喃自語般地說道。

「我希望得到大老闆的認可。我想看到大老闆為我出人頭地而感到開心的樣子。因為女二掌櫃是由大老闆親自選定的啊，所以……」

「當上女二掌櫃，獲得大老闆的認可，這件事能讓他開心？」

「是這樣沒錯啊。大老闆他最討厭無欲無求、不知長進的員工了。大老闆追求的是野心。不分男女，能為了達成野心而努力的人才，正是他所渴望的。所以這間旅館的所有職位都不是採世襲制度。」

「……野心。」

這間旅館的員工，明明全是妖魔鬼怪，卻都善盡自己的工作本分。銀次先生總是充滿幹勁，土蜘蛛也是一站上櫃檯就變了個人似地卑躬屈膝。大家都是心中懷有某種抱負才這樣子嗎？

就連阿涼也是一樣吧。那麼她明知會被責罵還擅自溜出旅館的原因究竟是什麼？她就這麼憎恨我嗎？

阿涼又咳個不停，於是我倒了水讓她喝。叫她好好休息，讓她躺下之後，我幫她把棉被拉到脖子蓋好。

然而阿涼卻不打算繼續入眠，又漫不經心地望著天花板。

「妳啊，為什麼要這樣照顧我？」

「咦？問我為什麼喔，這個嘛，因為春日拜託我啊。」

被她軟綿綿的口氣如此一問，我便照實回答。阿涼瞥了我一眼。

不過說到這才想起來，對了，阿涼本來還打算加害於我的。差點忘了。

「真是個古怪的女人。一般來說碰到討厭的對象處於弱勢時，應該會報一箭之仇吧。」

「我不做這種麻煩事的。沒差啦，反正我從以前就常招惹到妖怪，早就知道妖怪都是這種性格。」

我很清楚自己為何能以這般態度坦然面對阿涼。

因為我了解妖怪這種生物就是這樣子，所以某方面來說已經對他們沒轍了。

「當然，有時候我也是會選擇報復的。不過這次就先暫且保留。畢竟妳現在還在發燒嘛。」

阿涼還是老樣子，一臉賭氣不滿的表情。不知道心裡在想些什麼。

「欸雪女，說起來妳是有這麼喜歡大老闆，喜歡到想殺掉我的程度嗎？」

「啥？這不是廢話嗎？」

她給了如此認真又果斷的回答。果然妖怪就是這樣。

「……多虧那位大人的福，才造就了現在的我啊。」

阿涼輕嘆一口氣後，開始低聲道出自己的身世。

她出身自位於東北與北方交界處的荒涼山村，年紀還小就離開貧困的家裡，到鎮上去做工。

但因為阿涼屢屢出錯，所以受到雇主家女主人的苛待。

「那時候的主子曾經來天神屋住宿，我也跟著一塊隨行，結果我在大老闆面前讓主子徹底蒙羞……」

「妳到底做了什麼？」

被我這麼一問，阿涼恢復了以往的表情，突然想起了什麼而笑了出來。

「主子本來打算把現世帶回來的擺飾盤送給大老闆的，但我卻把盤子摔到地上打破了……主子可氣壞了。在我被主子又打又罵時，就是天神屋的鬼神大老闆出面解救了我。」

阿涼如此說道。她彷彿回溯起久遠以前的記憶，眼神不像以往那般刻薄了。

我聽說妖怪的記性奇差無比，不過看來重要的回憶還是有牢牢刻在心底。

「主子使用暴力已是家常便飯，所以我當時渾身是傷。大老闆為我療傷，從零開始一一指導我，把我培養成獨當一面的接待員。」

「哦……那個大老闆也有這麼溫柔的一面啊。」

「大老闆本來就是非常溫柔的一位大人！妳也許不知道，但受他恩惠的可不只我喔。像大掌櫃曉、還有那個藝妓鈴蘭也是。那對兄妹本來是出身自現世的妖怪，有一段時間曾待在史郎先生那邊受他的照顧，後來才被大老闆帶到隱世這裡來。」

我停下原本慢慢挖著冰淇淋吃的手。

雖然祖父的名字時不時就迸出來，但土蜘蛛與鈴蘭兩兄妹曾在現世受過爺爺的照顧，這件事我是第一次聽到，有點難以置信。

「唉，我讓大老闆失望了呢。」

阿涼突然吐出喪氣話，垂下了脖子。很明顯進入消沉狀態的她，正在極度懊悔著什麼。

大概是後悔自己不該不聽話，明明被吩咐看顧旅館，卻跑出來尾隨大老闆跟我吧。

這就是想除掉我這個眼中釘的意思吧。

「妳原本以為可以完美蒙混過去，不被發現嗎？」

「我也不知道。我一心想成為女二掌櫃，朝這個目標奮不顧身往前，自認為盡了全力，但當上女二掌櫃後，大老闆卻對我越來越不關心了。也許……他是認為我已經能自立自強了吧。」

阿涼嗤笑了自己一聲。真是複雜的少女情懷啊。

為了獲得大老闆認同才一路努力過來，終於能展現獨當一面的姿態時，卻因為對方放心了而不再給予多餘的關懷。就在這種時候，像我這個不知所謂的未婚妻又現身，讓大老闆眼裡越來越沒有自己的位置——也許她是這麼想的吧。

阿涼的睡意越來越濃了。

「……我、讓大老闆那麼錯愕，還對我嘆了氣，真的好痛苦啊。背叛了大老闆對我的信任，讓他失望，這麼做到底有何意義啊……我真是幹了蠢事呢。」

阿涼看著遠方，不經意地呢喃著，於是我說了句「妳趕快睡吧」。她躺平身子的同時，一臉不可置信地仰望著我的臉。

「我明明很討厭妳的，為什麼會對妳說這些事呢？」

「……因為發燒的關係吧。」

我的答案讓阿涼噗哧一笑，她深深呼吸一次後便馬上睡著了。那張睡著的臉天真無邪，就像個孩子。

不過話說回來，她對我那麼恨之入骨，卻還真的說了好多話。

從無臉女那邊聽說阿涼是大老闆的情婦一事，果然只是傳言吧。搞不好他們之間的關係還比較像父女。

雪女阿涼喜歡大老闆。

其中雖然帶著些許憧憬與戀愛的情愫，但是跟「想成為戀人」、「想結為連理」的感情似乎不太一樣。

第七話

來自大老闆的禮物

在確認阿涼已熟睡之後，我再度回到廚房。

「奇怪，這是啥？」

廚房桌上擺著一個我沒見過的木盒，令我覺得很可疑。是不是銀次先生放的呢？不，我記得剛剛還沒有這東西才對……

木盒上貼著一張紙，上頭用毛筆寫著「可隨意使用」，卻沒提到盒子裡裝的是什麼。我敲了敲木盒，然後緩緩打開盒蓋。

「哇，這不是妖都切割的玻璃碗嗎？」

從正上方往下看，呈現萬花筒般圖樣的碗底閃耀著光芒。這就是昨天在妖都看見的商品沒錯。因為昨天很中意這個，所以一瞬間有點開心，不過我馬上回過神。這是誰拿來的？

「……大老闆？」

果然就是大老闆買給我的吧？

我站在妖都店鋪外目不轉睛地看著商品時，開口問我想不想要的大老闆。

我轉頭張望四周，想當然耳他不在這裡。

雖然想當面跟他確認一下，但他現在應該正跟土蜘蛛一起聽鈴蘭小姐說明事情原委吧。

「……不知道鈴蘭小姐還好嗎？」

鈴蘭小姐被曾是恩客的一反木綿小老闆糾纏不休，逃婚時跟我們一起來到天神屋。

如果她喜歡冰淇淋的話，真想拿一點過去給她。若能多少平復一點她的心情就好了。

對了。到時就用這個妖都切割出產的玻璃碗吧，拿來裝冰淇淋一定很漂亮、非常適合的。

「不過鈴蘭小姐到底在哪裡呢？畢竟這旅館真的是很大啊。」

去問問櫃檯，也許就能請誰幫忙把冰淇淋端去鈴蘭小姐的房裡。

妖都切割的碗裡裝著原味與櫻桃口味的冰淇淋，呈現可愛的紅白雙色。果然如我所料，顏色透過玻璃折射出光輝，賣相看起來更加分了。

把碗擺上托盤，我踏出別館，往本館櫃檯前進。

然而在前往櫃檯的路上遇見無臉女三姊妹。我向她們打聽鈴蘭小姐的所在之處，她們說就在最頂樓的高級客房「大椿」。

無臉三姊妹中的阿松正要去找阿涼，阿竹與阿梅則陪我一同前往。我們三人一起朝本館的最高樓層出發。

然而半路上好幾次遇到來住宿的塗壁妖，他們擅自豎起牆壁堵住通道，我們只好繞遠路前往頂樓。

手上端的冰淇淋因此快要融化了，讓我一直呈現焦慮狀態。

「妳說妳要去現世？別說傻話了，鈴蘭。史郎早就已經死了！」

因為聽見土蜘蛛的怒吼聲，我在大椿客房前停下腳步。

隨後，大椿客房外氣派的拉門被掀飛，我也因為這股氣勢而被吹走，在走廊的牆邊被阿梅給接住。

只不過因為這股衝力，裝了冰淇淋的碗也飛了起來，蓋上我的頭。融化的冰淇淋完美地噴濺而出。妖都切割的碗也恰恰好扣在我的頭頂上，簡直像頂安全帽。雖然所幸沒有破掉，但這狀況實在太慘烈了。

但比起頭上冷颼颼的冰淇淋，更讓我背脊發寒的是眼前所見的光景。

「什麼嘛，哥哥是大笨蛋！大笨蛋！」

「對兄長罵笨蛋，妳這是什麼意思！」

「說什麼史郎大人已經死了，這種事我才不想聽！」

「不管妳想不想聽，事實就是事實。史郎已經不在了，即便如此妳還是想去現世嗎？」

「那當然！我就是為了能再去一次與史郎大人共度過的現世，才拚命工作存錢，以換取前往現世的通行證啊！」

位於拉門另一邊的，是兩隻外型駭人的巨大蜘蛛。其中一隻的腹部上黏了滿滿的白骨，另一隻身上的配色則出奇鮮豔。

大老闆站在稍遠的位置，臉上帶著沒轍的表情，看著兩隻大蜘蛛的爭執。

「咦……該不會這兩隻蜘蛛是……大掌櫃跟鈴蘭小姐？」

沒多久我的疑惑便轉為確信。因為即使外型無庸置疑是駭人妖怪，聲音還是那兩個人沒錯。

「肚子上黏著許多白骨的蜘蛛就是『土蜘蛛』大掌櫃曉，另一隻腹部鮮紅的是『女郎蜘蛛』鈴蘭小姐。」

阿竹湊過來為我說明。

兩隻大蜘蛛失控發狂，把大椿客房搞得狼藉不堪，拉門與窗格紙門都破得徹底，華美的金箔屏風也變得坑坑巴巴，室內到處纏滿蜘蛛絲。

我站在客房外往內窺探，那扇玻璃大圓窗也已徹底碎裂，外側的走廊與遠方夜景現在已一覽無遺，風直灌進室內。

兩隻大蜘蛛繼續為所欲為地爭執了一陣，看似要以相撲一決勝負，最後土蜘蛛被推出界外，他近乎悲鳴的「啊啊啊啊」淒慘叫聲，因為墜落而下而越來越小。

「是鈴蘭贏了呢。」

大老闆淡然判定勝負之時，發現了蜷縮在走廊牆邊的我。

「噢，這不是葵嗎？妳把妖都切割的碗套在頭上做什麼？我雖然說妳可以隨意使用，但可沒想到妳會拿來當成頭盔呢！」

「……我也沒想過這會戴在我頭上。」

我有氣無力地回答時，沁涼的冰淇淋從太陽穴滴落而下。不過透過這段對話，總算確定這碗果然是大老闆送的。

「我想說鈴蘭小姐身子虛弱，發生了這麼多事，心裡應該很難受，所以拿豆腐冰淇淋過來。不過看來似乎是我會錯意了。」

「喔喔，妳頭上流下的是冰淇淋啊。哈哈哈，妳真的是很有趣呢。戴著妖都切割的碗，冰淇淋從頭上滴下來，這樣的姑娘我真是頭一遭見到。」

大老闆一改剛才冷淡的表情，拍著膝蓋笑了。

現在的心情到底是羞恥還是心寒呢？不過對我而言，比起自身的狀況，我更在意剛才眼前展開的那場面……

大老闆笑了一會後，用溫柔的口氣關心我。

「抱歉抱歉，妳很冷吧？要不要去洗個澡？」

「那我就恭敬不如從命了。剛才目睹不得了的場面，嚇得腿都發軟了，而且身子冷透了。」

妖怪間激烈爭執這檔事我不太常見到。我看一反木綿那種等級的傢伙，鈴蘭小姐根本一個人就能撂倒吧……

不過她又再度變回惹人憐愛的人形姿態，在剛才已毀壞的大椿客房正中央啜泣著。

在那之後我去淨身沐浴，以剛泡完澡全身暖呼呼的樣子被大老闆叫了過去。是我來到隱世後，第一次被叫去單獨談話的那間內廳。

大老闆依舊在攪拌著地爐上的燒水壺。

「葵，身子暖和點了嗎？」

他將茶端給坐在對面的我。我凝視著杯中的抹茶色，隨後喝了一口。

「聽說阿涼在妳那邊受到照顧了？她的狀況如何？」

大老闆首先問了阿涼的事。

「只是發燒而已，吃過藥了，再來要睡個一天吧。不過也真是夠麻煩的了，她還說什麼『死了算了』。」

「這樣啊……」

大老闆冷淡地回應，不知道心裡到底在不在意。

「欸，雪女阿涼會被撤掉女二掌櫃的職位嗎？」

「為什麼妳要過問這件事？」

「因為阿涼只是喜歡你啊。她把你當成父親來仰慕，所以才對我產生嫉妒心，擅自做出那種事。她是希望你能多關心她不是嗎？」

「這些我都明白。但這不是女二掌櫃該有的樣子。阿涼她必須作出抉擇，要成為女二掌櫃，或是依賴我，只能二擇一。」

大老闆從袖口取出菸管，一如往常般吞雲吐霧。只不過他的視線似乎望向遠方。

我又啜了一口茶，稍微思考了一下大老闆那番話的意思。

「不過，妳竟然願意照顧有意危害自己的妖怪，果然古怪的個性不輸史郎呢。妳就是這樣才會被妖怪趁虛而入的。」

「不需要你多嘴，你自己還不是一樣，我都說不用了，還買了妖都切割的碗給我，沒資格說我吧。」

「妳不喜歡嗎？」

「……很喜歡啊，有意見嗎？」

「呵呵，這樣啊這樣啊。」

對於態度冷淡又坦白說出感想的我，大老闆露出滿臉笑容。

「啊，要不要吃豆大福配茶？」

「要。」

大老闆雀躍地從櫥櫃中拿出豆大福，尺寸小巧能放在手心上，朱紅的豆子高雅地點綴在白色麻糬表面，這道甜點無庸置疑是我的最愛。

我馬上露出滿心期待的表情，高興不已。

「嗯，這還不錯嘛。我可以吃嗎？」

「請用。這豆大福是一直都有生意往來的幽林堂做的。」

我大大地咬下一口。外皮是柔軟的白玉麻糬，裡頭包著大顆粒的紅豆餡，兩者交融出恰到好處的甜度。

這麼晚了還吃豆大福，會發胖吧……

腦海裡掠過這麼一個少女專屬的擔憂。好歹我也是少女。算了，還是別想這麼多。

「好好吃，這個我給滿分。」

「喔喔，這可真開心。葵真是吃得津津有味呢。」

由於我太專注在吃了，大老闆直盯著我的臉瞧。我只要一開心，平常總是淡然的他也會露出好像很愉悅的表情。

為什麼啊？因為想娶我為妻嗎？完全搞不懂。

雖然搞不懂，但卻有點不甘心。每次都是我單方面接受，再這樣下去我會完全被他牽著鼻子走了。

至少收了人家的東西，也應該回禮啊……

此時我又開始好奇了起來，大老闆最喜歡的料理究竟是什麼呢？

如果能做出他喜歡的菜，那他多少會願意吃吧？我是這麼想的。

之前也問過，不過似乎被巧妙地閃躲掉了。

我再一次若無其事地開口詢問。

「話說……大老闆你最喜歡吃什麼啊？」

「為什麼突然這麼問？」

這唐突的問題令大老闆有點訝異，不過他似乎看穿我的心思，露出討人厭的笑容。

「我是不會把最喜歡的東西輕易告訴別人的，因為這樣容易被抓住弱點。」

「什麼弱點啊，明明之前說曾告訴過一位女性的。」

「呵呵。那妳也成為一個讓我不禁說漏嘴的好女人吧。」

「唉……原來如此。不打算說就是了。」

能讓他說出最喜歡吃的菜，想必一定是位非常非常完美的女性吧。到底是個怎麼樣的人呢？我還真想親眼一睹風采啊。

豆大福吃完了，我小口小口啜飲著茶。

話說回來，今晚除了甜食之外什麼都沒吃呢。真不妙啊。我看我這德行離所謂的好女人還差得遠了……是說我為什麼會以一身暖烘烘剛出浴的樣子，坐在這裡吃豆大福呢？

冷靜下來後，我「啊」了一聲，終於想起原本的目的。

「對啦，我是要問土蜘蛛跟鈴蘭的事啦。那兩人到底為何吵得那麼兇啊？我好像聽到了跟爺爺有關耶？」

我來這的目的不是洗澡也不是吃豆大福，剛剛完全偏離重點了。

大老闆似乎也回想起剛才那場騷動。

「喔喔，那是因為鈴蘭說想去現世，所以被大掌櫃阻止了。」

「去現世？」

為什麼身為妖怪的鈴蘭小姐會想去屬於人類的現世？

我的訝異表露在臉上，於是大老闆繼續說了下去。

「這該從何說起呢……妳知道大掌櫃跟鈴蘭本是出身自現世的妖怪嗎？」

「嗯嗯，有聽說。」

「那是距今大約三十年前的事了，那時史郎還經常往來現世與隱世兩地。在當時的現世曾發生過一起騷動——為尋找棲身之處而四處遊蕩的蜘蛛妖怪襲擊人類。事件的罪魁禍首，就是我們家現任大掌櫃土蜘蛛『曉』。」

「咦，果然人如其表，是個惡棍流氓呢。」

「話別這麼說。他是為了身體虛弱的妹妹，才襲擊人類以凝聚靈力。不過他被偶然現身的史郎輕易打倒了，在那之後兩兄妹就落腳史郎家，受他照顧了。」

「不過那隻土蜘蛛可是很討厭爺爺的。」

「是啊。大掌櫃……曉他曾說過『真是受夠那種傢伙了』。不過鈴蘭到現在仍記得史郎的這份恩情，對他非常仰慕。」

「……」

「史郎託我把他們倆送來隱世之後，土蜘蛛就開始在天神屋工作，鈴蘭則在妖都開始藝妓的培訓。史郎過去經常到妖都欣賞鈴蘭的舞蹈與三味線演奏，不過……最近這十年來，史郎似乎沒去見過鈴蘭了。所以她才努力存錢，做好前往現世的準備，為的就是見史郎一面。」

「……原來是這樣。」

鈴蘭小姐想去見我的祖父津場木史郎，卻遭到那隻土蜘蛛反對，而且還得知對方的死訊，所以情緒一時激動，變身成那般兇殘的外貌。

「鈴蘭小姐她現在怎麼樣了？」

「我讓她在別間客房休息。已經囑咐無臉女照顧她了，應該沒問題。」

「她真的要去現世嗎？」

「她本人是如此打算沒錯，也備齊了所需的過路費。下一次通往現世之門開放的時間就在下週一。我想在那之前就讓她在天神屋做好準備吧。畢竟我們家備有『開啟異界旅程奢華方案』。」

大老闆看來似乎打算順著鈴蘭的意思，不過他最後說的那個住宿方案名稱實在太莫名其妙了，害我反而開始在意起這部分。

「那是什麼，開啟異界旅程？奢華方案？」

「是我們家的住宿方案之一。天神屋也設有各種住宿方案、以及因應各種客戶需求的客房。有商務方案、好姊妹聚會方案，現在這時節還有附帶夜櫻點燈參觀行程的方案，另外還有附設情侶專用露天溫泉池的客房方案等。像鈴蘭一樣要啟程前往異界的客人，會在我們館內進行諸多手續，因此我們也備有奢華方案，讓他們享受在隱世的最後一天。從規範上來說，要前往異界可從八葉所掌管的各個入口中任意擇一出發，不過多虧了這個方案，選擇從天神屋啟程的旅客數增加了許多。」

大老闆理所當然般地介紹起各種不同方案。聽起來簡直就跟現世的飯店或旅館一樣，我不禁愣在原地。

「……還真是跟時下的旅館沒兩樣呢。」

「我們也只是在時勢中求生存啊。雖然身為老店，競爭對手還是很多。我也會四處參觀現世的旅館，下足工夫研究的喔。」

「呃，是喔。」

雖說是妖怪，還真是個精心經營服務業的鬼男啊。

「我知道啦。鈴蘭小姐她要使用這個開啟異界旅程奢華方案，那土蜘蛛要怎麼辦？他不是反對鈴蘭小姐前往現世嗎？」

我又再一次回想起土蜘蛛對鈴蘭小姐大發脾氣的模樣。

「的確，身為兄長的他持反對態度，但鈴蘭已不是孩子了。要前往現世是她出自自身意志所下的決定，即使她已經得知史郎不在人世。況且她是憑自己的力量努力工作，用自己賺的錢去的，有誰能阻止她。」

「話是沒錯啦……」

但現世裡的妖怪看起來也活得不太好，總是餓著肚子啊……雖然如此想著，不過我還是決定不說出口。這並非我能插嘴的事。

「妳也想回去現世嗎？」

鬼男突然丟了這個問題給我。他是覺得鈴蘭小姐要去現世，所以我也開始想回去了嗎？

「這……你還真是問了個壞心眼的問題耶。」

我露出諷刺的笑容。反正就算我說想回去，他也不會放我走。

不過我還是稍微重新思考了一下。現在的我在隱世裡為了找工作而卯足全力，但這一切是為了還清債務。

然而，被問到「想回去現世嗎」這種根本上的問題，究竟我心裡是想還是不想呢……

「這個嘛，畢竟我是人類，待在現世才是對的吧。與其說『想回去』，我應該比較傾向認為『總有一天必須回去』吧。」

「為什麼？史郎也已經死了，妳應該孤立無援才是。妳在現世已經沒有親人了不是嗎？」

「你這問法……我話先說在前頭，在現世只要有人失蹤，就會引起大騷動喔。況且我還是個學生。」

「我是在問妳個人的想法。妳對現世還有眷戀嗎？」

大老闆的表情非常認真。「叩」地一聲，他將菸蒂敲落在地爐裡。

我感到有點困惑。現在的我，有想回去原本世界的理由嗎？

本來就無父無母，祖父也去世了，跟親戚間的關係與往來都很淡薄。

當然，個性上受爺爺的影響過於強烈，所以也沒有交往的戀人，跟朋友也只是在學校往來。

渺小的我還放不下的，就只有祖父臨終前那張意識不清，神情恍惚的臉而已。

最喜歡品嘗美食的祖父以前老是把「人生的最後一餐想吃葵親手做的菜」這句話掛在嘴邊。我總回他「別開玩笑啦」，結果離別時刻來得如此突然，最後他也沒能如願吃到我做的料理，而以平淡無味的病房伙食結束了一生。

「多希望至少最後一刻，能讓他吃到最喜歡的東西啊……」

我低聲呢喃。這段自言自語毫無脈絡，大老闆卻用認真的表情傾聽著。

經過一陣短暫沉默，大老闆攪拌起燒水壺裡的熱水。

然後他像是想起了什麼似的，往我的茶杯裡倒了第二杯。

「啊啊，對了。妳也認為銀次說的沒錯，在那間別館開個餐館比較好嗎？」

「咦？」

「銀次說我們家的料理過於重視傳統，讓客人的選擇受到侷限。還說一定要提供不同的選項。我也一直認為照現在的形式，天神屋勢必有一天會面臨瓶頸，所以也不是不能理解銀次的想法。之所以會送妳現今流行，但無法使用於我們家宴席料理的妖都切割玻璃碗，有部分也是基於如此，想說這也許能提供妳一些想法，構思如何開間好餐館。」

「喔喔，原來。原來是這樣啊。」

「不過我想得先確認妳的心意才行。妳想在那間別館開間餐廳，作為客人的新選擇嗎？」

一下問我想不想回去，一下又問我餐館的事。我不禁躊躇起來。

「我、我是想要挑戰看看啦。」

我憑自己的意志，第一次給了肯定的答案。我的眼神一定很游移。

剛才聽了銀次先生充滿熱忱的想法，我自己似乎也在構思菜單時漸漸產生了野心。加上阿涼也說了野心啦向上心啦什麼的，可能也激發了我。我心中確實有想要試試看的念頭。

「我知道了，既然如此，妳就認真想想吧。」

大老闆點頭，隨後遞給我一張折得精美的小巧紙張。美麗的和紙表面上寫著「天神宴席」。

看來似乎是菜單。

天神宴席「卯月」

餐前酒　梅酒

開胃菜　生豆皮佐海膽

前菜　煮大豆　醋拌新筍　豬肉叉燒

湯品　蛤蜊湯

生魚片　本日特選三拼

煮物　煮蜂斗菜
主菜　味噌烤豆腐　鴨肉陶板燒
燒烤物　鹽烤當季真鯛
炸物　春季山菜天婦羅
主餐　竹筍鍋飯　季節醃鮮蔬
餐後湯　春季味噌湯
餐後甜點　艾草蕨餅　糖漬櫻桃

「哇，這是天神屋的宴席料理？」

我嚥了一口口水。菜單上的眾多料理看起來美味極了，光看文字就覺得按捺不住。我已經在腦海裡想像起一道道菜，幻想著它們的滋味。

「我們家的料理味道確實沒話說。一年四季都是十二道品項，即使因為季節因素而多少會有些調整，但菜色一路走來幾乎沒什麼變。每一道都是料理長堅持的美味，也是我們家僅有的十二道菜了。也許會令常客生膩吧。」

「是啦，畢竟妖怪真的都很長壽嘛。『生膩』的標準完全不能比照人類來衡量吧。」

「不過也有客人喜歡不變的味道。正因如此，銀次才計畫在別處另開一間截然不同的餐館——擁有嶄新風味的食堂。」

大老闆瞥了一眼我手上拿著的菜單。

「那份菜單就給妳吧。假如要在那間別館開店，可以拿來參考。別館是銀次的管轄範圍，妳跟他好好構思、討論、妥善經營就可以了。只不過，若做出來的成果沒辦法讓我認同，我可不會讓你們開店的，這點要牢記。」

「……我知道啦。」

是因為談到工作的關係嗎？大老闆的口吻非常嚴肅，卻又似乎多方面都為我作好考量。

然而，他又馬上以溫柔的聲音關心起我，就像剛剛推薦我豆大福時一樣。

「好了，昨天才剛發生那麼多事，妳應該很累吧？葵，該回去別館休息了。」

「……別館有阿涼在啦。我該睡哪才好呢？」

「要來我房裡睡嗎？我可以替妳多準備一個枕頭喔，新娘大人。」

「免了。那我寧願露宿戶外。」

「哦。既然如此，那從明天開始好好幹活吧，失業女。」

「你、你就是這樣每次都突然改變態度，真討厭！」

大老闆的態度依舊令人摸不著頭緒。一覺得他冷酷又會表現出寵溺的樣子，以為他認真時卻又像是在開玩笑。這就是所謂的恩威並施嗎？

只不過，我從剛才就很在意他攪拌著燒水壺的手。與其說手，應該說茶壺裡的東西。

「大老闆，我有一點請求。」

「嗯？可真難得妳會對我有事相求呢。若是餐館的事，我已經說過會再考慮的。」

「不是啦。那個……這裡有『抹茶』嗎？」

「抹茶？」

「對，抹茶啊。可以分一點抹茶給我嗎？我想做抹茶口味的豆腐冰淇淋！」

我紅了雙頰，羞赧地拜託他。大老闆聽見我的願望後，呆愣地圓睜雙眼，不一會便翻找起櫥櫃，給我一個裝有抹茶的小罐子。

「太棒了！謝謝你，大老闆！」

「……」

我滿心的歡喜在臉上表露無遺，道謝時的笑容比過往收到他的任何禮物時都還要開懷，這似乎讓他有些五味雜陳。

第八話

大掌櫃土蜘蛛與藝妓女郎蜘蛛（上）

時間來到了隔天早晨。

我在別館房間的壁櫥裡頭醒來。

昨晚把壁櫥裡的東西全清出來，抓了許多坐墊跟包裹布層層鋪在裡頭，鑽進去睡覺。

雖然稱不上一夜好眠，但起床時還算神清氣爽，我看了看雪女的狀況，伸手摸上她的額頭。燒已經退了。

我不禁鬆了一口氣。對於曾企圖加害我而落得這番下場的她退燒這件事，竟讓我感到放心，自己都覺得自己很奇怪。不過我意外地並不討厭這個優點缺點都在於太誠實表露心情的雪女。

我想再讓她多睡一會好了，於是暫時離開別館。

雖然原本的目的是出外吸口新鮮空氣，不過我在一旁的柳樹下，發現了個奇怪的東西而嚇了一大跳。

那裡竟然有一隻紫紅色的蜘蛛，在樹幹上織了網，蜷縮著身子。那蜘蛛的大小大概跟中式炒鍋差不多，背上有骷髏頭的紋樣。該不會是昨晚在「大椿」客房發狂的土蜘蛛吧？不知為何看起來非常虛弱。

「欸，你該不會是……大掌櫃土蜘蛛？」

被我一問，蜘蛛兇惡地轉動複眼瞪著我，很明顯是在威嚇人。

「你一副狼狽樣，是受傷了吧。該不會昨天被鈴蘭小姐從頂樓推了下來之後，就乖乖待在這原地不動？你還真命大耶。」

「這點程度還死不了的。滾！不要管我！」

那隻中式炒鍋大小的蜘蛛發出了聲音，聽起來被逼急了。看來他還能說話。

我在蜘蛛面前蹲下身，「噗」地嘲笑他一聲。

「看你這樣子，應該是靈力不足而無法化為人形吧？貴為大掌櫃的土蜘蛛大人看來也沒多了不起嘛，竟然輸給自己的妹妹。」

「少、少囉嗦！夠了，妳給我滾開。」

「要我滾開也行，但我要帶你一起滾。」

我無情地扯開把蜘蛛絲當成棉被裹身的土蜘蛛，將他夾在腋下抱著。意外地很輕盈。

「啊、住手、妳這傢伙！」

土蜘蛛舞著無數隻腳掙扎，但他既無法化為人樣，也變不回昨晚那種大蜘蛛的外型，看來身子果然非常虛弱。

「住手、放開我。我把妳吃了喔！」

「你很吵耶！我才要用醬油跟砂糖把你燉成甜甜鹹鹹的佃煮料理，拿來配飯呢。還是這樣好了，直接丟進大鍋子裡頭炸，從腳開始大口大口吃光光！」

土蜘蛛聽見我列舉出烹調手法，便害怕了起來。看來現在的身型是我占上風。

接下來，我把虛弱的土蜘蛛抱進別館的榻榻米客席。

我將他放在坐墊上頭，替他清洗傷口後貼上ＯＫ繃。我自己也覺得對妖怪做了毫無意義的事。土蜘蛛曉從剛剛開始就非常安分。

我想《妖怪醫學百科》這次應該也派不上什麼用場，不過還是翻找了土蜘蛛的頁面，了解他們的特性。

「土蜘蛛，擁有鬼面與虎軀，擁有蜘蛛長腳的巨大妖怪。奇怪，怎麼好像跟這傢伙不太一樣。土蜘蛛也有分很多種類嗎？」

眼前的大掌櫃曉，既沒有鬼面，也沒有虎軀。

「我看看——有潛居於土中之習性，也稱為『潛土』。性格躁怒……哈哈哈，說得好～」

我不禁失笑，結果土蜘蛛發出「哈」的聲音吐出蜘蛛絲，似乎打算威嚇我。蜘蛛絲落在我腳下，微微侵蝕了石地板。

「呃、再來……土蜘蛛有潛居於土中之習性，主要靠吐絲襲擊人類來進食。自從隱世立法，規範妖怪不得從現世恣意獵捕人類，許多土蜘蛛便移居現世……要治療受傷的土蜘蛛，主要有三種方式。一為擱置不管使其自然康復，二為進行靈力治療，三為將蘊含高靈力之物置入其體內。以上。」

我將書上內容念了出來，歪頭不解。靈力治療是什麼？

「欸，這個『將蘊含高靈力之物置入其體內』，是指吃什麼東西嗎？」

「誰知道。」

就算開口發問，他也只是這副態度。

心想著真難搞，我還是再度向他發問。

「蜘蛛平常都吃些什麼啊？蟲？」

抱持著「要恢復精神，除了吃以外沒其他方法」這種單純想法的我，首先能想到讓土蜘蛛康復的手段，果然還是「餵他吃東西」了。

「昆蟲要怎麼料理，這我還真的只知道能拿來佃煮了。啊，不過如果你ＯＫ的話，我就去外面抓點蟲回來……」

「誰跟妳吃蟲啊！」

我被強烈否定了。看來這裡的蜘蛛跟現世的一般品種各方面都不一樣。

現世的蜘蛛明明被稱為益蟲的啊，妖怪真的是很難搞。

此時，裡頭房間的門「嘎啦」一聲打開，現身的是貌似大病初癒的素顏雪女。她看見坐墊上的土蜘蛛，略顯驚訝。

「哎呀……為什麼大掌櫃曉會在這？而且那樣子是怎麼了？」

雪女不知道昨晚上演的蜘蛛兄妹大戰，當然她也不會知道土蜘蛛虛弱成這副德行的原因。

「人家跟妹妹鈴蘭小姐打架打輸了，昨天從本館的頂樓被推下來啦。對吧？土蜘蛛。」

我全盤照實說了出來。土蜘蛛的表情非常難堪。

「這可真是。曉，你還是老樣子，拿妹妹沒轍呢。」

雪女抬高了單邊眉尾，突然露出諷刺的笑容。土蜘蛛看來顏面盡失。

「肚子餓了呢～葵，做點什麼給我吃啦。」

阿涼伸了個懶腰，又扭了扭腰，在吧檯客席邊坐下。

「什麼啊，突然這麼友善，感覺一定有詐。」

「隨便啦，快點做點吃的。妳除了做菜也一無是處了呀。」

阿涼一臉悠然自得，已不見昨天扭扭捏捏的態度。

過了一晚，就像什麼也沒發生。阿涼完全變回原本高姿態的女二掌櫃。

「真是夠麻煩的，我正忙著打聽土蜘蛛到底能吃些什麼呢。」

「哎呀，妳從大老闆變心到曉啦？人類女子就是這樣花心最討厭了。看妳連對小老闆都賣弄風騷呢。」

「誰變心啊，心從來都沒有在大老闆身上好嗎？」

我想這句話真是說得太好了，但雪女阿涼似乎是真的餓了，回應我的是一陣肚子叫。

聽見這聲音我就坐立難安地走向廚房。

「妳想吃什麼啦，冰涼的料理？」

「真笨呢，就算是雪女，身體健康時什麼都能吃啦。順帶一提我現在想大吃一碗親子丼呢。好想大口把肉啦雞蛋啦白飯啦都掃進肚子裡，我要大碗的。」

「妳啊，變胖我可不管喔。明明嘴上說什麼『接待員的門面也是很重要的』。」

「啊——啦——隨便啦。隨便妳說。沒聽見我叫妳做丼飯給我吃嗎！」

阿涼像個小孩一樣耍任性。我已經超越驚訝而有點擔心起來。

「……阿涼，妳是在自暴自棄嗎？」

「反正今天的我又不是女二掌櫃，只是個被罰閉門自省的雪女啊。所以不需要克制啦。」

再次確認了她就是在自暴自棄。的確，人類也會藉由暴飲暴食來抒發壓力，有時候就是需要這種手段吧。

「欸，土蜘蛛你也吃點什麼吧？」

我本想順著現在的氣氛，做點什麼給土蜘蛛吃，不過他氣得完全扭頭不看我。

我心想就隨便他了，便著手準備做親子丼。

親子丼的做法非常簡單。只要有雞肉、雞蛋和洋蔥，不管誰來掌廚都能有一定程度的美味，價格親民又營養均衡。

而且熱量在丼飯料理中也算是低的，所以時不時就會突然讓人想吃一下，親子丼就是這種家常美食。

這道料理也齊聚妖怪最愛的三種調味料——醬油、味醂和砂糖，再加上酒跟白高湯（註14）；

用淺平底鍋將洋蔥絲燉煮得軟爛，加入切成一口大小的雞肉塊煮到入味。稍微嘗一點湯汁試味道之後，倒入打勻的蛋液煮到半熟，最後倒在盛好白飯的大碗公上頭，撒上海苔絲便完成。

「哇，好香的味道～」

海苔絲在熱騰騰的親子丼上舞動，雪女坐在前面兩眼發出期待的光芒。吃了第一口之後，她的筷子再也沒停下來。看來她真的餓很久了。

「土蜘蛛，你不一起吃的話，可趕不及在櫃檯開張以前恢復靈力喔。」

阿涼邊在嘴裡塞滿了食物邊對無力癱在坐墊上的土蜘蛛說話。

「吵死了，雪女。妳現在被拔掉女二掌櫃的頭銜，少用同等地位的語氣向我搭話。妳何時變得如此不知羞恥，貪求著那種人類女子做出來的食物。」

「真是不可愛的傢伙。我也不是心甘情願吃這種女人做的菜好嗎？」

阿涼回嘴，卻沒有停止把白飯、雞蛋與雞肉塞進口中。

「曉，你可曾思考過，為何九尾小老闆要讓這種女人開餐館、又為何天狗松葉大人特別中意她的料理……你一點都不明白呢！」

「誰知道啊，史郎孫女的事情我沒興趣知道。」

迷你版的曉將縮得圓圓的身子背對我們，用冷淡的口氣回應阿涼。

註14：以薄鹽醬油與昆布柴魚香菇高湯所調配成的調味醬汁，顏色較使用普通醬油的醬汁來得淺。

然而阿涼卻開始放聲大笑，嘴邊還黏著飯粒。

「所以你才這麼沒出息呀，曉。我說呀，這女人的料理之中有著特殊效果，能恢復靈力啊。雖然妖怪只要有進食，多多少少能恢復一點靈力，但葵的料理效率特別高。畢竟她是史郎大人的孫女呀。」

「……嘖！」

土蜘蛛曉嘖了一聲。

我從吧檯裡頭探出身子，彷彿以局外人的身分聽著阿涼所說的這段意味深遠的話。我多少有從現世妖怪的口中聽過，自己的料理能幫助妖怪恢復靈力這件事。

「被說有恢復靈力的效果，我自己也沒有什麼頭緒耶。以人類來比喻的話，就像是恢復體力嗎？是說味道如何？」

「味道……嗯，大概不算難吃啦。」

阿涼大口大口吃得一乾二淨，將大碗公擱在桌上，一邊摸摸肚子，以一副了不起的口吻如此肯定。好吧，反正她也全部吃光光了，我就不回嘴了。

「我吃飽啦。那我就再去睡個回籠覺了。」

明明剛剛才起床的阿涼，一吃飽飯竟然又說要回去睡。

她起身前往裡頭的房間，現場再度剩下我跟土蜘蛛兩個。

「阿涼真是的，這樣沒關係嗎？吃完馬上睡覺對胃很不好的……欸，土蜘蛛。」

即便我一派自然地丟出話題，土蜘蛛還是堅決地無視我的存在。

我走近他，從上方對他開口。

「欸，你就當作吃藥，吃點什麼吧？你傍晚開始還得上工當大掌櫃不是嗎？」

「……」

「我是很清楚你討厭我啦……不過你想想，俗話不是說良藥苦口嗎？」

自己說出這種話，覺得真是個奇怪的比喻。曉依舊不語。

總之，我用剩下的材料準備了另一碗親子丼，添了一杯茶一同放上托盤，往背對著我的曉那邊端過去，放在離他最近的桌子上。

「你想吃的時候再吃就行了。」

我只說了這句話，便再度回到廚房。我想也許在我面前他吃不下去吧，就跟當初的雪女阿涼一樣。

接下來，我把昨天做的豆腐冰淇淋從冷凍庫裡頭拿了出來。

豆腐冰淇淋還有很多進步的空間，我發現用果汁機攪拌後再拿去冷凍，重複多次這個動作可讓口感變得更滑順。

還有「抹茶」。昨晚在大老闆的內廳裡稍微拜託了他而到手的抹茶，加上提味用的蜂蜜一起加進去攪拌——口感滑順升級的豆腐冰淇淋新口味誕生了。這實在是令人停不下來的濃醇美味。

簡單的原味、酸酸甜甜的櫻桃、加上濃醇的抹茶，湊齊了三種口味。

我將擺在櫥櫃顯眼處的碗拿在手上，是妖都切割的透明玻璃碗。首先將切塊的水果擺入這充滿清涼感的碗裡，再盛上三種豆腐冰淇淋，最後撒上黃豆粉便大功告成。

「三色豆腐冰淇淋聖代完成～」

白、紅、綠的配色簡直就像三色糯米糰子，很適合正值賞花季的現在呢。

我把這道自信之作放進托盤，馬上踏出廚房。昨晚原本要請鈴蘭小姐吃的冰淇淋先砸到我頭上了，這次希望能順利拿去給她。

「土蜘蛛，我去一趟鈴蘭小姐那邊，待會回來。」

「妳說什麼？妳這傢伙打算對鈴蘭做什麼？」

直到剛才還忽視我的存在，結果一聽到鈴蘭小姐的名字，曉卻馬上轉過臉來。

「什麼做什麼……沒什麼，只是把冰淇淋拿給她而已。」

「不許胡來。妳這史郎的孫女不准接近鈴蘭。不要對她出手！」

「……對她出什麼手啦。」

對於曉的一番話我實在感到愕然。這些話我希望他能講給死纏爛打地向鈴蘭小姐求婚，還化身為跟蹤狂的一反木綿聽。

「你啊，要是那麼重視鈴蘭小姐，就趕快跟人家和好吧。不然鈴蘭小姐就要前往現世了不是嗎？我聽說一去到現世，要回來這裡可不是容易的事，你會錯失良機喔。」

「跟妳無關……史郎的孫女憑什麼過問……」

奮力吐出的這句話帶著充滿恩怨的口氣。老是喊著史郎孫女、史郎孫女的。

「我不管你啦。」

斜眼看著再度朝我發出威嚇的土蜘蛛，我端著冰淇淋離開別館，朝本館前進。

鈴蘭小姐在頂樓的高級客房「八雲」裡頭，獨自一人靜靜地彈著琴。

對妖怪而言，正中午是他們起床的時段，看來她作息有正常，太好了。

「鈴蘭小姐，那個，我是葵。」

我在拉門前出聲，結果拉門靜悄悄地打開，現身的是鈴蘭小姐。

「哎呀！葵小姐。」

「不好意思一大早打擾了。呃，不介意的話，請享用這個吧。」

我雀躍地將三色聖代連同托盤一起遞給她。鈴蘭小姐雙眼發亮地說「哇，這太棒了」，隨後讓我進入房裡。八雲與大椿不同，客房內以藍色為基調，呈現簡約又清涼的氛圍。

我坐在坐墊上，與鈴蘭小姐面對面。她看起來平靜地像徹底忘了昨天發生的種種，開心地享用了三色豆腐冰。

「哇，這真美味。我最喜歡冰淇淋了。」

「妳常常吃嗎？」

「豆腐做的還是第一次呢。每一種都好好吃，不過我特別喜歡抹茶，非常香濃。」

的確，多虧大老闆送的高級抹茶，替抹茶豆腐冰淇淋增添了濃醇好滋味。關於這一點我還得跟他道謝。

「我以前很喜歡現世的冰淇淋。是我還在現世時，史郎大人買給我吃的，那是單純的香草口味。」

「咦，爺爺以前會買冰給妳吃呀？」

「已經是很久以前的事了。」

鈴蘭小姐用湯匙挖著快融化的冰淇淋，吃了一口。她舔了一下充滿女人味的雙唇，瞇起了眼睛。隨後我並沒有多問，她便主動說了起來。

「我跟曉哥哥出生於現世鄉下地方的古寺。差不多是距今三十年前的事了吧。然而當時的隱世通過了限制來往現世的法案，在施行之前有非常多妖怪移居現世，因此那時的現世曾有個職業風靡一世，就是以驅除妖怪為職的驅魔師。」

「哇……還有經歷過這樣的時代呢。」

我知道有驅魔師。雖然不曾實際碰過，不過我曾聽祖父與妖怪們提過有這樣的人。

「畢竟妖怪之中也有許多在現世恣意作亂之輩呢。不過我們的雙親不一樣，他們在寺院中過著隱居生活。我們的父親是土蜘蛛，母親是女郎蜘蛛。他們化為人形工作賺錢，養育眾多子女長大，其中包含我們兄妹倆。然而……寺裡的住持得知有妖怪棲息後，便委託熟識的驅魔師，燒死了我的父母和其他兄弟姊妹。」

我不知道該做何反應才好，低垂著視線繼續聽她說下去。

鈴蘭小姐沒有間斷地繼續訴說。

「倖存下來的只有我跟曉哥哥而已。曉哥哥帶著我浪跡全日本，找尋能安心棲身之地。有時他會襲擊人類掠奪錢財物品，有時也會吃人。哥哥因為痛恨人類，每次襲擊人類便能獲取靈力，身為妖怪的實力也逐漸提升。但我跟他不一樣，體弱多病，因此哥哥也會為了我而攻擊人。最後他便成為無人不懼，連一流驅魔師也無法匹敵的大妖怪了。」

說到這裡，鈴蘭小姐嘆了一口氣。

我實在想都沒想過，那個大掌櫃竟然擁有這樣的過去。現世的妖怪們的確居無定所，四處徘徊，其中也有許多胡亂襲擊人類的。

「然而，在一次與某位驅魔師對決時，史郎大人突然出現在我們面前。他把一流驅魔師也鬥不過的曉哥哥輕輕鬆鬆就打得落花流水。而且還一副藐視萬物的態度，就像是在嘲笑其他人的自尊、夢想與希望，並將之徹底粉碎一般。」

「可以想像呢。」

不論是妖怪還是驅魔師，世間萬物都不被祖父放在眼裡，他常跟我炫耀自己輕輕鬆鬆就解決一切。還記得他曾邊喝酒邊喊著自己比驅魔師們強多了、自己有多偉大。

雖然當時我完全搞不清楚他在說什麼，原來就是指這件事嗎？

祖父生前很討厭驅魔師。不過應該也不算喜歡妖怪。

「純粹出自好奇的史郎大人在打敗我們後並沒有攻擊我們的要害，而是帶著我們回家，給我們飯吃。」

「哇。看來再怎麼說，爺爺也算是對妖怪慈悲為懷呢。你們當時吃了什麼？」

「水餃。好像是史郎大人原本打算拿來下酒的菜。」

「水餃！爺爺的水餃確實很好吃呢。」

我不禁回想起祖父包的水餃是什麼滋味。這是祖父的拿手菜之一，印象中我也常常要他做。

「史郎大人給了我們一個棲身之處。在那之後，他對我們這兩個年紀尚輕的小妖怪百般使喚管教，稱我們為奴隸，把家事都交給我們做，還會把我們帶在身邊當成保鏢使用！」

鈴蘭小姐極力地強調說明，一邊染紅了雙頰，像是回憶起過去的喜悅一般。

但我可是萬分驚訝，原本的感動一變成為不好的預感。

「管、管教？奴隸？怎麼、鈴蘭小姐妳以前該不會被爺爺萬般苛待吧？」

「不不不，我只不過負責簡單的家事。基本上做菜都是交給史郎大人……史郎大人的料理實在美味至極。」

鈴蘭閉了一下雙眼，似乎非常懷念。看來她是打從心底喜歡祖父。

「爺爺的料理啊……」

的確，他的手藝很棒。讓我明白料理為何物的人，也是祖父。

不過自從把做菜的工作交給我之後，他就不太親手做菜了。

「我跟曉哥哥對料理都是一竅不通。偶爾換哥哥做菜，史郎大人就會罵難吃而發脾氣。」

「呃、是喔。」

「史郎大人總是苛薄地奴役哥哥，不過卻非常寵溺我，我是這麼覺得的。對了，他還會偷偷買杯裝的香草冰淇淋給我。」

雙頰漲紅，食指抵在雙唇上的鈴蘭小姐似乎完全進入少女模式，說著與祖父間的回憶。豆腐冰淇淋聖代不知何時已被吃得一乾二淨。

「原來是這麼一回事啊。嗯，這也難怪土蜘蛛會那麼恨爺爺，看來有很多原因。」

我覺得自己能些許體諒土蜘蛛的態度了。鈴蘭小姐稍稍垂下了視線。

「不……哥哥他，其實在心裡一定也很景仰史郎大人的，只是認為自己遭背叛的心情更強烈吧。」

「遭背叛？」

「史郎大人在某一天吩咐我們，要我們前往妖怪的世界──『隱世』生活。甚至還說『我已經不要你們了』，撕破了當初為了奴役我們所簽的契約。」

「隱世……」

「當時就是這家天神屋的大老闆為我們備妥前往隱世所需的費用。只不過我那時一直不願意，讓史郎大人傷透了腦筋。因為我一直希望能在史郎大人身邊，成為他的得力助手……但史郎大人終究還是命令我們前往隱世。他說妖怪在現世是很難生存的。他還『約定』好說，會隨時來隱世見我們。」

鈴蘭小姐的聲音越來越小，微弱到快要聽不見。我知道她吃力地撐著眼眶。她看起來簡直像是光想起過去就痛苦不堪。

祖父讓土蜘蛛曉及鈴蘭小姐前往隱世的理由，究竟是什麼呢？

這個決定一定有意義吧？祖父他，對這兩兄妹是怎麼想的呢……

「最後我跟哥哥一起來到隱世。對隱世毫無了解的我們，透過大老闆幫忙而認識這個世界，經由他的仲介得到了適合自己的一份工作。最初我也是在這裡當接待員唷。」

「咦，鈴蘭小姐曾經是天神屋的接待員？」

「沒錯。不過我聽到傳言說，神出鬼沒的史郎大人常常現身於妖都，便辭掉天神屋的工作前往妖都，開始進行藝妓的研習。如果成為藝妓，史郎大人就一定會來見我，自己也能讓他開心……我那時是這麼想的。」

「……」

這一段宛若細喃的話語，震撼了我的內心。

祖父這個人本來就風流到讓人沒轍，這我是聽過，但對這名如此為他掛念的女子，他究竟讓人家多傷心呢？

「史郎先生對於我成為藝妓一事，開心得超乎我的預期。每次來訪妖都時總會指名找我。這讓我感到高興不已，朝著成為妖都第一藝妓的目標努力過著每一天，但我的三味線遲遲沒有進步，讓史郎大人聽了很多不成調的演奏。」

「哪有，剛才彈得多動聽啊。」

「呵呵。我以前總是跟他約定好了，在下次他來訪之時，我一定會演奏出絕美的音色。對於發下如此豪語的我，史郎大人總是會笑。他會摸著我的頭，說自己會期待的。然而，當我總算進步到能讓人滿意的程度時，他卻突然再也不來見我了。」

鈴蘭小姐喝了一口茶。

在一陣短暫的沉默之後，這次換我對鈴蘭小姐開口。我心中有一個答案。

「那……那一定是因為我的關係。大家都說爺爺自從收養我之後，就不再到處浪跡天涯了。他也變得不常往隱世跑了。」

鈴蘭小姐對著不知所措的我皺眉一笑。

「史郎大人總是獨身一人。他擄獲了眾多妖怪與人類的心，玩弄於股掌間，過著自由的人生。他活得比任何妖怪都更像妖怪，比任何人都更像人。但是他是孤獨的。正因為如此，我才想伴隨在那位大人身邊。但聽到他與孫女共同生活的消息後，我便頓悟了。啊啊，他已經不再是一個人了。史郎大人已經有家人了——我是這麼想的。」

鈴蘭小姐吸了一下鼻子，她的心情一定非常難以言喻吧。

雖然我完全沒有經驗，但是能想像，那一定充滿嫉妒與悲傷。但對方已不再孤獨這件事，同時又讓自己感到安心，應該是這樣吧。

「鈴蘭小姐……妳說要去現世，是認真的嗎？」

我再次問她。

「是呀。我一直希望能再一次前往與史郎大人共同生活過的現世。我就是為此才拚命工作，存夠能前往現世的錢。」

「爺爺他，已經不在人世了喔。」

「……嗯嗯，我都知道。壽命倏忽即逝，人類就是如此呢。雖然我還以為史郎大人是最堅強的人類，不會輸給一切。」

鈴蘭小姐的這番話，我之前也曾在誰的口中聽過……是天狗松葉大人說的。

她終究無法按捺住早已滿溢的情緒，淚水奪眶而出。

她聽聞津場木史郎的死訊，是昨天的事。雖然外表看起來若無其事，但她的心底一定滿懷悲傷，一個人度過難熬的一夜。

「即便如此，我還是想前往現世。史郎大人若有立墓，我就要去陪在他身旁。我想試著在與史郎大人共同生活過的土地上，堅強地活下去。」

鈴蘭小姐這番話說得十分堅定，就像大老闆說的，沒有誰能阻止她了。

正因為這樣，我才擔心起土蜘蛛。

土蜘蛛對於妹妹鈴蘭小姐的決心，究竟有幾分了解呢？再這樣下去，她真的就要隻身前往現世了。

引發蜘蛛兄妹的爭執，讓他們即將在決裂的狀態下離別，這一切豈不都是祖父的錯嗎……

「鈴蘭小姐，對於土蜘蛛，妳打算怎麼辦？」

「哥哥……哥哥他應該無法同意我去現世吧。過去在現世的時光，都是他一直在我身邊守護我。他大概覺得好不容易來到這和平的世界，我為什麼還要跑回去，所以才拚命阻止我吧。」

「這樣子好嗎？」

「不好。但是我束手無策了。因為我跟哥哥的性格可固執的呢。」

鈴蘭小姐露出微微的笑容，彷彿帶著苦澀。

兩兄妹就此分隔兩地，是多麼悲傷的事啊。就像祖父背棄了自己與各種妖怪結下的約定，縱情地過自己的人生，擅自辭世一樣。

突然的離別讓一部分的人傷透了心，連句再見也來不及說。

這對兄妹也許未來也會背負一樣的懊悔。如果可以的話，我希望他們倆能和好，在互相理解的狀態下告別。為此，我能不能幫上什麼忙呢？

等回到別館，發現土蜘蛛已不在原地。

只不過，看見那碗沒動過的親子丼，我想他應該還很虛弱，沒辦法走太遠才是……

我如此想著，在別館周圍找尋土蜘蛛的身影。確認柳樹四周，到別館後面繞了一圈看看。

「這麼說來，《妖怪醫學百科》裡有寫到，土蜘蛛有潛居於土中的習性對吧。」
我馬上在中庭的地面找找有沒有洞，沒想到馬上就發現了，在連接本館與別館的走廊下方，開了一個大洞。
「土蜘蛛。土蜘蛛！出來啦。你再這樣，真的就要跟鈴蘭小姐分隔兩地了喔。」
「少囉嗦。我可沒理由受妳指使。」
「啊，你果然躲在這呢。」
我伸手掏著洞穴，抓住蜘蛛的其中一隻腳，將他拉了出來。
「啊、住手！我腳都要斷了。蜘蛛的腳很容易折斷的啦。」
「那你就不要在這種地方磨磨蹭蹭的啊。還真意外是個自閉兒呢。」
將發狂掙扎的土蜘蛛夾在腋下抱住，回到別館。我再次將他放在坐墊之上，指示他乖乖待在原地。
「你在這邊待著。不恢復靈力的話無法變回人形對吧。你不想吃我的料理就算了，那就讓你喝『那個』。」
「那個？」
我無視腦袋浮現問號的土蜘蛛，回到廚房內。在廚房裡把菠菜、番茄、紅蘿蔔、蘋果和草莓通通倒進果汁機裡打勻後，加入冰塊、牛奶與蜂蜜再度攪拌，使用現有的食材做果昔。
完成的是呈現可怕色調的黏稠果昔。一定很難喝，但是營養滿分。我將稠稠的成品裝進乳白色的大碗中，端去土蜘蛛那邊。

「土蜘蛛！把這個喝掉。」

「這、這是什麼東西！」

「好不好喝現在不是重點，總之是能恢復元氣的果昔啦！把這喝掉，你就能變回人形，做好大掌櫃的工作。」

我將碗捧到土蜘蛛嘴邊，說著「快喝快喝吧」。然而他發出嘎嘰嘎嘰的聲音往後退。

「不、不要。這種顏色恐怖的液體……而且誰要領妳的情啊！」

「你要倔強到什麼時候啊！快點喝掉，你這個軟趴趴的傢伙！」

各方面已經失去耐心的我，用單手緊緊抓住害怕的土蜘蛛，把果昔倒入他口中。

在一陣緩緩的流動聲之後，土蜘蛛吐出一陣紅黑色的煙霧，從我的手中跳了出去，幻化成往常那位紅豆色頭髮的青年。

他輕咳了幾聲，隨後露出垂頭喪氣的表情，像是感到屈辱與絕望一般，身子向前蜷縮。

「我實在是……我這實在是、竟然吃了史郎孫女的料理……」

「這可稱不上料理喔。不過太好了。即使沒經過繁瑣的烹飪步驟，也還是能恢復靈力呢。」

以我個人來說，料理的過程就像是某種組合法術一樣，因此完成的成品帶有讓妖怪大量恢復靈力的效果，似乎是這樣子。

看來果昔這種程度的懶人料理，也還算堪用。

「土蜘蛛，我去見了鈴蘭小姐。你啊，現在真的不是固執的時候了。」

「……什麼啊。」

「鈴蘭小姐就要去現世啦，即使爺爺已經不在那個世界了。」

我的一番話讓土蜘蛛的表情變得扭曲，他狠狠地咬住牙。

「這種事不用妳說我也明白。鈴蘭她心意已定，畢竟她一輩子都是追著史郎的腳步生活啊！」

土蜘蛛走下榻榻米客席，打算離開這間別館。

我朝著他的背影放聲大喊。

「你不好好目送她離開可是會後悔的。一切都會無法挽回的！」

正打算打開別館大門的土蜘蛛僵了一下，停住了手。我繼續說。

「爺爺也是，就這樣死了。大家明明都說他是個殺也殺不死的人，然而死亡真的令人措手不及，他就這樣離開了。我、最後什麼都沒能為他做。他最愛享受美食了，最後一餐卻是醫院的伙食。我就算現在後悔也於事無補……多希望至少讓他在臨終前吃到最喜歡的菜。」

「……」

「不過，你的狀況不一樣吧。面對即將啟程前往現世的鈴蘭小姐，你大可替她加油打氣，還能目送她離開。雖然以後也不是不能再見面，但是在每個當下，都要做出不讓自己後悔的選擇才行……時光是不能倒流的啊。」

我使出混身解數。我對這對蜘蛛兄妹倆並沒有懷抱什麼特別的情感，只是基於同樣受祖父救贖，被他養育長大的共同經驗，所以希望他們做出不會後悔的抉擇。

土蜘蛛的拳頭顫抖著，肩膀也震著，轉過身來狠狠地瞪我。他魯莽地走近，揪住了我的衣領，開口說道。

「這一切全都是史郎的錯！那混帳分明清楚鈴蘭的心意，卻把鈴蘭……把我們拋棄了。他背棄了與我們的『約定』，明明說會隨時去見她的！然而他卻……為什麼現在還得被那傢伙耍得團團轉！那個說死就死的傢伙！」

「土蜘蛛……」

土蜘蛛的憤怒，我完全了然於心。

遭到祖父的擺弄，傷透了心。即使如此，卻依然無法忘懷他。

祖父在別人身上留下難以復原的傷痕，卻不負責地死去，太過分的傢伙了。然而那道傷痕也是回憶，每觸及一次就會不小心想起他。

土蜘蛛如此，鈴蘭也是如此。

他們都無法忘記這個人——津場木史郎。

「嘖！」

土蜘蛛無法將這股憤恨全部傾洩在我身上，嘖了一聲之後便將我的領口放開。他轉過身子，只是不說話。

他無法原諒津場木史郎，所以也無法坦然地替妹妹的決定感到開心。

我也是個性格固執的人，所以能理解土蜘蛛複雜的心境。

「那不然，來做道料理吧，土蜘蛛。」

正因如此，我才提出了這個突然的建議。

當然，土蜘蛛說了聲「什麼？」轉過身來用呆愣的眼神看我。

「鈴蘭小姐說過喔，爺爺在把你們倆撿回家的那一天，親手做了水餃給你們吃對吧？」

土蜘蛛抖了一下眉頭，看來他還有印象。

「爺爺他怎麼包餃子的，做法我都記得喔。只不過現在材料不齊全。我會去拜託看看銀次先生能不能幫忙湊齊。你呢，就做這個給鈴蘭小姐吃吧。做法我會教你的。」

「妳說什麼蠢話，我幹嘛做料理給她……」

「聽說你做菜的技術爛到不行，還老是惹爺爺生氣，鈴蘭小姐都告訴我啦。」

「……鈴蘭那傢伙，跟這種女人大嘴巴說了些啥啊。」

土蜘蛛扶著額頭，看起來心情稍微暢快了一些。

只不過他似乎還在猶豫。對於我的提議，他沒有拒絕也沒有接受。

我會提議做料理，是因為這是他們的共同回憶。而且最重要的是，在美味佳餚面前，妖怪們都會變得坦率。

「你可能還有大掌櫃的工作要忙吧，明天再回覆我就可以了。不過時間所剩不多了，鈴蘭小姐在下週第一天，就要出發去現世了。」

「我知道。」

土蜘蛛以不爽的態度吐出回答，最後轉身背對我，離開了這間別館。

由於他猛力關上大門的力道，天花板飄下許多木屑似的東西。

「早安～」

就在此時，總算從房裡出來的雪女阿涼發出懶散的聲音，破壞了氣氛。

以前總是紮得乾淨俐落的頭髮也亂成一團，仍然頂著一張素顏。

「曉真是有夠不成熟的耶，雖然努力進取所以早早爬上了大位，但那頑固的性格算是美中不足嗎？」

看來阿涼聽見了剛才的爭執。她坐在吧檯的客席上敲著桌面。

「肚子餓了～葵，做點什麼來吃吃啦。」

「妳還真打算吃完就睡，睡完就吃耶。」

「我想吃天婦羅。幫我做成天婦羅丼。天婦羅丼、天婦羅丼！」

「又要吃丼飯……」

我以呆愣的眼神看著她，阿涼卻毫不退卻地連連喊著天婦羅丼。實在拿她沒辦法，我用廚房現有的根菜類、香菇與白肉魚炸成天婦羅。只是此時的我可能有點心不在焉，連湯匙都一起下鍋油炸了，真拿自己沒轍。

第九話

大掌櫃土蜘蛛與藝妓女郎蜘蛛（下）

在我年紀還小的時候，曾被一位妖怪救了性命。

他在除我以外空無一人的黑暗房間中直直地凝視著我。那是一位戴著能劇面具的詭異妖怪。

我被母親棄之不顧，沒東西可吃而意識陷入恍惚時，肌膚感受著地板的冰冷溫度，與那位奇怪的妖怪同待在房裡，讓我不再感到那麼孤獨。

那張全白的能劇面具沒有表情，在一片漆黑中突然浮現而出的畫面，我現在都還記得。

那妖怪對著年幼的我問了——我有什麼願望。

『……喊我的名字。』

脫口而出的心願，是希望人家喊我的名字。

一直以來，沒有人願意呼喚我。這是非常寂寞的。

那妖怪喊了我『葵』。

他打從一開始就知道我的名字。

他的聲音是什麼樣子，我已經想不起來了。但是，光是那聲呼喚，就足以讓我真實感受到自己還活在這世上，湧上莫名的安心。

妖怪又再次問了我有沒有什麼願望。

『……我肚子好餓。』

小聲地呢喃後，這次他問我想吃什麼。

『……我想吃媽媽做的咖哩飯。』

『……』

妖怪用不安的聲音說這有點困難，向我道了歉。

當時取而代之放在我身旁的食物，到底是什麼呢？

雖然記得是吃的，但是回想不起來。然而我只清楚記得，當時的自己大口大口猛吃著他給我的東西。

我一邊吃著，臉上淚水一邊滑落而下。那真的非常美味。

只有這件事，我會永遠牢記在心裡。

〇

隔天早上起床，感覺睡得不算非常好。但我好像睡過頭了，看向掛在牆上的時鐘，似乎剛過十點。

唯一回想起的，只有那段雖然艱辛但也很重要的幼年回憶。原本從未想起過當時跟妖怪間的對話內容，這次卻稍稍喚醒了記憶。

「最近常常夢到這個夢呢……為什麼呢？因為來到隱世的關係嗎？」

那時救了我的那個能劇面具妖怪，現在在哪裡，又在做什麼呢？

因為有他在，我現在才得以活著。

妖怪雖然會吃人，也多得是窮凶惡極的傢伙，但我很清楚絕非所有妖怪都是邪惡的。就是因為這樣，所以每當我看見妖怪餓肚子，才會忍不住做飯給他們吃吧……

不知道未來有沒有機會再見到那個戴著能劇面具的妖怪呢？會不會他現在就在這個隱世的某一角呢？

如果能再見面，我想請他吃我親手做的菜，做為過去的報答。

祖父讓我體會吃東西的喜悅與料理的樂趣，然而我心中對於「吃」如此執著的原點，果然還是當時那妖怪送給我的救命「食物」吧。

我鑽出做為寢房使用的壁櫥，繞過還在睡夢中的雪女身旁，在大鏡子前換了衣服。

為紮好的髮型插上山茶花髮簪，髮簪上的花苞又膨脹了一些，前端快要綻開了。

「我看看……高麗菜……蒜頭、薑、香菇……有是有，但是缺了最重要的豬絞肉跟韭菜呢。還有，如果有烏龍麵用的麵粉，就能做出更棒的餃子皮了。」

我進了廚房後首先確認冰箱裡的東西。祖父特製的手工水餃，是從皮開始親自做起的。

只不過，這間廚房裡沒有備齊必需的材料。

「葵小姐，早安。菜單的構思進行得如何呢？」

在這絕佳的時間點，小老闆銀次先生來了。

他手中抱著竹籃，一根粗大的竹筍沉甸甸地橫躺在籃子裡。

「哇，好大的竹筍喔。」

看到新鮮的竹筍上還布滿泥土，我不禁闔起雙手。

「是庭園師鐮鼬從後頭的竹林挖過來給我的喔。我想說這是不是能做點什麼。」

「什麼都能做呀。剛出土的竹筍不需要去除澀味，就能直接烤來吃了。沾味噌做成串燒應該很美味呢。」

「真不錯，感覺一大早就能配點酒了。」

「還沒上班，可不行喔。」

銀次先生帶著好心情回答「我知道的」。

春天是竹筍的盛產季，味道也非常好吃。

做成竹筍炊飯是個不錯的選擇，加進味噌湯裡也很棒，炸成天婦羅也不賴。

「欸、不對，現在要做水餃啦。」

眼前的大竹筍讓我在腦海中徜徉了美味的幻想之旅，此時我想起原本的目的。銀次對於我突然迸出的「水餃」這兩字嚇了一跳。

「水餃？水餃裡頭會放竹筍嗎？」

「嗯，我想應該不會太奇怪吧。不是啦，我是要說，銀次先生……其實想跟您商量土蜘蛛與鈴蘭小姐的事……」

我將昨天的事情告訴了銀次先生，包含自己在構思讓土蜘蛛與鈴蘭小姐和好的方法，而希望能準備水餃材料的事情。

銀次先生頻頻點著頭傾聽我的話。

「原來如此，為了做水餃，所以需要韭菜跟烏龍麵粉對吧。這些我想我能輕鬆備好唷。」

「真的嗎？如果我能自己去採買就好了，但是被吩咐不許任意踏出天神屋……銀次先生果然很可靠呢，謝謝你。」

「不會不會。既然是史郎先生親自傳授的料理，我也很好奇呢。不過原來水餃皮能用烏龍麵粉做啊。」

「嗯嗯，爺爺都是用這個做的喔。口感Q彈有勁，可好吃的呢。」

「咦，很不錯呢。感覺是個適合放入菜單的好品項。」

「……我是為了土蜘蛛跟鈴蘭小姐喔。」

「那當然、那當然。」

銀次先生看起來心情好得不得了，已經把水餃納入餐館的菜單了。

「不過話說回來，這裡的店家都是下午開始營業，可否再稍待一會呢？如果您趕時間，我就去廚房摸一點過來。不過要是被達摩料理長抓到了，可能免不了被大卸八塊就是。」

「這樣亂來可不行啊，別鬧了。」

我原本就想說食材在今天內備妥就可以了，所以搖了搖頭。

水餃材料有了著落之後，我試著詢問銀次先生，關於今天早上一直掛在心上的煩惱。

「銀次先生，換個問題喔，若想在隱世尋人的話，有辦法嗎？」

「尋人……嗎？」

面對我突如其來的發問，銀次先生理所當然露出了訝異的表情。

「也不是尋人啦，應該說尋妖吧……在我年紀還小，尚未跟爺爺同住前所遇見的妖怪。」

「……」

聽了我的說明，銀次先生僅短暫沉默了一會兒，便問我。

「那個妖怪有什麼特徵嗎？」

「我只知道他戴著全白的能劇面具，其他就不清楚了。所以也許光憑這些要找到也很困難吧。」

「……這樣子啊。」

銀次先生手抵著下巴，語調稍稍低沉了一些。他的眼神瞥向一旁。

當發現到我的目光後，銀次先生又露出一如往常的笑容。

「您很在意那個妖怪嗎？」

「要說是在意，也許算吧。」

「想見他一面嗎？」

「這個嘛，要是能再見上一面，我想對他報恩。我被那個奇異的妖怪救過一命。那時的我活在受凍又孤獨的環境中，肚子餓得受不了呢。」

「……」

「不過，那妖怪每天都來到我身邊，把食物分給我。所以我為了答謝那位妖怪，才常常做飯給餓肚子的妖怪們吃……雖然老是不甘願地念這念那的。」

聽見我呢喃般的回答，銀次先生不知為何收起了笑容，壓低視線。他的尾巴也垂得低低的。

「隱世也是很大的，要找到葵小姐想見的妖怪，也許有一定的難度呢。」

「也對，在現世要尋人也是很不容易的。」

「非常抱歉，沒能幫上您的忙。」

「不、不會，沒關係啦。總覺得對你很不好意思。」

我提出的要求太無理了。不過銀次先生似乎若有所思。

「不過，這個呢……天神屋這間旅館，全隱世的妖怪都會來光顧。房客有從這裡啟程前往異界的，也有從異界歸來的。只要葵小姐待在這，也許能遇到救了您的那妖怪喔。」

「……這樣啊。這裡的確有非常多妖怪出入呢。」

「沒錯沒錯。所以請您在這裡好好努力，開一間好餐館吧！只要塑造了好口碑，妖怪們也會紛紛上門。也許總有一天消息會傳進那位妖怪的耳中。您跟他一定能見面的！」

「這、這樣啊。」

銀次先生突然展開了熱烈的談話。我被他這股氣勢所壓倒，一邊點頭稱是。

我輕輕握了一下拳頭。假設那位救命恩妖真的有一天來到了天神屋，我想為他張羅佳餚。為此目的，我希望能在這間天神屋開設餐館，持續提供美味的料理……

我清楚感受到這樣的野心在自己體內開始一點一滴萌芽。

銀次先生對著表情嚴肅若有所思的我，喊了聲「葵小姐」，拍了拍我的肩膀。

「總之請先用早餐吧？」

「……」

他的聲音非常溫柔，令我的心情恢復了平靜。

被他這麼一說，我才發現自己早已餓壞了，不禁「噗」一聲笑了出來。

「也對……難得拿到這麼新鮮的竹筍嘛。把它烤來吃吧。」

「啊，我記得這櫥櫃裡頭有炭爐喔，拿到外頭做炭烤吧。」

「喔喔，不錯耶。味噌、味噌。」

接著我與銀次先生徹底轉換了心情，現在滿心只有竹筍。

走出別館，把炭爐放在柳樹下，我們在那裡把竹筍做成烤味噌口味。

「好香喔，這是怎麼回事～太棒了吧～」

「哇！」

銀次先生被終於起床走出房間的素顏阿涼嚇個半死。然而他似乎過了幾秒之後，才發現那是阿涼。

「啊啊……什麼嘛，原來是阿涼小姐啊……」

「哎呀，小老闆。什麼叫『什麼嘛』，是沒認出素顏的我嗎？」

「不、不是啦。我是想許久沒拜見阿涼小姐的素顏了……咳咳，話說阿涼小姐，您一直待在這裡嗎？」

「我決定在閉門自省的期間都待在這裡，應該沒問題吧？反正我現在還在反省期間啊，有任何不妥嗎？」

「不、沒有……」

銀次先生雖然貴為小老闆，卻被素顏阿涼的蠻橫氣勢壓著打。

「啪」地一聲，炭火響起了彈跳聲，我將烤好的竹筍裝盤。

「好了，請盡情享用吧。」

這股逼人的味噌香氣馬上就擴散出去，把上午就已起床的庭園師鐮鼬們給吸引過來。

「早～安。」

「我們被香味給吸引過來了。」

初次現身的鐮鼬們全頂著一頭淡綠色頭髮，個頭嬌小，有張稚嫩的童顏。在這個時段他們統一穿著和式工作服，伴隨著春風現身，猶如一群妖精。

鐮鼬們看起來十分雀躍，將味噌烤竹筍塞滿了雙頰。明明一開始都不肯在我面前現身。

真是一副讓人感慨萬千的光景。想到料理的香氣對任何妖怪來說都有一種無法抵抗的神奇魅力，不知怎地覺得有點開心了起來。

「……你終於來了呢。」

土蜘蛛再次踏進這間別館，是隔天中午的事了。

他一臉心不甘情不願的表情，一如往常地瞪著我看。

看來他終於被前女二掌櫃阿涼、小老闆銀次先生、以及庭園師鐮鼬給說服了，無可奈何地再度來到此地。

「是那些傢伙一直喋喋不休啦。妳啊，何時拐騙了我們家員工的。」

「真過分的說法耶。我哪有拐騙啊。」

土蜘蛛表現出滿滿的戒心。我嘆了口氣，把烹調服與三角頭巾丟向他。

這跟銀次先生總會在這裡換上的裝束一樣，還留有備用的份。

「把那換上。豬絞肉還沒解凍，不過水餃的材料都湊齊了。」

「……我非得脫掉天神屋的外褂，換上這套東西才行？」

「你要直接套在外褂上也行啊，要是你真那麼愛穿那件外褂的話。」

帶有天字圓圈圖紋的黑色外褂與上衣，是天神屋男性員工規定穿著的制服。款式根據職務有所不同，對土蜘蛛而言，大概認為這是身為天神屋一員的驕傲吧。然而換上烹調服的他，不知怎麼地，讓我覺得詭異到不行……

「好了，那來做水餃囉。首先從餃子皮開始進行吧。」

「……嘖！」

土蜘蛛雖然嘖了一聲，還是乖乖洗手，依照我的吩咐動作。

祖父津場木史郎的拿手料理之一「從皮親手製作的水餃」，做法是將烏龍麵粉加水後揉捏成麵糰。雖然也有混合高低筋麵粉的不同做法，不過祖父偏好烏龍麵粉。

原因似乎是那Q彈有勁的口感與入口的滑順度，跟水餃非常合。

「看著，一開始使用扁鏟，以切割的手勢混勻喔。」

「少囉嗦，不許命令我。」

「是是是。」

我心想自己簡直像在應付青春期的兒子一樣。明明就已經老大不小了。

揉著麵糰的土蜘蛛，從剛才開始就板著一張不爽的臉。

「要揉到像耳垂一樣軟喔。」

「像耳垂一樣軟是多軟啦？」

土蜘蛛皺緊雙眉，感到強烈的困惑而停下手上的動作。

「多軟……你不如捏捏看自己的耳垂啊？」

我試著拉了拉土蜘蛛的耳垂。噢噢，意外地挺有彈性的。

「別碰我！」

「啊、抱歉抱歉。」

他兇狠地瞪著我，做出保護自己耳朵的防備姿勢，同時若無其事地摸了摸來確認自己耳垂的軟度。

我一直認為「耳垂般的軟度」這種形容，雖然經常出現在麵糰類料理上，但是個很籠統的表現，會因個體差異而產生不同解讀。另外，像是「油炸成金黃色」、「一小撮鹽」等也都是很主觀的料理用語。要巧妙拿捏剛好的程度，只能靠自己重複嘗試來摸索。

「這樣子如何？」

土蜘蛛揉完麵糰，自信滿滿地要我確認。

我一口氣捏了塊麵糰，比出ＯＫ的手勢。此時土蜘蛛微妙地露出了開心的臉，令我不禁在心裡驚呼一聲。

「接下來把麵糰搓成棒狀，再切成湯圓般的大小。」

「湯圓？」

土蜘蛛有聽沒有懂，我便夾雜手勢指示他滾動麵糰。他依照吩咐將麵糰滾呀滾，搓成了棒狀後，接下來要從兩端開始切塊。我給了他一個大小範例。

「簡直就像做喉糖（註15）一樣啊。」

土蜘蛛捏起一小塊切下的麵糰，一邊專注地盯著瞧，一邊如此呢喃道。

「喔喔，的確很像呢。這樣講你比較好理解吧？你就當作是喉糖，切切看。」

土蜘蛛點頭，開始切起搓成棒狀的麵糰。接著兩人合力把切好的麵糰推開來。總算來到餃子皮的最後成型階段。

一邊旋轉麵糰，一邊滾動擀麵棍，將麵糰擀成圓形的麵皮……

「欸、啊啊、你為什麼用敲的？」

「擀麵棍不就是拿來敲的嗎？」

「不是啦！有時候也是那樣用沒錯啦，但現在是要用滾的，用滾的！」

面對粗暴地敲起麵糰的土蜘蛛，我捏了把冷汗，同時教他擀麵皮的方法。

土蜘蛛也一臉認真地仿照我的動作。

「啊，你該不會是左撇子吧？」

此時我才察覺他的慣用手是左手。土蜘蛛只冷淡地回我一句「是又怎樣」。

接下來，由於是手工水餃，雖然無法將餃子皮弄成市售商品般完美的圓形，不過擀到直徑約十公分大小，看起來也總算有點樣子了。

「好，那麼接下來就要製作包在皮裡的肉餡了。」

「肉餡要放些什麼？」

「大致上會有豬絞肉、高麗菜還有韭菜。首先你要把高麗菜切成末。」

「切成末……」

土蜘蛛的表情蒙上一層陰影。是怎麼了？對於切成末有什麼不好的回憶嗎？

「你是不是不擅長切末啊？」

「不，可厲害的。」

土蜘蛛一臉凜然地說道。總之就先讓他切切看。結果，他的確飛快地將高麗菜切成末沒錯，但菜末噴了滿地。

「暫、暫停、暫停！」

我不禁放聲大喊。土蜘蛛也用一樣的口氣回我「幹嘛？」

「什麼幹嘛，你看看我，身上全是你的菜屑！」

「……」土蜘蛛盯著自己手上的菜刀，不發一語。

「你稍微冷靜點，切成末並不求快啦。這樣糟蹋食物是不行的喔。」

我安撫不知為何切末切到被逼急的土蜘蛛。一問之下，才知道原因在於「高麗菜切末時的關鍵就在於速度——史郎以前總是這麼說的」。我告訴他這應該只是爺爺為了捉弄他才這樣說的，

註15：日本傳統喉糖，以大豆、芝麻、薑製成長條狀糖果再切塊食用，有化痰效果。

土蜘蛛的臉色便轉為慘白。

接下來，在切成末的高麗菜上撒點鹽後靜置片刻；在豬絞肉內混入鹽、胡椒、薑泥、蒜末和芝麻油來調味，將肉抓揉均勻，直到調味料充分吃進去為止。在此時，把剛剛切好的高麗菜末加進去，另外大量放入切好末的韭菜，充分攪拌。

拌出黏性之後，肉餡就完成了。韭菜的香氣令我開始想像起鍋的水餃會有多美味。聞起來實在很棒。

「哦哦，看起來很不錯啊，你也挺能幹的嘛。」

「……我有心也是做得到的。」

「是呢，繼續保持下去喔。」

雖然聽說他的手藝很差，不過只要好好指導，他意外地都聽得進去，吸收速度也很快。

我想祖父在教土蜘蛛做菜時，一定都在旁邊說些會讓他著急的話。祖父就是個會故意做這種事的壞人。

「那麼，接下來就是把餡包進皮裡囉。」

用湯匙挖起肉餡包入餃子皮裡，我個人非常喜歡這個步驟。

「一邊摺出皺褶……對對對，一邊把麵皮拉開。」

「真難啊。」

「做著做著就會熟練啦。還有很多要包呢。」

雖然一開始土蜘蛛的動作很生澀，不過包了兩三顆之後，外型越來越有樣子了。凹凹凸凸的小餃子排列在一起的模樣，總讓人覺得可愛。

習慣了動作之後，接下來就是默默埋頭進行相同的作業。看著土蜘蛛認真的模樣，我不知怎麼地想泛起微笑。

「我說啊，我以前也是跟爺爺這樣子一起包水餃的喔。」

一丟出關於祖父的話題，土蜘蛛便皺起眼睛說「史郎嗎……」

「嗯嗯，我也不是一開始就懂得做菜的。爺爺他跟我一起做，教我，還津津有味地吃了我做的菜，而我希望繼續聽到他的稱讚，所以就一路做下去了。」

直到現在，我也不認為自己的手藝有多過人。我想世上所有的母親，每天為家人做的菜都比我還更講究。

土蜘蛛一邊聽著我說話，一邊繼續手上的動作。

「史郎真的是個怪人。」——過沒多久他開口。

「那傢伙只是個普通人類，卻擁有過人的力量。不論人類或妖怪，都恨他恨得牙癢癢。但他也確實救過我與鈴蘭。事情經過妳應該已經聽鈴蘭說了吧？」

「嗯，你們在與驅魔師的對決之中，被突然參一腳的爺爺打得落花流水對吧？」

「……嗯，算是這樣吧。」

土蜘蛛露出尷尬的表情。敗給祖父這件事，對他來說應該是一段想遺忘掉的黑歷史吧。

「那傢伙輕輕鬆鬆就把我們摺倒，擅自立下契約，恣意差遣我們，完全不問我們的意願。簡直是個豈有此理的傢伙。還把別人當成奴僕來苛待。」

「你做的菜總是被他嫌東嫌西對吧？」

「是啊。那傢伙討厭我們妖怪偏好的調味。總之就是喜歡又辣又鹹的重口味。好幾次都大罵『味噌湯太淡啦』、『燉煮得太甜啦』，然後把飯桌給掀了。」

「……咦？」

土蜘蛛這番話，讓我不禁停下包著水餃的雙手。

因為我所認識的祖父，一直以來都偏好妖怪口味——稍甜又清淡的料理。

「不過這麼一說，松葉大人也曾說過類似的話，他說爺爺以前並不喜歡妖怪的口味……」

土蜘蛛不禁停下雙手，似乎是因為看見我困惑的模樣。他的表情看起來很訝異，陷入了短暫的沉思。

「妳這種妖怪喜愛的調味是跟史郎學來的？」

「對啊。因為爺爺都說他比較喜歡這種口味啊。他可是徹底把調味傳授給我呢。」

「這……」

土蜘蛛停住了口，一陣沉默。

對此我完全沒有頭緒，而他卻以確信的口氣告訴我。

「這一定是他為了守護妳不被妖怪襲擊才這麼做的。妖怪若發現靈力強大的人類，就會企圖獵食。特別是現世的妖怪缺乏食物，便會襲擊人類。妳有著不遜於史郎的靈力，所以他才擔心這一點。」

「咦？這是指爺爺假裝自己喜歡這樣的調味，而刻意讓我迎合妖怪口味做菜？」

「誰知道呢……史郎的想法誰也參不透，我也不想參透。那傢伙要是對妳寵溺有加的話，如此的可能性就很高。他是為了讓妳擁有與妖怪交手的能力，才教妳做料理的吧。尤其妳的料理在調理過程中蘊含了某種法術，做出來的成品有著大幅恢復靈力的效果。我吃了妳做的東西才了解這點。」

「……」

這一番見解對我來說簡直有如醍醐灌頂。

不過回想起來，的確，在現世被眾多妖怪盯上的我卻還能一路活到現在，原因可以說就在於我會做菜。我好幾次都成功跟妖怪討價還價，請他們吃我做的菜然後饒我一命。

妖怪們都很喜歡我的料理，想來是因為我做的東西用了妖怪偏愛的調味，又含有恢復靈力的效果吧。

祖父把這些全都算計在內，教我做料理。

原來是這麼一回事嗎？偷偷在料理裡頭隱藏著法術。

「可是，如果真是這樣，打從一開始就教我擊退妖怪的驅魔術不就好了。」

「妳……打算打倒我們嗎？」

「不、不是。我只是想說這樣子比較不拐彎抹角啦。」

我被土蜘蛛斜眼瞪了，還感受到一股殺氣。是第一次遇見他時所發出的那股殺意。

然而他馬上收回情緒，繼續闡述他的見解。

「……那一定是因為他跟大老闆之間還有約定。」

「大老闆？」

「說要把孫女送給他當新娘，讓債務一筆勾銷的那樁約定。」

土蜘蛛莫名冒出恨意地瞪著我。我閉口不語。

「史郎會欠下大老闆大筆債務，是在他不講道理地解除我與鈴蘭的契約，而我們倆被大老闆帶來隱世之後的事。我在當時的大掌櫃手下剛開始櫃檯工作沒多久，他就突然現身於天神屋，盡情吃喝玩樂，鬧得一團亂。還把擺放在櫃檯的國寶級寶壺給打破了！」

土蜘蛛的口氣漸漸變得強烈，恩怨情仇正升溫中。

我又感到一陣無地自容。但是這麼想的不只我，還有土蜘蛛。

「我當時實在無地自容。因為那傢伙的關係而給大老闆帶來麻煩。結果史郎背上大筆債款，而且還拿自己孫女來作為擔保品送給別人。大老闆也不知道在想什麼，竟然還答應了。」

「……」

對於被命運捉弄的我，就連那隻土蜘蛛也深表同情。

「妳跟史郎很像，所以我才看妳不順眼，但我明白妳因為史郎而吃了很多苦。我也只能說節哀了。」

「要同情我不如幫幫我啊。」

「不，這沒辦法。大老闆與史郎立下的誓約是絕對的，憑我是無法介入的。正因如此，史郎才賦予妳能與妖怪對等交手的力量吧。就是為了讓妳在這隱世能以人類的身分活下去。」

「你指的是料理嗎？」

「正是如此吧。」

雖然我無法全盤理解土蜘蛛的這番話，不過感受到莫名的說服力而令我困惑。土蜘蛛則像是又想起什麼一樣，垂下了視線。

然而我們倆都沒有停下包著水餃的雙手，也無法停下來。

「我並不是不能理解鈴蘭被史郎所吸引的原因……」

「咦？」

「史郎那傢伙很厲害。只不過他擁有的力量太過強大了。他無法踏進人類的圈子，也不被妖怪所接納。他就像漂浮不定的水母般在哪都沒有用處。史郎他是很疼愛鈴蘭沒錯，但並沒有打算一輩子把她放在身邊，對我也是……所以他才把我們送來隱世。一定是開始對我們厭煩了吧。」

土蜘蛛對祖父傾訴而出的這番話，讓我感覺到其中帶著一絲不甘與孤寂。

只是我開始思考——究竟祖父是真的對這蜘蛛兄妹倆感到厭煩了嗎？雖然確實有這樣的可能性，但我不太想相信。

「啊，全包完了。」

在談話的同時，水餃已經全包好排在一起了。我們把祖父的事情先拋在腦後，開始著手最後步驟。接下來只剩把這些水餃下鍋煮熟了。

將餃子放入滾水中煮一會兒，再撈起來裝盤。我用小碟裝了一顆水餃，沾了事先準備好的醬油加醋。

「哦哦，感覺很不錯很不錯。欸，你也來試吃一顆。」

土蜘蛛聽見我的提議，不知為何露出些許怯懦，然而還是接下我遞給他的小碟，一口吃下整顆水餃。

「……」

他陷入一陣沉默。奇怪，該不會不好吃吧？正當我開始慌張時，土蜘蛛嚥下口中的餃子，嘆了長長的一口氣。

「沒有錯，就是這個味道。在現世被史郎救回家的那一天，我就是跟鈴蘭一起吃了這個。」

他的神情像是非常沮喪似地。

但不一會後便露出舒坦的表情，噗哧一笑。宛如想通了什麼一般。

「好吃嗎？」

「……嗯，是不算差啦，畢竟是我做的。」

「是喔，那就好。」

我不禁露出笑容。能完成美味的料理，那我也心滿意足了。

土蜘蛛一臉稀奇地看著這樣的我，隨後不知怎麼地露出了彆扭的表情，然後開始脫掉身上的烹調服。

「我該去櫃檯上工了，我還有大掌櫃的要務在身。」

「咦？等等，那這些煮好的水餃要怎麼辦！」

我原本還想說水餃煮好了，才正要展開藉此讓兩兄妹和好的儀式。

然而土蜘蛛似乎絲毫沒有把這親自端去給鈴蘭小姐的意思。

「妳只說叫我做水餃給鈴蘭，可沒說要我端去給她。」

「我、我可能是這麼說的吧，可是……」

「妳要負起責任端過去，反正妳現在『失業』不是嗎？」

「咦……呃、這個嘛，正如你所說沒錯啦。」

「還有，絕對不許告訴鈴蘭這水餃是我做的。聽到沒，失業女。」

「……」

被稱為失業女，實在是無法強力反駁什麼。土蜘蛛歪嘴笑著。

他似乎發覺這句話拿來對付我很管用。此時的我也只能恨得牙癢癢，呆站著氣得渾身發抖。

「還有，雖然我是土蜘蛛沒錯，但被妳這種人直呼土蜘蛛總覺得不太高興。我可是天神屋的大掌櫃『曉』。住在天神屋別館裡苟且偷生的妳，連份工作都沒有，即使妳的未婚夫是我所景仰的大老闆，以先來後到的順序來說，妳還是位於最底層。所以呢，妳要對我懷抱敬意。」

「突然說這什麼啊？是你要我別直呼你的名字不是嗎？所以我才一直叫你土蜘蛛啊。」

「以後就稱我為『曉』。」

土蜘蛛「曉」以一副威風凜凜的態度報上大名。明明自己報上大名，卻又露出了微妙的為難表情。而我只覺得傻眼。

「把水餃拿去給鈴蘭喔。」

他小小聲地下了這句命令，便將全黑的天神屋外褂穿上，離開了別館。

「……真是……也不收拾善後，一副臭屁樣。」

我愣了一會後如此喃喃自語。

回想起沒多久前雪女阿涼曾說過土蜘蛛還不夠成熟，現在的確有這種感覺。

不過算了，以受祖父照顧的先後順序來說，他理應算我的兄長才是。

「我也來吃一顆嘗嘗味道吧。」

想起自己還沒吃到，我也拿了一顆水餃放到小碟中，用筷子切開來。

肉汁一湧而出，韭菜與蒜頭的香味挑動食慾。我本來有點想嘗試把切碎的竹筍末也加進內餡裡，不過這次是以重現記憶中的滋味為優先。咬下一口，我咀嚼起令人懷念的味道。

嗯，就是這滋味——我也認可了這個味道——這就是我以前跟祖父一起動手做，一起品嘗的水餃。

「不對，現在可不是悠哉的時候啊。」

我慌張了起來，剛起鍋的水餃必須馬上端去鈴蘭小姐那邊才行。

「欸～怎麼有一股好香的味道喔～大蒜跟韭菜的香味～」

在這個節骨眼上，阿涼從裡頭的房間現身。原來這傢伙還在啊。

「太好了，阿涼，妳幫忙收拾一下廚房。」

「咦？」

「幫忙收拾完的話，剩下的水餃可以給妳吃。」

「咦——好吧——這樣的話還能接受啦。」

阿涼答應得心不甘情不願，慢吞吞地用束帶挽起和服的袖子。

我則把要給鈴蘭小姐的水餃裝盤放在托盤上，同時準備了醬油加醋、分食用的小碟、筷子與調羹，隨後小跑步離開別館。

如果能一道附上小菜與甜點就好了……

此時的我一心只想把這些「水餃」盡快送給鈴蘭小姐品嘗。

鈴蘭小姐仍然在頂樓的高級客房「八雲」裡，一個人彈奏著三味線。

那股音色非常高雅，但同時也滿溢著悲淒與寂寥感，令人覺得像是因為即將訣別隱世而感到憂愁。

「鈴蘭小姐！」

而我直闖入餘音繚繞的房內，不等她的回應就踏上房間地板。

鈴蘭小姐當然被我嚇了一跳。剛才在窗邊看著外面風景彈奏的她，把三味線擱置在原地，向我走來。

「葵小姐，發生什麼事了嗎？」

「抱歉突然來打擾，我想請鈴蘭小姐享用這個。」

我將整個托盤遞給她。

「是水餃喔，用爺爺親自傳授的方法做成的。」

鈴蘭小姐雙眼瞪得圓大，她的反應非常明顯，眼睛眨也不眨地看著裝了水餃的盤子。

「這要給我……？」

鈴蘭小姐問我，我便點了點頭。

也許是感受到我希望她馬上品嘗的心意，鈴蘭小姐用調羹撈了一顆水餃到小碟內，用筷子夾起咬了一口。

我屏息以待。這比看別人吃自己做的菜還令我緊張，理由我也不太明白。

雖然覺得盯著人家咀嚼食物有點失禮，不過我很在意鈴蘭小姐吃完的反應，所以眼神一刻也沒從她臉上移開。鈴蘭小姐吞下口中的食物，輕輕地點了頭。

「這水餃確實是史郎大人的味道呢……非常美味，非常。」

她用和服的袖子擦拭眼尾，像是喚醒什麼回憶一般。

我撫了撫胸口，鬆了一口氣，在心中呢喃著「曉，成功了喔！」

「這不禁令我回想起被史郎大人所救的那一天。這股滋味就如同象徵著我此生中最幸福的時刻。」

「最幸福的時刻……？」

「是的，我與史郎大人和哥哥在現世共度的短暫光陰，是我最幸福的一段日子。」

鈴蘭小姐又夾了一顆水餃吃，露出了微笑。

她連連說著「好吃」、「好吃」，並仔細一一確認每顆水餃的外形。

「該不會，哥哥也有幫忙做這些水餃？」

「咦！妳怎麼知道的？」

我明明什麼也沒說，鈴蘭小姐卻察覺到這些水餃是他的哥哥曉做的。

「我是看到有幾顆水餃的皺褶方向是反過來的。因為哥哥他是左撇子。」

「啊……啊啊啊，原來如此～」

這麼一說，我也才回想起土蜘蛛是左撇子。的確，左撇子包水餃時，捏皺褶的方向就會是相反的。我不禁發出感嘆的聲音。

「不愧是妹妹，對哥哥瞭若指掌呢。」

「我一開始以為是葵小姐做的，只是突然想到搞不好有這可能，就確認了一下皺褶，結果果然有些水餃的方向不同。」

「這些是我讓曉做的。那傢伙似乎還不想讓妳發現事實呢。」

「呵呵。因為哥哥很倔強嘛。不過熟知這股滋味的，也只有我們了。」

鈴蘭小姐的臉上雖然綻放著笑容，卻流露出一絲憂傷，伸出左手食指抵上雙唇。

她是感到開心還是寂寞呢？我無法推敲出她的心。

「曉的事情，妳打算就這樣了嗎？」

我還是很在意土蜘蛛曉與眼前的鈴蘭小姐兩人的關係。雖然曉確實為鈴蘭小姐做了水餃，但這樣究竟算得上和好了嗎？

「哥哥他應該是覺得若跟我面對面，他又會忍不住出口責備吧。畢竟他的真心話就是不想讓我去現世。」

鈴蘭小姐皺著眉輕輕苦笑著。她又夾一顆水餃起來，用充滿慈愛的眼神凝視著。

「不過，這些水餃代表著身為哥哥的溫柔與寵溺，畢竟哥哥他總是願意答應我所有任性的要求。」

「……鈴蘭小姐。」

「光是能再一次回味史郎大人的水餃，我就已充分感受到他對我的愛了。」

鈴蘭小姐反覆點頭，她的這番話彷彿是說給自己聽的。

「你們兄妹分隔兩地，這樣真的好嗎？」

「哥哥和我都已是成熟的妖怪，有自己的路要走。就如同我期望自己能在現世生活一般，哥哥他也抱著在這間天神屋活下去的期望。哥哥有他自己的夢想與棲身之處，我很尊敬身為天神屋大掌櫃的他喔。」

鈴蘭小姐把早已冷掉的水餃全都吃得一乾二淨。

曉與鈴蘭小姐雖然原本就分開生活，但同處於隱世跟分隔兩世生活，這兩者之間應該有所不同吧——原本的我是如此認為的。

但是他們對彼此各方面的理解與情感，比我想像中還來得深厚多了，他們也互相尊重對方的生存之道。

「兄妹真好啊……雖然會互相擔心這擔心那的，但到頭來絕對是站在自己這邊的。」

對於沒有兄弟姊妹的我而言，這種關係總讓我感到很羨慕。

鈴蘭小姐歪頭說了聲「奇怪」，看起來非常不解。

「葵小姐跟曉哥哥和我，不也很像兄弟姊妹嗎？」

「咦？」

「畢竟我們都是史郎大人養育長大的，等同於家人呀。」

「……」

叮鈴……

插在鈴蘭小姐髮上的手鞠球髮飾，上頭的鈴鐺發出聲響。

那聲音伴隨著鈴蘭小姐溫柔的話語，在我心中產生強烈的迴響，那股音色聽起來非常沁涼。

共有的回憶，共享的滋味，交織出共同的關係。

祖父史郎所遺留下來的多舛牽扯，鈴蘭小姐將其命為「家人」兩字。

我衷心希望自己與曉一同做的水餃，能成為送給即將啟程的鈴蘭小姐，最棒的一份餞別禮。

插曲

「打擾了。」

「……是銀次啊。進來。」

搖曳著銀白色的九尾，我深深低頭行了禮，走到大老闆面前。

大老闆一邊吸著菸管，身上穿著一如往常的黑色外褂。

「關於曉與鈴蘭小姐一事，似乎已圓滿落幕了呢。」

「據說是葵助曉一臂之力，當起他與鈴蘭的和事佬。」

「果然厲害，該說葵小姐真不愧是史郎殿下的孫女嗎？」

「要說到史郎，他比較擅長的是把妖怪們的關係與立場破壞得一團亂吧。」

「說得沒錯呢。」

大老闆輕輕笑著打開了拉門走出外廊。就是當初葵小姐差點摔下去的地方。他凝視著遠方塔上的紅色妖火，在黑夜中一明一滅地閃爍。

「葵似乎不記得『那件事』的約定了呢。」

「……看來是如此。畢竟是年幼時期的事，還伴隨著痛苦的回憶，這也無可奈何。」

「銀次，你認為讓葵恢復過去的記憶比較好嗎？」

大老闆的發問讓我垂下雙耳，陷入短暫沉思。

「這個嘛……是好還是不好呢。葵小姐雖然曾說想找出小時候遇見的妖怪，但過去心裡留下的傷痕似乎還沒痊癒。而我只是拚命地含糊帶過，所以不小心說出『如果在這旅館內經營餐館，也許就能遇見那妖怪』這番話。」

「無妨，這話也沒有錯……對你來說直接開誠布公還輕鬆多了，隱瞞反而更辛苦。」

大老闆突然笑了出來，低垂的視線瞥向一邊，恐怕是葵小姐所在的別館方向。

「關於那件事，大老闆您沒有打算向葵小姐做什麼說明嗎？」

「我不打算開口。對我來說，那件事在締結婚約上只會產生不利。」

「……不利嗎？」

我窺探著大老闆的側臉，他吞雲吐霧的表情與態度和往常沒兩樣。

「只不過，就算先不論這件事，葵還是必須作出某些抉擇……」

「……？」

大老闆呢喃著意味深長的這句話，摸了摸下巴。他心裡究竟有什麼想法呢？

就連長年跟隨他身邊的我，恐怕都無法準確讀出這位大人的心。

第十話

與妖怪的約定不可忘

時間來到鈴蘭小姐出發前往現世的那一天。

據聞要渡往現世，得先通過從天神屋外直直延伸出去的吊橋，再走過由中、低等的小妖所經營的商店街，爬上前方小山丘的石階通往山頂，最後打開連接異界的「境界石門」。越過那道岩石的大門，就能抵達現世了。

「好了，大功告成。」

我在別館的廚房裡做了便當。以前還不知道大老闆身分時，我把便當送給了那個坐在鳥居旁的妖怪，這就是當時所用的便當盒。

裡頭裝的是平凡到不行的家常便當菜。有日式炸雞、煎鮭魚、蔥花雞蛋捲、白芝麻涼拌四季豆、還有金平炒紅蘿蔔牛蒡絲。竹筍炊飯的正中間，還放了一顆醃梅乾。

我想若能做個便當給鈴蘭小姐帶上路就好了，於是便問了她喜歡吃的菜。

這麼說起來，我才發現自己來到隱世至今，時間也只不過一個多星期。現世的大學應該老早就開學，再這樣下去鐵定要留級了。

到底何年何月我才能回到現世呢……

「小——葵——不得了啦！」

就在此時，狸妖女春日衝進別館內。她的狸貓尾巴徹底露了出來。

「到底怎麼啦？」

「不得了啦，八幡屋的那群一反木綿，正聚集在天神屋外面啊！」

「……咦咦？」

我高聲大叫。一如往常待在房間裡發懶的雪女阿涼也走出房門，問究竟發生什麼事，春日便快速地對她說明了一遍。

「他們一定是得知鈴蘭小姐要去現世啦。那幫傢伙強硬地要求我們把鈴蘭小姐交出去。通往現世之門再過一會就到開放時間了，這樣下去鈴蘭小姐無法安心上路的。啟程異界奢華方案主打的賣點明明就是讓客人能舒適地展開旅程啊！」

「事態可嚴重了呢。」

「大老闆說，用盡任何手段也要讓鈴蘭小姐安然無事越過境界的石門。現在大掌櫃正在拚命想法子啊。」

了解到事情的嚴重性，我用銀次先生幫忙準備的櫻花圖案包袱巾，將便當盒包妥後揣在懷裡，急忙奔向櫃檯。

櫃檯的狀況如我所預期，陷入一片騷動。來天神屋住宿，即將啟程出發現世的妖怪房客們聚集在這裡觀察狀況。

我撥開這一大群妖怪，走向旅館的門口。

天神屋的幹部與八幡屋的一反木綿們，雙方正隔著連接深谷兩端的吊橋互相對峙，氣氛簡直一觸即發。

「去轉告天神屋的大老闆，把女郎蜘蛛鈴蘭給交出來！我們可是透過正當手續娶鈴蘭為妻，你們現在的行為等同於綁架。我會向中央申請，對你們提出告訴喔！」

一反木綿小老闆手拿著類似木製擴音器的東西放在嘴邊，大聲地喊道。

上從老爺爺，下至小老闆的一幫手下，眾人紛紛點頭稱是，進入備戰狀態。一反木綿們就像武士一般穿戴鎧甲與頭盔，腰間掛著刀，背後插著旗子。這造型讓人覺得有如在模仿桃太郎，但討伐的對象卻只是一間旅館，感覺完全走錯戲棚。

「吵死啦，這群一反木綿！你們這是妨礙營業！」

反觀天神屋這方，卻只穿著印有天字圓紋的外褂。可說是手無寸鐵。

「這裡是握有天下之權的天神屋，要向大老闆提出告訴？是誰說出這種不知分寸的狂言！再說你分明是用錢買通藝妓屋，哪裡透過正當手續了？誰要讓鈴蘭嫁給你這種傢伙！」

站在天神屋陣容正中央的，是鈴蘭的哥哥大掌櫃。他雙手扠腰、兩腿站得大開，還拿起擴音器放在嘴邊，對對方的訴求展開反駁。

「鈴蘭打從心底討厭你，甚至還說你這傢伙很噁心！你啊，對女子這樣死纏爛打，弄得人家不舒服，到底哪裡開心了？這個變態混帳！小心我把你不堪入目的情書公開囉！」

土蜘蛛從外褂袖口中猛然掏出一張信紙。

「唔哇啊啊啊啊啊啊啊啊啊！不要啊啊啊啊啊啊啊啊啊！」

原本神氣的一反木綿小老闆臉色鐵青，抱頭不知所措。

「爺爺，區區一隻土蜘蛛竟然打算對我做出妨害名譽這等過分的事！」

「是啊，就算是鈴蘭小姐的兄長，妨害名譽實在太超過了。」

老爺爺大聲呼喊「在此架設大砲」，就像當時在妖都統率弓箭隊一樣，在深崖邊架起好幾座大砲。

「等等、現在是要開戰的意思嗎？」

觀看情勢的我不禁抱緊便當往後退。

大砲無情地擊發，傳出如雷轟頂的巨響時，悲鳴聲也四處響起，低階的員工們紛紛躲到天神屋大掌櫃曉的身後。

「曉！」

曉化為原形，以巨大的土蜘蛛之姿現身，用自己的身體擋下飛來的砲擊。

就連我也替他擔心起來，但在冉冉上升的煙霧中，現身的是毫髮無傷的他。不愧是在現世引起騷動，連驅魔師也不敵的大妖怪。看來這種程度的攻擊對他來說根本不值一提。

一反木綿的兵力之中有一部分打算渡橋過來，卻被土蜘蛛的絲纏住並拋開，翻身跌下深谷。

又或者遇上在空中靈活自如的天神屋庭園師——鐮鼬，多數士兵被一刀兩斷。簡單來說，因為他們是「布」，又沒有鐮鼬那般如忍者的專業身手，所以輕輕鬆鬆就被打倒了。

而敵方依舊沒有停下砲擊，使天神屋的員工多多少少也受到波及。大多數的砲火都由員工肉身擋下，雖說他們是妖怪，吃了砲擊也不可能不痛吧。

但這裡是天神屋——讓眾多客人住宿的一間隱世旅館。

所有員工都拚命地守護這間旅館，以及所有房客。

「葵。」

此刻，有人喊了我的名字，拉住我的肩膀。

是大老闆。他的身邊還站著頭戴斗笠的鈴蘭小姐，她垂著頭以掩飾身分。

門口不停哇哇作響的騷動聲與砲擊聲，現在在我耳裡好似漸漸遠去。

「葵，我有件事想拜託妳。希望妳能護送鈴蘭平安抵達現世。」

「咦……我嗎？」

「沒錯。妳對現世瞭若指掌，能順利帶著鈴蘭前往目的地吧？」

「目的地？」

嗯？鈴蘭小姐的目的地會是哪裡？

她扭扭捏捏地看著我。大老闆則繼續說。

「這裡有兩張穿越『境界石門』的通行票，妳跟鈴蘭一起搭乘空中牛車到對面的小山吧。來，往這裡。」

「……」

我心中抱著一個疑問——這代表我也可以回去現世了嗎？

搞不太清楚狀況的我被大老闆拉著手帶往天神屋的中庭。銀次先生也在那邊，而牛車也早已準備好。

「好了，鈴蘭小姐、葵小姐，請上車吧。」

銀次先生對我困惑的表情為難地笑了笑，便馬上催促我們上車。這讓我更不安了。

「大老闆，這是什麼意思？」

「什麼？」

「還問我……」

我就這樣抱著便當，在毫無頭緒的狀態下跟在鈴蘭小姐後頭上了車，在車上我看著大老闆。

然而他卻一臉悠哉。

「等一下！這個這個！」

此時，雪女阿涼把我上學用的包包拿了過來。

「沒帶上這個，應該會有諸多不便吧？」

「哦哦……阿涼，很貼心嘛。」

「討厭啦，大老闆，不貼心的話怎麼能勝任『女二掌櫃』呢？」

阿涼的神情凜然有神，完全無法想像她剛才還一副懶洋洋的樣子。被大老闆稱讚的她，似乎很得意洋洋。

「葵，鈴蘭就託付給妳囉。」

「……」

「妳要是成功護送鈴蘭平安抵達目的地，我就答應讓妳在天神屋開餐館……一言為定。」

大老闆只說了這句話，便指示牛車的車夫啟程出發。

「等等……」

回到現世後，我又要怎麼回來隱世這裡？

我正打算問大老闆，他卻只是露出往常那張無懼的笑容。銀次先生則像是目送女兒前往遠方的母親，臉上寫著擔憂。然而，阿涼卻意外充滿男子氣概般地雙手扠腰，仰望著逐漸升上天空的牛車。

我因為太過震驚，想問大老闆的話也沒能說出口。

「……葵小姐？」

鈴蘭小姐似乎發現了我不太對勁。

她輕輕拉了好幾次我的和服衣襬，露出看似不安與充滿歉意的表情。

「非常抱歉，讓妳因為我而受到牽連。」

「不、不會……這沒關係啦。」

「我說我隻身前往就可以了，但大老闆卻要我帶著葵小姐妳一起……」

「他應該是擔心現在的現世跟鈴蘭小姐所生活的那時候，已經截然不同了吧。也許大老闆的判斷是正確的喔。」

我們乘坐的牛車在空中飛行，很清楚能感受到時不時載浮載沉的升降感。

我拉起後方的門簾，探頭俯瞰下方。對峙於深谷兩端的妖怪大戰仍然展開中，天神屋的妖怪們果然很強大啊……

然而就在牛車準備越過掛著吊橋的深谷上空時——

我發現交錯的砲火正朝我們這飛來，不禁大叫出聲。

位於地面的天神屋妖怪們也紛紛發出近似悲鳴的「啊啊啊啊」叫聲。

然而砲彈並沒有成功射到這裡來，因為白色的蜘蛛絲出現在我們眼前包覆住砲彈，往深谷拋了下去。

「……是曉。」

看來是外型化為土蜘蛛的曉守護了牛車。鈴蘭小姐得知後，不假思索地將身子探出車外，大聲喊道。

「哥哥，請您保重！」

土蜘蛛曉的複眼狠狠地往這瞪過來。雖然雙雙無語，但這對蜘蛛兄妹在交會的眼神中，應該也互通了彼此的心意吧。

鈴蘭小姐的肩膀顫抖著。

由於太危險了，我請她坐回車裡。

而下面的世界卻越來越騷動。剛剛鈴蘭小姐的聲音使一反木綿群起嚷嚷著「在上面」、「她打算從空中逃跑」。

「鈴蘭！是我啊！嫁給我吧！」

一反木綿小老闆輕輕化作一片布幔，打算飄到我們這裡來，於是我冷靜地拿出插在背後的八角金盤扇，搧了一下。

那塊布輕輕鬆鬆就被吹走了。

取而代之飄來手邊的是一張情書。

上面寫得長篇大論，盡是些「我一直看著妳」、「我在暗處注視著妳」，甚至還有「我躲在草叢裡一睹妳的風采」等充滿跟蹤狂氣息的內容，光看就令人毛骨悚然。

最後以一句「本人反之介今後將永遠在妳身後」結尾，完成一篇猶如恐怖片的文章。總之我就當作沒看到，將信再次往空中一扔。

我們所乘坐的牛車很快就抵達小山丘山頂。

在現世不用爬多少石階就能看見古老的小神社，在隱世卻得一股腦地往上爬完漫長無比的石階，才終於到達「境界石門」。

石門的周遭結起粗繩與數量眾多的符咒，是一塊流竄神聖而凜冽氣息的神靈守護之地。

現在我們佇立於那巨大的石門之前，抬頭仰望著。

此處乃隱世之「境界石門」，

為高天原、常世、隱世、現世、黃泉與地獄之境界線。

出境者須將通行票繫於守門之木上。

【一：現世　二：地獄　三：常世　四：公休　五：隱世　六：黃泉　日：高天原】

豎在石門旁的告示牌上頭寫著這樣的內容。

看來根據日期不同，開放通行的目的地也不一樣。

「通往異界的石門據說是由八葉嚴格掌管的。不過擁有八葉頭銜的妖怪似乎就可自由出入任何異界喔。」

「咦……也就是說大老闆很占便宜呢。」

「是呀。所以能站上八葉職位的，都是高等的大妖怪。」

我們站在石門前說著話。

第一次得知原來除了隱世與現世以外，還有其他世界存在，讓我感到很不可思議，不過既然確實有這麼一個妖怪居住的「隱世」存在，想想也不是多奇怪的事了。

告示牌後方有一棵結著紫色小果實的樹木，不知道是什麼樹。

樹上綁著被折得細細長長，顏色不同的紙條，看起來簡直就像在神社綁籤的場景。

我跟鈴蘭小姐也將大老闆給我們的白色通行票綁在上頭。

霎時之間，石門自動緩緩開啟，地面一陣晃動。轟隆作響的地鳴聲簡直就像巨獸怒吼般令人懼怕。

然而從石門縫隙中流洩而出的，卻是令人甚感懷念的氣味，以及從樹梢縫隙間撒下的陽光，讓我不得不感到一陣焦躁。

「我們走吧，葵小姐。」

鈴蘭小姐的腳步不帶一絲猶豫，反而是我開始躊躇起來。

回頭一望，一個人影也沒有。此時的我心中並沒有折返的念頭。

所以我跨過石門，任憑一股突然踩空般的墜落感帶走我。

這次並沒有出現暖流的氣泡，而是感覺全身癢癢地，彷彿被無數的新葉所包圍一般。

我們理應墜入了無盡的黑暗深淵，然而我卻看見一個光點在遠方閃耀著，以極快速度穿越我身邊，將一切吞噬殆盡。

回來了呢……

意識到這一點，是在我聽見遠方傳來電車行駛聲之時。
差不多開始萌生綠葉的櫻花樹撒下了花瓣，擦過我的臉頰。
午後的悠閒時光、葉間暖陽。紅色的鳥居、看起來微微發亮的櫻樹枝葉。
我倒在寂寥神社境內的紅色鳥居下，神社就座落在穿過魚町商店街後的位置。
這裡就是我當初把大老闆認作一般妖怪，而把便當遞給他的地方。
大家從隱世來到這裡時，都會降落在這裡嗎？
這一點我無從得知。不過我的確是從這裡穿越，往來於現世的。
祖父把這地方作為最後的據點，原因就在此嗎……
「鈴蘭小姐、鈴蘭小姐。」
我將睡在身旁的鈴蘭小姐搖醒。她睜開眼睛後，用嬰兒般的純真眼神望著天空好一陣子，緩緩站起身子，用力地深呼吸。
她的眼神堅定地望著前方。
「來到現世了呢……」
隨後鈴蘭小姐握起一旁的我的手。
「我想去史郎大人的墓前參拜。」
「爺爺的墓？」
祖父的墓就在隔壁鎮的寺裡。要過去那邊完全不是什麼難事。

「我知道了，我們馬上出發吧。」

我立刻穿越紅色鳥居，打算走下神社的石階。

鈴蘭小姐也跟隨著我前進。

她身上的櫻花和服實在很適合這個櫻樹林立的地方。

我牽著靠自己的力量一步一步走入現世的鈴蘭小姐，在心裡這麼想。

與我們擦身而過的路人們，似乎看不見鈴蘭小姐的存在，反而是一身和服造型的我顯得格外引人注目。

我突然好奇起來，不知道鈴蘭小姐打算用何種姿態在這現世生活下去。

妖怪可以分成三種類。

一是有能力將自身具像化，出現在人們眼前，以人類之姿融入人類的生活。

二是雖然擁有影響人類生活的能力，但選擇隱身不為人所見，自行生活。

三是不擁有以上能力的低等妖怪，只能躲躲藏藏地苟且偷生。

鈴蘭小姐屬於力量強大的高等妖怪，我想她想選哪種方式都行。

「鈴蘭小姐，妳還是打算化為人形，過人類的生活嗎？」

一問之下，才得知鈴蘭小姐也在思考一樣的問題。

「我想可能會視狀況吧，不過暫時希望能以蜘蛛的身分生活下去。」

「蜘蛛？」

這答案出乎我預料。我回想起在天神屋大鬧一場的那隻巨大女郎蜘蛛。

該不會鈴蘭小姐是打算以妖怪的原樣，在這個現世昂首闊步地生活吧？

雖然以她的個性來說應該也不會去襲擊人類，但身為妖怪太過明目張膽的話，豈不正成為驅魔師的目標嗎？我如此擔心起來。

鈴蘭小姐似乎察覺我表情之下的意思，輕輕笑了笑之後搖搖頭。

「不是的，是小小的蜘蛛喔。」

「什麼意思？」

「完成與史郎大人的約定之後，我希望盡可能在他的墓邊生活。」

「……約定。」

鈴蘭小姐確實說過，她跟祖父約定好要表演一段技巧純熟的三味線演奏。

祖父也曾答應鈴蘭小姐，說要隨時去見她。

結果就在彼此的約定都還未履行時，祖父就走了。

祖父是個過分的人。就算他心裡的某一隅還記得與鈴蘭小姐的約定，一定也從來沒有遵守的打算。

即使如此，鈴蘭小姐至今仍仰慕著這樣的祖父，來到了這裡。只有她一心想完成約定。

簡單說起來，祖父生前就是一個這樣的人。

祖父的墓就在隔壁鎮上，搭電車兩站可到的距離，位於閑靜的寺廟深處。

他並沒有葬在津場木家代代相傳的祖墳，而是安息在自己隨意準備的新墓，連朵花都沒人替他獻上。畢竟祖父知道自己被親戚疏離，所以可能也沒打算跟那些人在同一處長眠。

我也是睽違許久踏上這裡。可以說從祖父入土後就沒來過了。

祖父的墓正好位於墓地邊緣，上頭是櫻花樹。被強風吹拂而翩翩落下的櫻花花瓣，劃過我與鈴蘭小姐的眼前。

鈴蘭小姐的雙唇僅露出一瞬的顫抖，便勾起了微微的笑容。

她輕合雙掌，閉上眼睛。

「好久不見了……史郎大人。您的靈力還是一如往常地澄清透徹呢。」

看來她似乎認定了這就是祖父的安息之處。

我大概能理解。

雖然我不曾意識過靈力這種東西，但這裡確實飄蕩著祖父的氣味。我感到一股不一樣的緊繃感，這一定就是所謂的靈力吧。

「……」

然而我卻還無法在此雙手合十。被祖父殘留在這座墓前的靈力所震懾，我只能佇立在原地，長長嘆了一口氣。

爺爺……為了你欠下的債，害我被鬼抓走了喔。我差點被迫嫁給你千叮嚀萬囑咐最需要防備的鬼了啊。

雖然我也很想大吐一番苦水，不過來到這裡，對祖父的怨言卻卡在喉嚨出不來。

不知怎麼地，我只感到非常難過。

因為距離祖父辭世，也才過了一個月又多一點而已。

在他死後，眼前必須先考慮自己今後的生活，必須堅強起來，必須一個人活下去，想著這些的我一直以來都壓抑著自己的悲傷。

要說不難熬，那是騙人的。

但即使心裡難過，我也以若無其事的表情淡然地過日子，一直認為自己必須振作，維持自己的生活。

雖然在各方面受到許多人的幫助，不過到頭來自己還是無親無故一個人，所以認為能依靠的只有自己。

然而，去到隱世之後，我所到之處都見到祖父自由不羈地活過的證據。

我發現了他從未展露的一面，卻又能理解他的所作所為。

果然他不論在隱世還是現世都是個稀奇的人，把不凡的存在感發揮得淋漓盡致。

要忘懷他是不可能的……失去祖父的心痛，現在才一股腦地湧現上來。

「葵小姐，妳知道亡者會何去何從嗎？」

「咦？天堂？」

對於鈴蘭小姐突然的提問，我反射性地如此回答。

「呵呵，也許只是稱呼不一樣吧，我們將那個國度稱為『黃泉之國』。」

「……這麼一說，在境界石門的告示牌上，也有寫著這麼一個地方耶。」

「是的。雖說罪人會落入地獄，不過基本上亡者都會前往由黃泉之王所統治的世界——黃泉之國。」

「嗯，不過我看以爺爺的狀況來說，他可能是去到地獄吧。」

祖父就算下地獄也不令人意外。

就連鈴蘭小姐也笑著說「這就連我也說不準了」。

她只是朝著祖父的墓，輕輕地開口。

「史郎大人，請您聆聽我的三味線演奏。我總算彈出能入耳的音色了。」

鈴蘭小姐將背在身後的三味線轉到身前，在落下的櫻花花瓣所鋪成的地毯上坐了下來。

她演奏起三味線，一邊優雅地吟唱著。那甜美的歌聲與三味線的音色，把隱居在這間寺裡的低等妖怪都給吸引了過來。

大家全都靜靜地聽得入神，而我又想起了祖父的事。

祖父破壞了自己與眾多妖怪立下的約定，沒說一聲抱歉就這樣告別了這個世界。

把身為孫女的我作為債務的擔保品，答應讓妖怪娶我為妻。他就是這麼一個不像話的男人。

然而，即使因為這些事由而得落入地獄，感覺他仍會維持一貫作風。

況且，也許他還擁有一絲轉圜的希望——

如果救了蜘蛛兄妹算一樁善事的話。

還有，如果一直守護著我也算的話。

「……」

爺爺，你為什麼一直以來瞞著我自己喜好的口味？

還是說真的只是口味轉變了而已？

為了讓我能與妖怪抗衡，避免被他們吃掉，所以才假裝自己偏好妖怪的調味，教我做妖怪喜歡吃的菜……

事情是這樣嗎？爺爺。

『葵，我是妳的爺爺喔。從今天起，妳就要跟爺爺一起生活了。』

祖父來到育幼院接我走的那一天，我至今仍記憶猶新。

我的童年時光在孤單中度過。他是終結這份孤單，對我來說無可取代的一個人。

一想到這裡，對於他把自己當成債務擔保品、還有留下一堆爛攤子什麼的，這些五味雜陳的情緒似乎能漸漸釋懷了。

我總算能在祖父的墳前雙手合十，閉上雙眼緬懷他了。

「葵小姐今後有什麼打算呢？」

鈴蘭小姐已經化作一隻嬌小的女郎蜘蛛，輕巧地跳上祖父長眠的墓碑。

一直以來避免去思考未來計畫的我，則低聲地念禱著。

鈴蘭小姐用委婉的語氣說。

「這可能只是我妄自想像……不過我認為大老闆他應該是打算放葵小姐妳回來現世吧。」

「……果然是這樣嗎？」

我的表情不禁扭曲。趁著一陣混亂之際，要我陪同鈴蘭小姐的大老闆。

他拿了兩張通行票讓我握在手裡，讓我們穿過通往現世的石門。

我打從一開始就有點在意，他並沒有給我回程的票。如果沒有人來接我，我就再也回不去隱世了。

可是，等等！

從根本說起來，我應該回去隱世嗎？我想回去嗎？

要是沒有任何人來接我，我大可就這樣留在這，如願以償過著一如往常的生活就好啦。

畢竟我曾對大老闆說了，總有一天還是得回來現世。

「我是不知道葵小姐對天神屋大老闆是怎麼想的，但我認為沒有人能如他這般思慮周到、充滿慈愛了。也許讓妳回來現世，是大老闆認為最好的決定。」

「為什麼……？那欠下的債務怎麼辦啊？」

「這我就不清楚了，畢竟光憑我，還是無法完全摸透大老闆的想法。」

「……」

化作小蜘蛛的鈴蘭小姐，凝視著陷入徹底無語，開始煩惱起來的我。她溫柔地開導我：「我想只要做出不會後悔的抉擇就可以了。」

我為難地笑了笑點頭說「話說我做了便當」，從上課用的包包裡拿出了便當盒。

「這個是為了鈴蘭小姐做了帶過來的。」

「哎呀，可真高興。不過把這拿來祭祀史郎大人如何呢？」

「給爺爺？」

「史郎大人他很想吃葵小姐親手做的料理喔。」

「可、可是……」

「我都明白，請放心。等日落入夜之後我會享用的，不然太浪費了。在那之前，還請留給史郎大人，當作一份心意也好……」

鈴蘭小姐的提議對我來說也是一種救贖。

我一直為了祖父最後一餐不是我親手做的料理而感到懊悔。

雖然沒跟鈴蘭小姐提過這件事，不過想必正是因為她了解祖父個性，所以才如此提議吧。

但再怎麼說這也是我為了讓鈴蘭小姐享用，而依照她的要求所做出的菜色……不過既然對方是爺爺，這種事就不用在意了吧。

我輕輕將便當擺在墳前。

向鈴蘭小姐道謝之後，我決定離開此地。

而鈴蘭小姐也對我說了聲「感謝妳帶我來這裡」。

我並不覺得這是一場永別。

只要我再次踏上這裡，屆時就能與她重逢了吧。

參拜完祖父之墓，我剩下的煩惱果然是，接下來該何去何從。

太陽已經完全下山了，我卻沒心情回去自己的家。

話雖如此，若問我要回去隱世嗎？現在也沒有什麼想法。

「隱世」這世界真的存在嗎？

與鈴蘭小姐分別後，我甚至覺得也許從頭到尾根本沒有什麼異世界的存在。

但是對於曾經那麼期盼回歸的現世，現在的我已沒有任何眷戀。

『人生的最後一餐，我想吃葵親手做的菜。』

原因在於這個沒能替祖父達成的心願所帶來的深深懊悔，似乎總算得以化解了。我帶著便當去參拜墳墓，就只是這樣一個動作。

想必大老闆一定是為了替我製造一個正視爺爺死亡的機會……

雖然他什麼也不說，笨拙又難以摸透，但我想是這樣沒錯。

墓地所在的寺廟旁有個公園，我在那裡的長椅坐下，便看到一位母親前來，準備接在公園玩球的小學男孩與貌似他妹妹的女孩子兩人回家。

「好囉，天色已經暗了，該回家啦。」

「今天的晚飯是什麼？」

「今天啊～是什麼呢？」

面對裝傻的媽媽，兄妹倆異口同聲地喊道。

「咖哩！」

媽媽帶著笑容回答「答對了」。

這是家人之間多麼理所當然的一段對話。對於那兄妹倆而言，再怎麼講究的珍饈，滋味應該都比不上媽媽做的咖哩吧。

那是一股帶來滿足，得以維生，充滿愛情與安心的滋味……

欸，爺爺，我接下來該怎麼做好呢？

祖父背棄了自己與妖怪們立下的諸多約定，是個罪大惡極的男人。但他教會了我做菜，讓我學會了與妖怪溝通的法術。

別把事情想得太複雜。

我必須當個遵守約定的人——僅僅如此就好。

要說眼前最優先的「約定」是什麼，那就是還清祖父欠大老闆的債。

我曾放話要為此在隱世工作，大老闆答應了我任性的要求，為我暫時保留嫁作鬼妻的約定。

而要還清債務的方法只有一個——

在那間旅館為妖怪們做料理。

事到如今，在那間旅館開設餐館這件事也成為我的野心。

「……咖哩啊，好像很好吃呢。」

我脫口而出這麼一句話。

對了，我之前一直心心念念想吃咖哩飯。回想起這件事的我開始坐立難安。

我不自覺地站起身，離開這座公園。帶著急迫的心情，我踏入在路上最先看見的一家超市，大量採購各種食材——做咖哩用的。

總之我不顧後果地能買盡量買，心想著「好重啊」地搭上電車，坐了兩站後，在最靠近魚町商店街的車站下了車。

我又一邊想著真是有夠重，兩手各拎著一袋塑膠袋，搖搖晃晃地像個天秤似地走過以往總會經過的河邊。
「呀！」
就在這時，我不小心踢飛了一個東西，就好像在玩蹴鞠(註16)一樣。
就當我如此想時，才發現原來那東西是小小的綠色手鞠河童。就是那隻老是搶不到食物，很弱的小不點。
「都是你待在這種地方，我才不小心踢到了。抱歉！」
我慌慌張張放下行李，像在撈東西似地將手鞠河童輕輕抱起來。他眨了眨圓圓大大的眼睛看著我。
「因為葵小姐您一直沒過來，妖生陷入難關……」
一開口又是這種殘酷的現實。突然覺得他看起來變得瘦巴巴了。
「你該不會正餓著肚子吧？」
手鞠河童孱弱地點了頭。
「不過抱歉呢，我現在身上沒有可以吃的東西耶。」
「深受打擊。」
「你啊，夥伴們呢？大家都不分你飯吃嗎？」
「那群傢伙把我一個留在這裡，不知跑哪去了。沒有葵小姐的這塊地方，也沒有理由繼續待下去吧。」

「啊……原來如此。」

的確，現身的手鞠河童只有這隻小不點。我好像開始同情起這個被獨自留在原地的小不點了。畢竟餵河童的元兇就是我。

這隻小不點大概也是出身自現世的妖怪，只熟悉這個嚴苛的世界吧。

就像以前那對蜘蛛兄妹一樣。

「那不然，你跟我一起來吧，我帶你去個好地方。」

「……是哪裡呀？」

「哎呀，去了就知道囉。」

手鞠河童眨了眨眼，又動了動嘴喙，發出嘎吱嘎吱的聲響。

「我要去能吃葵小姐做的飯的地方。」

「這樣啊……那就跟我來。我做咖哩給你吃。」

我用手心掬起那隻虛弱的河童，讓他坐在我的肩上。他緊緊抓著我和服的衣領。

隨後我再次拿起沉重的戰利品，直直越過漆黑的夜路，朝魚町商店街的方向前進，不帶一絲遲疑。

註16：以腳踢球，類似足球的一種古代運動。

我穿越神社石階下的鳥居，就是我和把我帶去隱世的鬼男最初相遇的神社。

夜櫻沐浴在皎潔月光下，而另一側的石階終點上頭，也有著一座鳥居。

在那座紅色的鳥居下，有個黑髮鬼男靠著柱子，正吸著菸管。

啊啊，果然在呢……

我也不是百分之百確信他會在這裡，只是單純這麼以為。

心裡雖然感到緊張，同時卻有一股強烈的安心與莫名其妙的喜悅。

「我可以問一個問題嗎？大老闆。」

聽見我從石階下喊話，他用冷淡的眼神朝我看。

我也直直看著他。

「欸，你吃咖哩嗎？大老闆喜歡咖哩嗎？」

「……」

看來這問題出乎他的意料之外，大老闆瞇起了雙眼。

然而他用沉穩的聲音回答。

「現世的咖哩我很喜歡喔。日本市面上販售的咖哩塊也有一種家庭料理的滋味，不錯。沒人會討厭咖哩吧？」

「是啦，也對呢。沒什麼人會特別討厭吃咖哩的。我買好材料了，回去天神屋之後就做。你會賞臉吃掉吧？」

我一步一步踩著石階而上，往上爬的腳步出乎意料地輕盈。

「……妳，願意再來隱世嗎？」

大老闆與我反方向，從上頭踩著石階一步一步而下。

「你在說什麼呀，我還沒還債呢。而且我已經把鈴蘭小姐平安無事送去爺爺的墓上了，現在可以讓我在那間天神屋的別館開餐館了對吧？」

我們在石階的中段碰上了，面對著面。

我只是一味地仰望著大老闆。

「妳要是保證盡全力做到底的話。」

「當然，我會加油的！」

「……這樣嗎？不過那個地段很有挑戰性喔。」

「我接下這份挑戰了，就在鬼門中的鬼門捲土重來給你看，那個地方會成為我的棲身之處。我也是有野心的。」

聽見我如此堅定的一番豪語，大老闆不知覺得哪裡有趣而笑出了聲。

他做出看似要幫我拎東西的動作，我便老實地把手上東西遞給了他。重的都給他，我身上的負擔也少了許多。

「啊啊，不過要得到我的批准，得先確認過咖哩的味道才行。」

「什麼！等等！那不要咖哩了啦，選別的。」

我實在慌張到不行。因為這只是現成的咖哩塊耶！就算可以做一些口味上的變化，但還是不會差到哪裡去啊……

然而大老闆卻摸著下巴，擺出刻意使壞的態度。

「因為我在隱世可還一次也沒嘗過葵親手做的料理啊。」

「咦，有這回事？」

啊啊，不過的確是這樣。就算曾在這把便當給了他，在隱世時，我卻從未親手為他做過熱騰騰的料理。

「明明都做過飯給銀次吃了，甚至還跟曉一起動手料理呢。真的是敗給妳了，我的新娘大人各方面都欠缺自覺啊。」

「我不是大老闆的新娘，所以才不管這些。」

「不過，當那只花苞髮簪綻放出一大朵山茶花之時，妳就將成為我的新娘囉。」

大老闆輕輕敲了敲插在我髮間的山茶花花苞。

我對擺出一貫態度的大老闆敷衍地回答「是是是」，在他身後偷偷摸了一下花苞。

距離這含苞山茶花的綻放，還有多久的時間呢？

「欸，大老闆？」

「怎麼？」

「大老闆最喜歡的料理是什麼？」

接下來餐館若開張，大老闆會不會來用餐呢？

假如他光臨了餐館，我想做他最喜歡吃的東西。

此時此刻的我將婚約與債務拋諸腦後，只是單純地想著這件事。

我第三次開口問了同一個問題，只為了做出大老闆吃得開心的料理。

然而他只是露出無畏的笑容，沒有給我任何答案。本來以為事到如今他應該會願意鬆口，果然還是很無情。

爬上最後一階石階，瞬間又被一片黑暗吞噬。

我墜往無盡的深淵，感受到身子翻騰了一圈，但心裡並不怎麼害怕。因為我感覺到大老闆就在身旁。

不一會兒，我睜開眼睛，發現我們站在天神屋大門口附近的吊橋前。

耳裡能聽見熟悉的慶典伴奏聲，充滿隱世的風情。點著燈火飄浮於空中的遊覽船，也轟隆作響越過上空而去。一陣悲淒的風吹起，帶著有別於現世的氣息，我體認到這裡是異世界。

這裡是隱世。

屬於妖怪的世界。

我必須在這邊堅強地活上一陣子。

然而此時的我，腦海中思考的是接下來在天神屋開店後，我會為妖怪端多少道料理上桌。

只要繼續做菜，也許總有一天能弄明白大老闆最喜歡的是什麼。

這次離開我所成長的世界，是出自我個人意志的決定。

對現世的眷戀雖然少得令我自己也很吃驚，但果然還是有一絲不捨。而這陣悲傷之中，同時也隱約存在著希望與野心。

應該說，這兩種情感反而格外強烈地開始在我心中燃燒。

後記

初次見面，我是友麻碧。由於過去有使用「河童」之類的其他筆名默默進行寫作，所以也許有些讀者是許久不見的老朋友。

這次有幸描寫的作品，是關於一位被迫嫁去妖怪旅館的女大學生，用祖父傳授的料理手藝在群妖棲息的世界中奮鬥的故事。

至今我所出版的作品全都偏西洋奇幻類，日式妖怪奇譚是首次的嘗試。心想至少自己也是個背負著某種低等妖怪之名的作家……便卯足全力寫下了本次的作品。

這個故事主要是透過「食物」與各種妖怪來溝通。對於愛吃的我來說，是一部寫著寫著就會感到強烈飢餓的作品。

說到吃這件事……我出身自九州的鄉下地方，為了讀大學而到東京時所遭遇的衝擊，其中一個就是「醬油的口味」。

「唔哇！好鹹，鹹死了！」

在我初次舔了一口在東京買到的醬油時，心裡最直接的感想就是如此。九州的醬油，特別是我自己家裡慣用的醬油，口味似乎真的偏甜。

很多料理只要醬油的味道不對，整道菜的滋味都會走調。雖然問題單純出自我個人是吃九州醬油長大的，不過一開始真的很痛苦。在吃我最愛的壽司及生魚片時，發現醬油味道不對真的是最煎熬的一瞬間呢……

我非常想念九州的醬油，遍尋各處，買了各式各樣的醬油來嘗試……但仍然無法找到心目中理想的那股味道，最後只好請老家寄過來，直到現在我也持續使用在老家慣用的醬油。

話雖如此，最近我也適應了東京的醬油味，甚至有時會覺得某些菜還是需要配東京醬油才對味，而會依不同料理來選用不同的醬油。

東京（關東地區）與九州之間的差異除了醬油口味以外，在許多調味料及調味習慣上也有不同之處。就我所知，絕對性的差異就在於「九州的一切都偏甜」。在我們九州，連納豆醬汁都是很甜的。

有空閒時，我便好奇地展開自己的調查——包含醬油在內，為什麼不同地區間各種調味料與料理的口味會有這麼大的差別？從為我人生帶來衝擊的「醬油事件」中所得到的收穫，我也稍微運用到本作品中。

希望各位若有機會，也能親身去確認各地的醬油口味有什麼差別。

也許會有什麼有趣的發現。

來到卷末，要感謝在創作本作品上給予我諸多照顧的責任編輯，有智慧地引導著從前作開始就各方面任性妄為的我，還為我取了新筆名，真的非常感謝。

另外也要謝謝為封面畫上美麗插圖的 Laruha 老師。我對 Laruha 老師的插圖一見鍾情，能幫我作畫實在很高興。謝謝。

最後要感謝的是各位讀者。衷心希望本作能帶給大家一些樂趣。真的很感謝對這部作品感興趣而購買，並讀到最後的各位。

那麼接下來，就如同發生在我身上的「醬油事件」一般，妖怪的世界裡頭，一定也有許多關於「料理」與圍繞在「吃」上所發生的故事。但願葵與大老闆今後也能一起透過「旅館」這樣的地方，繼續探求美味。

衷心期待與各位再相見。

友麻碧

未成年菜鳥少主×冷面毒舌新手執事，
不對盤主僕的推理日常，吵鬧展開！

我家執事如是說 菜鳥主僕推理事件簿 1

高里椎奈／著　洪于琇／譯

年僅 18 歲的烏丸花穎，因為任性老爸突然退休，不得不回國繼承家業。沒想到上任第二天，他就得想辦法找回家中失竊的銀器、解決宴會中發生的攻擊事件，連綁架案件都活生生在眼前上演！而唯一能協助他的，只有一個毒舌、臭臉、慢條斯理卻工作超完美的執事？看來上流社會的生活，並不如想像中平靜愜意……

定價：NT$240/HK$75

等在公主與惡魔前方的，
是無法接受兩人的「現實世界」……

孤獨公主與神燈惡魔 1~2

入江君人／著　陳盈垂／譯

神燈惡魔雷克斯與接受孤獨命運的公主珂古蘭，奇蹟地從虛無中解放出來。然而雷克斯被後宮放逐，珂古蘭則在後宮中努力求取見面的機會。阻攔在他們之間的，是深不可測的後宮黑暗，與初次看見的後宮以外的世界……公主與惡魔迎來甜美重逢後，又宿命地被再次拆散……

定價：各 NT$260~340/HK$78~105

國家圖書館出版品預行編目資料

妖怪旅館營業中．1, 用料理收服鬼神的胃 / 友麻碧作；蔡孟婷譯．-- 初版．-- 臺北市：臺灣角川，2016.08

面；　公分

譯自：かくりよの宿飯：あやかしお宿に嫁入りします。

ISBN 978-986-473-235-7(平裝)

861.57　　105011201

輕文學
Light Literature

妖怪旅館營業中 一 用料理收服鬼神的胃
原著名＊かくりよの宿飯　あやかしお宿に嫁入りします。

作　　者＊友麻碧
插　　畫＊Laruha
譯　　者＊蔡孟婷

2016年8月11日　初版第1刷發行
2021年5月17日　初版第4刷發行

發 行 人＊岩崎剛人
總 編 輯＊呂慧君
編　　輯＊林毓珊
美術設計＊吳佳昫
印　　務＊李明修（主任）、張加恩（主任）、張凱棋

台灣角川

發 行 所＊台灣角川股份有限公司
地　　址＊105台北市光復北路11巷44號5樓
電　　話＊（02）2747-2433
傳　　真＊（02）2747-2558
網　　址＊http://www.kadokawa.com.tw
劃撥帳戶＊台灣角川股份有限公司
劃撥帳號＊19487412
法律顧問＊有澤法律事務所
製　　版＊尚騰印刷事業有限公司
I S B N＊978-986-473-235-7